To. 넌 내게 반했어~

Yong Hwa 용화

2011. 08

'넌 내게 반했어'
많이 사랑해주세요~♡   2011. 8.   박신혜

드라마 소설
넌 내게 반했어 1

초판 1쇄 인쇄 2011년 8월 15일
초판 1쇄 발행 2011년 8월 20일

극본 | 이명숙
소설 | 손현경
사진 제공 | 제이에스픽쳐스
펴낸이 | 金湞珉
펴낸곳 | 북로그컴퍼니
편집부 | 김옥자 · 이혜경 · 태윤미 · 이혜진
디자인 | 박연수
마케팅 | 고현경 · 정주열
경영기획 | 김형곤
주소 | 서울시 마포구 합정동 413-19 401호
전화 | 02-738-0214
팩스 | 02-738-1030
등록 | 제300-2009-30호

ISBN 978-89-94197-26-5 14810
      978-89-94197-28-9 14810(세트)

Copyright © 2011 JS Pictures Inc.

※ 이 출판물은 (주)제이에스픽쳐스와의 라이센스 계약에 의해 만든 것으로
   저작권료와 초상권료가 포함되어 있습니다. 따라서 저작권자와 출판권자의
   사전 서면 승인 없이는 내용의 전체 또는 일부를 사용할 수 없습니다.
※ 잘못된 책은 서점에서 바꿔드립니다.

드라마 소설

열정적인 춤과 음악, 사랑의 청춘 로맨스!!

MUSIC, LOVE & PASSION

이명숙 극본 | 손현경 소설

1

북로그컴퍼니

차례

어쩌다 마주친 그대, 자뻑 왕자 7

한 달간 노예하기! 43

그것만이 내 세상 81

보고 싶은 사람이 있어 114

저 어린애 아니에요 145

잊으라는 그 말 175

울어도 괜찮아 203

두 번째 오디션 229

어쩌다 마주친 그대, 자뻑 왕자

규원은 자신의 키만 한 가야금을 등에 업고 해가 내리쬐는 언덕길을 낑낑거리며 오르고 있었다. 언덕길은 마치 예술의 경지에 오르는 것이 이렇게 힘든 일이라는 사실을 몸소 보여주듯, 높고도 가팔랐다.

멀리 빨간 다리 도서관이 보였다. 규원은 빨간 다리를 올려다보며 한숨 돌렸다. 그때, 누군가 자전거를 타고 쌩하니 그녀의 곁을 지나갔다. 그 몸짓이 마치 날쌘 물오리 같았다.

"으아아아!! 지각이다!"

휴대폰으로 시간을 확인한 규원은 등에 멘 가야금을 추어올리고 힘껏 달렸다. 국악과 강의실은 빨간 다리와 연결된 나동 건물의 2층이었다.

규원은 가쁜 숨을 가라앉히며 조심스럽게 강의실 뒷문을 열고 들어갔다. 교수님이 출석을 부르고 있었다.

"이규원? 이규원 안 왔나?"

"네! 저 왔는데요!"

규원은 책상에 엎드려 자고 있는 남학생 옆자리에 책과 가방을 내려놓고 씩씩하게 대답했다. 교수가 출석부를 덮으며 물었다.

"발표 준비는 해 왔지?"

"네!"

규원은 서둘러 가야금을 들고 앞으로 나갔다. 책상에 엎드려 세상모르고 잠에 빠진 남학생을 제외한 60여 명의 학생들이 일제히 그녀를 향해 고개를 들었다.

"지금부터 제가 연주할 곡은 가야금 산조입니다. 산조란 특별한 형식 없이 마음 가는 대로 연주하는 게 특징입니다. 무형문화재 23호로 지정됐구요."

교수가 고개를 끄덕이는 것으로 연주 시작 신호를 보냈다. 규원은 크게 심호흡을 한 후 연주를 시작했다. 오른손으로는 현을 튕기고 왼손으로는 줄을 강하게 떨며 생동감 있는 연주를 펼쳐 나갔다. 부드럽게 시작한 규원의 연주는 정점으로 치달을수록 강하고 빠른 선율로 변해 긴장감을 고조시켰다. 가야금 소리에 취한 학생들이 저마다 소리 없는 탄성을 내질렀다. 강의실은 순식간에 감동의 도가니로 변해갔다. '가야금 신동'이라는 말이 아깝지 않은 실력이었다.

드디어 연주가 끝났다. 규원은 교수와 학생들의 박수를 받으며 자리로 돌아가 앉았다. 옆자리의 남학생은 여전히 책상 위에 머리를 처박고 있었다. 남이 연주하는데 잠이나 자다니, 예의라고는 눈곱만큼도 없는 사람이잖아? 규원은 새침한 눈길로 남학생을 한번 쏘아보았다.

교수가 학생들을 쭉 둘러보더니 규원의 옆자리 남학생을 불렀다.

"거기 학생! 그만 일어나지!"

남학생은 듣는 척도 하지 않았다. 규원이 옆구리를 쿡 찌르자 그제야 부스스한 얼굴로 고개를 들었다. 교수가 미간을 찌푸리며 물었다.

"이름이?"

"실용음악과 10학번 이신입니다."

"그래, 이신 군의 감상평 좀 들어볼까?"

규원은 이신을 힐끔 쳐다보았다. 여드름 자국 하나 없는 매끈한 피부에 날렵한 콧날이 꽤 인상적이었다. 며칠 전 텔레비전에서 얼핏 보았던 씨엔블루의 보컬 정용화와 비슷한 것이 연예인처럼 잘생긴 얼굴이었다.

이신의 대답이 이어졌다.

"잘은 모르겠지만, 잠은 잘 오는 거 같습니다."

으하하하, 하며 학생들이 웃음을 쏟아냈다. 규원의 얼굴이 화끈 달아올랐다. 오늘의 연주를 위해 사나흘 동안 잠도 못 자고 연습했는데 자장가로 듣다니! 규원은 자존심이 상해 이신을 노려보았다.

규원의 할아버지는 국내 판소리계의 3대 명창 중 한 명인 이동진 명창이다. 동진은 손녀 규원을 국악 신동으로 키우고 싶어했다. 규원은 그런 할아버지의 기대에 부응하기 위해 10년 동안 손가락에 피가 나도록 가야금만 뜯었다. 집에선 늘 판소리가 흘러나와야 했고 휴대폰 벨소리도 국악이 아니면 안 되었다. 동진에게 국악이 아닌 다른 음악은 모두 '혼'도 '한'도 없는 쓰레기였다. 남들 공부하느라 코피 흘릴 때 규원은 할아버지 뒷바라지와 가야금 연습으로 코피를 흘렸다. 그렇게 남들 다 아는 동방신기의 '동' 자도 모른 채 대학생이 된 규원이었다. 그런 그녀의 연주를 듣고 고작 한다는 말이 '잠은 잘 오는 것 같다'라니, 콧김이 뿜어져 나올 정도로 화가 나는 일이었다.

'실용음악과 10학번 이신? 너는 얼마나 잘난 음악을 하는지 두고 보자!'

수업이 끝난 뒤에도 화가 가라앉지 않은 규원은 계속 구시렁거리며 국악과 동아리실로 갔다. '바람꽃'이라는 명패가 붙은 동아리실 문을 열자, 일일찻집 포스터를 만들고 있던 보운이 의아한 눈빛으로 규원을 바라보았다. 규원이 평소와는 달리 씩씩거리며 들어왔기 때문이다.

"수업시간에 무슨 일 있었어?"

규원이 짜증을 가라앉히듯 한숨을 푹 내쉬며 의자에 털썩 주저앉았다.

"어. 아주 짜증 나는 일."

"왜? 연주 망쳤어?"

"아니. 연주는 그럭저럭 괜찮았어. 교수님 칭찬도 받았고."

"근데 왜?"

"아니 글쎄, 어떤 남자애가 내 연주를 자장가로 듣잖아. 뭐라고? 잠은 잘 오는 것 같습니다? 아우, 열 받아."

"그러게. 열 받았겠다."

보운은 포스터를 만들며 규원의 말에 맞장구를 쳐주었다. 포스터에는 큼지막한 글씨로 '국악과 김주영 교수님 병원비 모금 – 일일찻집'이라고 적혀 있었다. 할 일이 태산이었다. 책상 위에는 각종 포스터와 티켓 등이 어지럽게 흩어져 있었다. 사사로운 감정에 젖어 게으름 피울 시간이 없었다. 규원은 손을 탈탈 털며 일어나 보운 곁에 서서 포스터 만드는 일을 돕기 시작했다.

김주영 교수는 규원에게 정신적 지주나 다름없는 존재다. 할아버지 때문에 어쩔 수 없이 시작하게 된 가야금을 재미있고 신명나게 할 수 있도록 만들어준 사람이 바로 김주영 교수였기 때문이다. 김주영 교수의 가야금 공연을 본 뒤 규원은 진심으로 가야금을 사랑하게 되었고, 자신이 가야금을 하고 있다는 것에 자부심을 갖게 되었다. 이 대학에 입학한 것도 김주영 교수에게 배우고 싶어서였다. 그런데 그렇게 존경하는 분이 췌장암에 걸렸고, 수술비가 없어 수술 시기를 놓칠지도 모른다는 소식에 규원이 나서서 일일찻집을 열기로 한 것이다. 다행히도 '바람꽃'에서 활동하는 과 친구들이 흔쾌히 동참하겠다고 나서서 행사를 준비하는 중이었다.

규원은 국악과 학생들이 색색의 펜으로 정성스럽게 써준 롤링페이퍼를 펼쳐보았다. 김주영 교수의 쾌유를 비는 정성 어린 메시지가 가득했다. 규원은 메시지 내용처럼 교수님이 빨리 나았으면 좋겠다 생각하며 롤링페이퍼를 돌돌 말아 가방에 넣었다. 보운이 티켓을 작은 박스에 챙겨 넣다 말고 갑자기 생각났다는 듯 말했다.

"일일찻집 때 스투피드가 공연만 해주면 대박일 텐데. 티켓도 그냥 다 팔릴 거구."

"스투피드? 그게 뭔데? 밴드야?"

보운은 어디서 날아온 외계인인가 하는 눈빛으로 규원을 바라보았다. 머쓱해진 규원이 한 발 물러나며 물었다.

"왜?"

"어떻게 스투피드를 모를 수 있어? 우리 학교에선 씨엔블루보다 더 핫한 명품 밴드잖아!"

"아, 그래? 걔네가 그렇게 유명해?"

"궁금하지? 그니까 이따 애들이랑 공연 보러 가자."

"이따 병원 가야 하는데? 교수님께 일일찻집 포스터 보여드리기로 했거든."

"일일찻집 때 스투피드가 공연만 해주면 완전 대박이라니까."

보운은 티켓이 가득 담긴 상자를 내보이며 덧붙였다.

"이 많은 티켓, 팔려고 힘들이지 않아도 알아서 다 팔린다니까."

"그래?"

규원은 큰 결심이라도 한 듯 입술을 꼭 붙이고는 고개를 천천히 끄덕였다. 보운이 내친김에 당장 공연을 보러 가자며 규원의 팔짱을 꼈다.

연극과 학과장 태준은 학생들의 인사를 받으며 본부동에 있는 총장실로 올라갔다. 대학 100주년 기념행사의 일환인 뮤지컬 기획안을 결재 받기 위해서였다. 그는 서류철에 든 기획안을 보물단지 안듯이 품에 안았다. 몇 날 며칠을 고심하며 만든 기획안이었다. 혹자는 대학 행사에 뭐 그렇게까지 힘을 주냐고 할 수도 있지만, 그건 모르고 하는 소리였다. 예술대학의 행사는 단순한 학교 행사가 아니었다. 특히나 뮤지컬 공연은 미디어뿐만 아니라 각계각층 인사들이 관심을 갖는 행사였다. 때문에 태준은 100주년 기념행사의 총책임을 맡는 순간, 공연 연출까지 자신이 해야겠다고 마음먹고 있었다. 이번 공연이 성공하기만 하면 그의 앞날은 달라질 터였다. 연극과 학과장을 벗어나 총장 자리에 오를 수도 있을 거라는 것이 태준의 기대치였다.

총장은 라흐마니노프의 음악을 들으며 창밖을 내다보고 있었다. 태준은 가벼운 기척을 하며 들어선 뒤 총장에게 기획안을 내밀었다.

"100주년 기념이라 좀 화려하게 기획했습니다. 안팎으로 기대감도 높고, 벌써부터 공연에 대해 물어오는 사람들이 많습니다."

총장은 고개를 끄덕였다.

"연기자들은 어떻게… 오디션하게?"

"아뇨. 애들 실력이야 대충 파악하고 있고, 또 가능한 한 졸업생들 중에 찾을 생각입니다. 주인공은 생각해둔 학생이 있습니다."

"나쁘지 않네."

"그럼 바로 준비를…."

"나쁘지 않은데… 특별하지도 않아."

총장이 태준의 말허리를 자르며 날카로운 어조로 말했다.

"네?"

"임 선생도 알다시피 그냥 학교 공연이 아니잖아. 연출가도 그렇고 학생들도 그렇고, 스타로 이어지는 등용문이나 마찬가진데. 거기다 100주년이고."

"네, 알고 있습니다. 그러니까 예산도 더 넉넉하게 책정하고…."

총장이 고개를 저었다.

"화제성이 부족해."

태준의 얼굴이 쓴 약을 삼킨 것처럼 구겨졌다. 총장은 아랑곳하지 않고 말을 이었다.

"신문 보니까 석현이가 오늘 들어오는 모양이던데…."

"네?"

총장은 책상 위에 있던 신문을 태준 앞으로 내밀었다. '브로드웨이 무대를 성공적으로 올린 한국의 뮤지컬 신예 감독 김석현'이라는 헤드라인이 눈에 띄었다. 태준은 그 기사를 보자마자 속이 뒤틀리기 시작했다.

"설마, 석현이한테 공연을 맡기시려는 건…."

총장은 뒤틀린 태준의 마음에 찬물을 끼얹듯이 말했다.

"브로드웨이에서 성공한 감독이 연출한다 그럼 뽀대나잖아? 언론에서도 알아서 떠들어줄 테고."

"총장님 말씀대로 스타 연출 등용문이나 마찬가진데 석현인 이미 스타 감독이잖아요. 안 좋게 말하는 사람들도 있을 겁니다."

"석현이도 아직 대중성은 없지. 실력은 인정받는 모양이지만. 이참에 확실하게 밀어주는 것도 나쁘지 않잖아."

태준은 애써 언짢은 마음을 감추며 물었다.

"바쁘지 않겠어요?"

"안 된다면야 할 수 없고. 일단 임 선생이 만나봐."

총장실을 나온 태준은 깊은 한숨을 내쉬었다. 그를 제치고 석현을 세우려는 총장에게 화가 났다. 아니, 석현에게 강한 적대감을 느꼈다.

10여 년 전에도 비슷한 일이 있었다. 태준은 학과 대표로 축제 때 올릴 연극을 기획하고 있었다. 당연히 연출까지 할 계획이었다. 그런데 느닷없이 후배 석현이 그 자리를 치고 들어왔다. 지금의 총장이 당시 학과장을 맡고 있었는데, 그가 석현을 추천했던 것이다. 낙하산을 타고 하늘에서 뚝 떨어진 사람답지 않게, 석현의 연출 실력은 뛰어났다. 나이에 걸맞는 신선함에, 나이답지 않은 노련미까지 두루 갖추고 있었다. 그해, 석현이 연출한 연극은 학교 담을 넘어 대학로 연극판까지 휩쓸었다.

태준은 10여 년이 지난 지금까지도 그때 일을 생각하면 이가 갈렸다. 만약, 그때 자신이 그 작품을 연출했다면 어땠을까. 그랬다면 자신의 위치나 명성도 지금과는 달라져 있었을 것이다. 석현처럼 브로드웨이에서 연출가로 이름을 날리고 있을지도 모를 일이었다.

연구실로 돌아온 태준은 들고 있던 기획안을 내던지고 의자에 털썩 주저앉았다. 성질 같아서는 기획안을 모두 찢어버리고 싶었지만 그럴 수는 없었다. 그는 오히려 눈을 감고 숨을 깊이 들이마셨다 내뱉기를 반복했다. 화날 때마다 버릇처럼 하는 호흡법이었다. 품위를 지키자, 품위를 지키자.

마인드컨트롤을 끝낸 태준이 전화를 걸었다. 몇 번의 신호음 끝에 석현의 껄끄러운 목소리가 들려왔다.

"네, 형."

"혹시나 해서 해봤는데, 연결되네? 도착한 거지? 통화 괜찮나?"

"네, 이제 막 도착했어요. 얘기하세요."

태준은 오랜만에 통화하는 선배에게 안부조차 묻지 않는 석현이 건방지게 느껴졌다. 이 자식이 나를 무시하는 건가? 하지만 마음을 가라앉히고 최대한 부드럽게 말했다.

"내일이나 모레 잠깐 볼 수 있을까? 너무 유명해져서 얼굴 보기 힘드려나? 할 얘기가 좀 있는데…. 오랜만에 학교 구경 삼아 한번 나와도 괜찮지? 뭐하면 내가 그쪽으로 가고."

"아니에요. 제가 내일 찾아뵐게요."

"그래. 그럼 내일 얼굴 보고 얘기하자."

석현은 한국에 도착하자마자 자신을 찾는 사람이 태준이라는 사실이 찜찜했다. '너무 유명해져서 얼굴 보기 힘드려나?'라고 했던 태준의 말도 마음에 걸렸다. 말투는 한껏 다정하고 부드러웠으나, 그 안에 숨겨진 가시가 고스란히 느껴졌다. 자신의 피해의식인지는 모르겠지만, 그 느낌만은 정확하고 확실했다.

태준과 알고 지낸 세월이 어언 10년이지만, 석현은 단 한 번도 태준을 친밀하게 느낀 적이 없었다. 하지만 다른 사람들은 태준과 석현을 막역한 사이로 알고 있었다. 옛날에도 그랬지만, 석현은 태준이 늘 진짜 얼굴을 숨기고 있는 듯한 느낌을 받았다. 그 숨겨진 얼굴은 자신의 생각보다 훨씬 섬뜩한 표정을 하고 있을 것 같았다. 석현을 대하는 그의 태도는 10년 전이나 지금이나 카스텔라처럼 부드럽고 달콤했지만, 진심이라 여겨지지는 않았다.

석현은 태준의 생각을 떨치려는 듯 입이 찢어져라 하품을 하며 공항 청사 밖으로 나왔다. 6년 만에 만나는 서울 하늘은 눈부시게 아름다웠다. 파랗게 펼쳐진 하늘과 상쾌한 바람을 맞자 기분이 한결 가벼워졌다.

규원은 보운의 팔에 이끌려 학교 앞 2층짜리 낡은 건물 지하에 있는 라이브 카페로 갔다. 카페 '카타르시스'의 주인은 예술대학 연극과 출신으로, 한때 연극계에서 이름깨나 날렸으나 무슨 이유에선지 무대 생활을 접고 학교 앞에 카페를 열었다고 한다. 학생들 사이에서 '구 마담'이라 불리는 카페 주인은 화려한 외모에 사람 좋고 인심이 후했다. 또한 20대 초반의 예술가 지망생들이 갖고 있는 치기와 열정을 진심으로 이해하는 사람이었다. 그래서인지 카페는 낭만과 꿈을 찾는 학생들로 늘 북적였다.

하지만 규원은 이런 카페 분위기가 익숙지 않았다. 국악이 아닌 음악은 모두 '양놈의 음악'이라고 천시하는 할아버지 밑에서 얼마나 세뇌를 당했던지, 금지된 구역에 잘못 들어온 어린아이처럼 괜히 심장이 벌렁거리고 불안했다. 구 마담은 정신없이 테이블을 오가며 주문을 받고 음식을 나르며, 웃고 떠들고 있었다. 규원이 눈을 휘둥그레 뜨고 카페 분위기를 파악하는 사이, 보운은 익숙하게 구 마담을 불러 맥주와 안주를 주문했다.

"여기 원래 이렇게 손님이 많아?"

규원이 어수룩한 질문에 보운이 깔깔 웃으며 대답했다.

"오늘 스투피드 공연이라 그래. 봐, 벌써 자리 꽉 차고 없잖아."

"스투피든가 뭔가가 그렇게 대단한 거야?"

이때 '날 좀 보소, 날 좀 보소~' 하는 전화벨이 울림과 동시에 규원의 휴대폰 액정 화면에 '이동진 명창'이라는 이름이 떴다. 할아버지였다. 귀가 쩌렁쩌렁 울리는 카페에서 전화를 받으면 또 난리 불호령이 떨어질 게 분명했다. 규원은 휴대폰을 들고 카페를 나왔다. 응답 키를 누르자마자 할아버지의 쩌렁쩌렁한 목소리가 들려왔다.

"이규원!!"

"네! 할아버지 무슨 일이세요?"

"오늘 오후에 모임 있으니까 한복 좀 다려놓으라고 했어, 안 했어?!"

"아! 죄송해요! 오늘만 양복 입고 나가세요. 죄송해요. 오늘 밤에 해놓을게요."

아이고, 내 신세야! 규원은 마음속으로 한탄을 하며 할아버지의 잔소리를 듣다가 '어머! 할아버지 전화가 잘 안 터지나봐요! 잘 다녀오세요.' 하고는 전화를 끊어버렸다. 서당 개 3년이면 풍월을 읊지만, 콩쥐 생활 10년이면 잔머리가 발달하는 법이었다.

전화를 끊고 카페로 들어가려던 규원이 멈칫했다. 눈앞에 뭔가 드라마틱한 장면이 펼쳐지고 있었다. 막대기처럼 깡마른 여자와 인물값 좀 할 것 같은 남자애가 마주 서서 심각한 표정을 짓고 있다. 규원은 눈을 가늘게 뜨고 남자애를 유심히 쳐다보았다. 아는 얼굴이었다. 수업시간에 그녀의 자존심에 스크래치를 입힌 실용음악과 10학번 이신. 원수는 외나무다리에서 만난다더니, 이건 뭔 시추에이션이지? 규원은 팔짱을 끼고 남녀를 주시했다.

여자애가 수줍게 웃으며 먼저 말을 꺼냈다.

"그러니까… 나랑 사귀는 거 어때?"

이신은 싹을 잘라버리듯 말했다.

"싫어."

"왜? 따로 사귀는 사람 있어? 없다고 들었는데?"

"난 못생긴 애들 질색이야."

'아이쿠! 그러서? 저런 싹수없는 입술은 장구채로 한 대 쳐줘야 하는데….'

규원이 엿듣고 있다는 사실도 잊은 채 주먹을 불끈 쥐었을 때, 여자애가 손을 번쩍 들더니 이신의 따귀를 때렸다. 그러고는 비련의 여주인공이라도 되는 듯 두 손으로 얼굴을 가리고 어두운 골목으로 뛰어가버렸다. 이신은 늘 당해온 일이라는 듯 표정 없는 얼굴로 돌아섰고, 그 순간 규원과 눈이 마주쳤다. 갑자기 민망해진 규원이 "아, 나는…." 하며 손사래를 치자 이신이 심드렁하게 물었다.

"너도 고백하게?"

"하하하. 무슨 그런 황당한…!"

"아니면 말고."

이신은 톡 쏘듯 내뱉고는 카페로 들어가버렸다.

'뭐야? 완전 자뻑 왕자잖아? 자기가 백마 탄 왕자쯤 되는 줄 아니….' 황당해진 규원도 혼잣말을 내뱉으며 카페로 향했다. 카페 안은 여학생들의 함성소리로 가득 차 있었다. 얼마나 멋진 밴드이기에 반응이 이렇게 뜨거운가 싶어 무대를 바라보던 규원은 깜짝 놀랐다.

'아! 저 애는!'

 화려한 조명을 받으며 무대에 서 있는 사람은 바로 이신이었다. 이신은 일렉트릭 기타를 들고 가볍게 조율하더니, 멤버들을 휙 돌아보았다. 그러자 화려한 의상과 곱상한 외모의 드러머가 스틱을 들어 탁탁 두 번 쳤다. 그것을 신호로 음악이 시작되었다.

 어쩌다 마주친 그대 모습에 내 마음을 빼앗겨버렸네.
 어쩌다 마주친 그대 두 눈이 내 마음을 사로잡아버렸네.

 규원은 알 수 없는 열기에 휩싸여 한 발자국도 움직이지 못한 채 무대를 바라보았다. 무대 위에 있는 이신은 완전히 다른 사람이었다. 얼굴만 씨엔블루의 정용화를 닮은 게 아니었다. 신들린 듯한 기타 연주, 뒤로 넘어갈 만큼 로맨틱한 목소리, 화려한 조명 아래 더 빛나는 외모. 규원은 저도 모르게 침을 꼴깍 삼켰다. 심장이 두근 반 세근 반 뛰기 시작했다.

 공연이 끝나고 난 뒤에도 두근거림은 멈출 줄 몰랐다. 규원은 열띤 공연의 여운을 느끼며 보운과 함께 카타르시스 밖으로 나왔다. 보운 역시 신과 스투피드의 무대에 감동을 받았는지 얼굴이 한껏 상기되어 있었다.

"아! 규원아, 스투피드 너무 멋지지 않아? 특히 신이!"

"응? 아… 응."

 규원은 대답을 얼버무렸다. 자신이 받은 감동을 그대로 표현하고 싶지 않았다. 자존심도 상했고, 무엇보다 신의 음악에 감동받았다는 사실을 인정하고 싶지 않았다. 보운은 계속해서 호들갑을 떨었다.

"아까 손님들 꽉 찬 거 봤지? 그게 다 스투피드 때문이라니까? 우리 일일찻집에 스투피드만 오면… 끝나, 끝나~."

"그래. 그럴 거 같더라. 근데 그 애들이 한다고 할까?"

규원은 살짝 걱정이 되었다. 앞서 신과 얽혔던 껄끄러운 상황들이 마음에 걸렸다.

카타르시스 문이 열리고 스투피드 멤버들이 밖으로 나오자 보운이 규원의 등을 떠밀었다. 규원은 쭈뼛거리며 신에게 다가갔다.

"저기…."

그러나 신은 규원을 본체만체하며 지나가버렸다.

'뭐야? 또 나를 무시하네?'

화가 난 규원이 다짜고짜 신에게 달려들었다.

"야! 너, 거기 서."

신이 걸음을 멈추고 돌아섰다. 그러자 둘의 얼굴이 너무 가까워져서, 규원의 콧등에 신의 입김이 닿을 지경이었다. 또다시 규원의 심장이 쿵쿵 뛰기 시작했다.

"뭐야? 나한테 볼일 있어?"

"어? 아, 아니. 너, 너 말고, 스투피드한테."

규원의 더듬거리는 폼이 웃겼는지 신은 쿡, 하고 코웃음을 뱉었다. 규원의 얼굴이 빨갛게 달아올랐다. 신이 웃음을 거두고 차갑게 대답했다.

"준희한테 얘기해."

규원은 신이 가리키는 방향으로 고개를 돌렸다. 드럼을 치던 남자애가 초코바를 씹으며 방싯방싯 웃고 있었다. 곱슬머리에 뿔테 안경을 쓴 준희는 언뜻 여자애로 보일 만큼 곱상한 외모를 갖고 있었다.

규원은 준희에게 다가가 국악과 일일찻집에서 공연을 해줄 수 있는지 물었다.

"국악과 일일찻집? 먹을 거 많이 줘?"

옆에 있던 보운이 끼어들었다.

"먹을 것뿐이겠어? 돈도 줘, 돈도."

"정말?"

준희가 눈을 동그랗게 뜨고 활짝 웃었다. 규원이 봉투를 꺼내 내밀었다.

"이건 계약금이야. 나머지는 공연 끝나면 줄게."

봉투를 받아 든 준희가 방실방실 웃으며 말했다.

"우와~ 알았어. 내가 형아들한테 얘기할게."

의외로 쉽게 섭외에 성공한 규원은 서둘러 버스를 탔다. 스투피드의 공연을 보느라 귀가가 평소보다 늦어 있었다.

규원의 집은 나라에서 개발 허가를 금지한 한옥 마을에 있었다. 말이 좋아 보존 구역이지 실생활에서는 불편한 게 한두 가지가 아니었다. 마트에서 세제라도 사 올라치면, 그 무거운 걸 들고 낑낑거리며 골목골목 걸어갈 생각에 미리부터 삭신이 쑤셨다. 그래서 엘리베이터가 있는 아파트에서 살아보는 게 규원의 오래된 꿈이었다.

드디어 길고 긴 골목을 돌아 집 앞에 도착했다. 위풍당당한 대문이 앙증맞은 문고리를 내밀며 열어주길 기다리고 있었다. 규원은 가야금을 다른 어깨로 옮겨 멘 후 무거운 대문을 밀고 마당으로 들어섰다. 마당은 토네이도가 한바탕 휩쓸고 간 것처럼 난장판이었다. 한 걸음 내딛자 빠지직, 하며 발밑에서 뭔가 깨지는 소리가 들려왔다. 음악 CD와 CD 케이스들이었다. 규원은 온몸의 털이 모두 쭈뼛 서는 것 같았다.

규원은 가야금을 마당 평상 위에 내려놓고, 동진의 방으로 뛰어 들어갔다. 동진은 판소리를 들으며 느긋하게 바둑을 두고 있었다.

"또 제 방 뒤지셨어요?!"

동진은 손녀딸은 쳐다보지도 않고 혀만 끌끌 찼다.

"쓸데없는 짓 말라 그래. 그깟 양놈 음악 안 들어도 잘 살고 있다고. 그런 거 살 돈 있으면 생활비나 더 보내라 그래라."

"왜 할아버지 맘대루 하세요?! 아빠가 저한테 보낸 거잖아요!"

규원이 화를 내자 동진이 바둑알을 내던지며 언성을 높였다.

"어디서 큰 소리야? 가서 저고리나 다려놔. 낼 입고 나가게!

규원은 자리에서 벌떡 일어나 문을 쾅 닫아버리고는 마당으로 나왔다. 마당 가득 널브러진 CD 조각들을 보자 울컥 눈물이 솟구

쳤다. 갑자기 아빠가 너무너무 보고 싶어졌다. 규원은 눈물을 훔쳐 내고는 빗자루를 가져와 마당을 쓸기 시작했다.

10년 전, 초등학교 4학년 때의 그날이 떠올랐다. 늦은 밤 할아버지 방에서 가야금 연습을 하다 깜빡 잠이 든 규원은 할아버지의 고함 소리에 놀라 눈을 떴다.

"규원이는 안 돼! 밴드 나부랭인가 때려치우더니 기껏 양놈의 음악 선생?! 흥!"

할아버지가 규원의 아빠인 선기를 향해 언성을 높이고 있었다. 선기는 동요하지 않고 동진을 설득했다.

"1년이나 2년쯤이면 다시 서울로 올라올 수 있을 겁니다."

"올라올 필요 없다! 그따위 혼도 한도 없는 깽깽이 같은…. 그동안 너한테 쏟아부은 내 열정이 아깝다."

"절 위해서가 아니라 아버질 위해서였겠죠. 명창 이동진이란 이름에 목숨 거시는 분이잖아요."

"뭬야?! 나가! 가서 네 맘껏 살아!"

동진은 선기를 등지고 앉으며 소리쳤다.

"규원인 제가 데리고 가겠습니다."

선기가 단호한 어조로 말하자, 동진이 선기를 노려보았다. 그때까지 누워서 잠든 척하고 있던 규원이 이제 막 잠에서 깬 것처럼 눈을 비비며 일어나 아빠 옆으로 다가갔다. 그러자 동진이 규원의 팔을 잡아끌어 자기 옆으로 바짝 앉히며 소리쳤다.

"이미 끝낸 얘기 다시 하게 하지 마라. 규원이는 못 데려가!"

"데리고 가겠습니다."

"어딜 데려가?! 내 손녀다! 이동진이 손녀!"

"아버지!"

"시답잖은 인생은 너 하나로 족해! 네 그 허접한 인생에 애까지 끼워 넣지 마! 규원이는 내가 키워!"

그때 일을 생각하자 규원은 저도 모르게 한숨이 터져 나왔다. 만약 그때 아빠를 따라갔다면 자신의 인생도 지금과는 달라져 있을 것 같았다. 적어도 아빠는 '저고리 다려놓아라.' '밥상 차려라.' 하며 식모 부리듯 하지도 않았을 것이고, '국악이 아닌 음악은 모두 독이고 쓰레기다!'라고 말하면서 편협한 시각을 심어주지도 않았을 것이다.

그렇게 생각하자 다시 규원의 속이 부글부글 끓어올랐다. 규원은 빗자루를 내려놓고 할아버지 방을 향해 냅다 소리를 질렀다.

"저고리 할아버지가 직접 다려 입으세요!!"

"뭬야?"

동진이 벼락같이 소리치며 문을 벌컥 열고 마당을 내다보았다. 규원은 할아버지의 서슬 퍼런 눈동자를 피해 뒤꼍으로 줄행랑을 쳐야 했다.

이튿날 석현이 학교를 찾았을 때 태준은 수업 중이었다. 조교를 통해 연락하자 한 시간 후에 총장실에서 보자는 답을 보내왔다. 석현은 미리 연락하고 오지 않은 걸 후회하며, 잠시 교정을 둘러보기로 했다.

6년 만에 다시 찾은 학교는 눈에 띄게 달라져 있었다. 자갈밭이었던 땅엔 잔디가 깔려 있었고, 전에 없던 건물도 곳곳에 들어서 있었다. 분명 발전된 모습이었다. 하지만 왠지 추억을 잃어버린 것 같은 묘한 기분이 들기도 했다. 상실감이었다.

6년 전 그날, 연인 윤수가 자신의 꿈을 위해 석현을 떠나던 날도 이런 기분에 휩싸여 있었다. 석현은 윤수를 붙잡을 수도, 축복해줄 수도 없었다. 구 마담과 밤새 술을 퍼마시고 텅 빈 교정에서 고래고래 소리를 지르는 것밖에 할 수가 없었다.

석현은 옛 생각에 쓴웃음을 지으며 걸음을 옮겼다. 멀리 빨간 다리 도서관이 보였다. 10년 전이나 6년 전이나 빨간 다리 도서관은 여전히 그 자리에 서 있었다. 그나마 다행이었다. 빨간 다리는 무채색 건물 가운데 있어서 그런지 그 색감이 더욱더 강렬하게 느껴졌다. 마치 인생에 있어서 스무 살, 스물한 살, 스물두 살의 그 짧고도 강렬한 청춘의 빛깔을 닮은 것 같았다.

석현이 들어서자 태준과 이야기를 나누던 총장이 자리에서 일어나 반가운 얼굴로 맞았다. 석현 역시 친근한 미소와 깍듯한 인사로 그간의 안부를 건넸다.

세 사람이 자리를 잡고 앉자 태준이 석현에게 기획안을 건넸다.

"교수님들 모아서 대강 콘티는 짰어. 콘셉트는….."
기획안을 넘겨보던 석현이 태준의 말을 잘랐다.
"100주년 콘셉트가 비상飛上이라….."
"재도약의 의미도 있고 또….."
"재밌긴 하겠는데 저도 사정이란 게 있어서요."
석현이 부드럽게 거절하려 하자 총장이 친근한 말투로 석현을 나무랐다.
"브로드웨이까지 갔다 오게 키워줬으면 은헬 갚아야지?"
석현 역시 장난스럽게 말을 받았다.
"총장님이 키워주신 건 아니죠."
"허허허. 100주년 기념 공연이야! 잔머리 굴리지 말고 무조건 해!"
"그렇게 억지로 밀어붙이셔봤자…."
하고 운을 떼면서 기획안을 보던 석현이 갑자기 멈칫했다. 스태프 명단에 윤수의 이름이 적혀 있었기 때문이다. 태준은 그런 석현의 표정 변화를 놓치지 않았다.
"아, 윤수도 스태프로 들어갔다. 안무를 맡아주면 좋을 거 같아서 내가 부탁했어. 학교로 돌아온 건 알고 있지?"
석현의 얼굴이 서서히 굳어갔다. 태준은 보일 듯 말 듯 엷은 웃음을 피워내며 석현을 마주 쳐다보았다.
"브로드웨이 공연 때문에 못 들었나보구나. 지난 학기부터 수업 하고 있어."

석현은 갑자기 머리가 뒤죽박죽 엉키는 것 같았다. 지나온 세월이 얼만데, 아직도 윤수라는 이름에서 벗어나지 못했단 말인가….

석현은 기획안을 좀더 검토해보고 확답을 하겠다 말하고 총장실을 나왔다. 함께 나온 태준이 대수롭지 않다는 듯 석현의 어깨를 가볍게 쳤다.

"총장님은 네가 했으면 하시지만 너한테도 사정이란 게 있으니까, 너무 부담 갖지 말고 생각해. 고작 학교 공연인데 뭐."

석현은 무표정에 평이한 음성으로 대답했다.

"총장님 말씀인데 부담 좀 가져야죠."

태준의 얼굴이 티 나지 않게 살짝 구겨졌다.

"그래주면 고맙고."

그렇게 말하던 태준이 갑자기 환하게 웃으며 석현의 뒤쪽을 향해 목청을 높였다.

"어! 정 교수! 정윤수!"

석현은 자신도 모르게 굳은 표정으로 몸을 돌렸다. 윤수와 눈이 마주쳤다. 윤수 역시 굳은 얼굴로 석현을 바라보았다. 그와 그녀를 제외한 모든 것이 사라져버린 듯했다. 태준이 정적을 깨고 윤수에게 다가가 물었다.

"수업 끝났니?"

당황했는지 윤수가 들고 있던 출석부를 떨어뜨렸다. 태준이 출석부를 주워 윤수에게 건네며 말했다.

"두 사람 오랜만이지? 6년 만인가? 마침 잘됐다. 우리 밥 먹으러 가려던 참인데, 같이 갈래?"

윤수가 석현의 시선을 피하며 고개를 저었다. 석현이 무표정한 얼굴로 말했다.

"미안한데, 나 먼저 갈게 형."

"왜? 점심 먹고 간다며?"

"그럴 생각이었는데 갑자기 입맛이 없어졌네. 제안은 생각해볼게요."

석현은 차가운 얼굴로 윤수를 지나쳐 성큼성큼 걸어갔다.

상쾌한 아침이다. 산들바람에 몸을 맡기고 페달을 밟던 신은 저 앞에서 힘차게 뛰어오는 준희를 보고 서서히 브레이크를 잡았다. 준희는 무대 위에서는 샤방샤방 빛이 나지만, 평소에는 부스스한 머리에 거적때기를 뒤집어쓴 꼴로 돌아다니기 일쑤였다. 오늘도 준희는 한 손에는 빵을, 다른 한 손엔 백석의 《나와 나타샤와 흰 당나귀》라는 시집을 들고 있었다. 배부른 돼지가 되느니 배고픈 소크라테스가 되겠다는 신념으로 사는 문창과생 준희의 평소 스타일 그대로였다. 준희가 손에서 빵과 시집을 놓는 순간은 오직 드럼을 칠 때뿐이었다.

"형, 나 사고친 거 같애."

준희가 〈슈렉〉의 '장화 신은 고양이'처럼 애절한 눈빛으로 신을 바라보며 말했다. 또 불우이웃 성금으로 알바 비를 몽땅 털어줬거나, 주머니 사정은 생각하지도 않고 고기를 몇 인분씩 먹다 책을 맡겨놓고 왔거나, 시 창작 과제로 랩rap을 써 갔거나 했겠지. 신은 자전거를 세우며 대수롭지 않게 생각했다. 하지만 이번엔 전혀 뜻밖의 사고였다. 국악과에서 카타르시스를 빌려 일일찻집을 하는데, 스투피드에게 공연을 부탁했다는 것이다.
"뭐? 일일찻집? 거절했지?"
준희는 들고 있던 빵을 한 입 베어 먹더니 고개를 절레절레 흔들었다.
"돈 받았어."
신이 더 생각할 필요도 없다는 듯 빠르게 말을 받았다.
"돌려줘."
"그게… 써버렸어, 벌써."
"어제 받은 돈을 벌써 썼어?"
"어제… 공연 끝나고 너무 배고파서…. 근데 언니들이 약아서 돈두 많이 안 줬어. 소고기도 아니구 삼겹살 몇 근 사 먹었더니 요거 남았어."
준희가 주머니를 뒤적이더니 천 원짜리 몇 장을 꺼내 보여줬다. 신은 어이없는 웃음밖에 나오지 않았다.
"뱃속에 도대체 뭐가 들은 거냐?"
"히히… 그지 삼백 마리."
신이 한숨을 내쉬며 머리를 긁적였다.

"언제래 공연이?"

근심으로 구겨져 있던 준희의 얼굴이 금세 해맑아졌다.

"언제랬지? 모레랬나? 담주랬나? 왜? 하게? 할 거야 형?"

"몰라."

"야호! 진짜 하는 거다! 그럼 나 돈 안 돌려줘도 되는 거지? 고마워 형! 형이 최고야!"

준희는 신이 나서 폴짝거리며 왔던 길을 되돌아 뛰어갔다. 머리에 꽃만 달면 딱일 것 같았다. 신은 그런 준희를 보며 풋, 하고 웃음을 터뜨렸다.

국악과 일일찻집의 초청공연이라…. 문득 며칠 전 민속음악 수업시간에 본 여자아이가 떠올랐다. 자그마한 키에 눈만 커다랗던 여자아이. 이름이 이규원이라고 했던가? 아무튼 성가시게 됐군, 하고 내뱉으며 신이 손목시계를 확인했다. 실용음악이론 수업까지는 아직 한 시간 정도 여유가 있었다.

햇살이 좋아 낮잠 자기엔 안성맞춤인 날씨였다. 신은 기지개를 늘어지게 켜며 도서관 쪽으로 걸음을 옮겼다.

리포트를 쓰려고 도서관에 온 규원은 자리를 찾아 두리번거렸다. 거의 모든 자리가 꽉 차 있었다. 구석진 창가 쪽 빈자리를 발견한 규원이 그쪽으로 다가갔다. 비어 있는 자리 바로 앞에는 어떤 남학생이 얼굴을 파묻고 잠들어 있었다. 책상 위엔 책이고 노트고 아무것도 없었다. 잠이나 자자고 도서관 자리를 차지하고 있다니 한심한 노릇이었다.

규원은 어깨를 으쓱하고 가방에서 리포트 용지와 볼펜을 꺼냈다. 국악개론 관련 서적을 펼쳐놓고 한창 리포트를 쓰고 있을 때, 규원의 맞은편 책상으로 누군가 다가오는 게 느껴졌다. 슬쩍 눈을 들어 보니 카타르시스 앞에서 신에게 고백했다가 퇴짜를 맞은 그 여학생이었다. 그녀는 들고 온 초콜릿 바구니를 자고 있는 남학생의 머리맡에 살그머니 내려놓았다. 부스럭거리는 소리에 남학생이 고개를 들었다. 신이었다. 신은 짜증이 가득한 표정으로 여학생을 올려다보았다.

"뭐야?"

"아, 미안. 이거 먹고 공부 열심히 하라구."

"조용히 잠 좀 자려고 했더니."

"지난번에 때린 건 미안해. 계속 자."

여학생은 잔뜩 주눅이 든 채 서둘러 자리를 떴다. 멍한 얼굴로 그들을 바라보던 규원이 신과 눈이 마주쳤다. 당황한 규원은 얼른 리포트에 시선을 박았다.

신은 무표정한 얼굴로 그런 규원을 찬찬히 뜯어보았다. 당황한 규원의 얼굴이 새빨개졌다. 신은 그 모습이 퍽 재미있다고 느꼈다. 어쩐지 골려주고 싶게 만드는 얼굴이었다. 신은 피식 웃으며 자리에서 일어나 도서관을 나갔다.

신이 떠난 자리에는 여학생이 주고 간 초콜릿 바구니가 그대로 남아 있었다. 규원은 잠시 망설이다 초콜릿 바구니를 들고 신을 쫓아갔다. 도서관 밖으로 나오자 도서관과 연결된 나동 건물 쪽으로 가고 있는 신이 보였다. 규원은 큰 소리로 신을 불렀다.

"야! 이신인가 뭔가!"

이신이면 이신이지, 이신인가 뭔가는 뭐야? 신이 언짢은 얼굴로 뒤를 돌아보았다. 규원이 초콜릿 바구니를 내밀었다.

"이거 갖구 가야지."

"너 가져."

"칫! 네 거잖아."

규원이 억지로 초콜릿 바구니를 쥐어주려 하자 신이 미간을 찌푸리며 규원을 째려보았다.

"뭐야 너?"

"너야말로 뭐야? 사람을 외모로 판단하고 상처 주고. 넌 그렇게 잘났어?!"

"누가 그렇대?"

잘났다고 기세등등할 것 같은 신이 반문하자 규원은 말문이 막혔다.

"안… 그랬나? 아무튼 내 말은 사람 외모 갖고…."

신이 규원의 말을 자르며 차갑게 입을 열었다.

"너희들도 그렇잖아."

"뭐가?"

"아니면 우리 연주가 그렇게 대단해서 좋아하는 거야?"

"어?"

"너희들도 외모지상주의자들이잖아."

"어쨌든 상처 주지 않고 곱게 거절해도 되잖아."

신은 들고 있던 초콜릿 바구니를 규원에게 떠밀며 말했다.

"이쪽도 사정이란 게 있어."

엉겁결에 초콜릿 바구니를 받아 든 규원이 냉랭하게 물었다.

"무슨 사정씩이나 있으신데?"

"하루에도 몇 번씩 고백 받는 거 지긋지긋해. 너 같은 애는, 절대로, 모르겠지만."

너 같은 애는, 절대로, 모를 거라고? 규원은 어처구니가 없다는 듯 웃으며 되물었다.

"내가, 왜 절대로 모를 거라 생각해?"

신은 대답할 가치도 없다는 듯, 규원의 얼굴만 빤히 쳐다보았다. 민망해진 규원이 애써 감정을 누르며 아이를 타이르는 선생처럼 말했다.

"좋아. 모른다고 쳐! 어쨌든 내가 하려는 말은…."

이번에도 신이 규원의 말을 잘랐다.

"말했지만 난 못생긴 애들이 싫어. 지금 너랑 얘기하는 것도 괴롭고."

"뭐?"

"알아들었으면 가도 되지? 쫓아오지 마."

"누가 쫓아간대?!"

신은 뒤도 돌아보지 않고 긴 다리로 성큼성큼 가버렸다. 혼자 남은 규원은 황망히 초콜릿 바구니를 내려다보았다. 그냥 책상 위에 놔둘걸. 괜히 참견했다가 창피만 당하고 시간만 낭비했다.

규원은 툴툴거리며 도서관 쪽으로 등을 돌렸다. 그 순간 수많은 시선들이 계속해서 자신을 지켜보고 있었다는 걸 깨달았다. 그 사람들의 시선에는 동정심이 가득했다. 남자에게 고백했다가 퇴짜를 맞은 여자에게 보내는 시선이었다. 규원은 고개를 푹 숙인 채 도서관으로 종종걸음 쳐 들어갔다.

초여름 기운이 가득한 교정에 밤이 찾아왔다. 멤버들과의 연습을 마친 신이 무용과 스튜디오로 향했다. 마음속 여신을 만나러 가기 위해서였다. 여신의 이름은 정윤수, 무용과 겸임교수다.

신이 그녀를 처음 만난 건 어느 비 오는 밤이었다. 밴드 연습을 마치고 집으로 돌아가는 길, 비 때문에 자전거를 두고 혼자 걸어가고 있었다. 빨간 다리 도서관 밑을 막 지나려는 순간, 하얀색 플레어스커트를 입은 윤수를 보았다. 그녀는 빨간 다리 도서관 밑에 서서 울고 있었다. 우산도 없이, 비를 흠뻑 맞은 채였다. 그녀의 흔들리는 어깨가 너무도 처연해 신은 자신도 모르게 그 어깨를 안아주고 싶다는 생각을 했다.

신이 다가가는 기척에 윤수가 울음을 멈추고 뒤를 돌아보았다. 그리고 신과 눈이 마주치자 그대로 풀썩 넘어지고 말았다. 신도 깜짝 놀라 윤수를 안아 일으키고 셔츠를 벗어 씌워주었다. 하지만 윤수는 신의 도움을 뿌리치고는 서둘러 그 자리를 떠났다.

그날 이후, 신은 그녀를 다시 만나기 위해 학교를 다 뒤지고 다녔다. 결국 그녀가 무용과 교수 정윤수라는 걸 알아냈다. 10여 년의 나이 차이나 교수와 학생이라는 신분도 그녀를 향한 신의 마음을 멈추게 할 수 없었다. 보고픈 마음에 찾아가면 번번이 차갑게 등을 돌리는 그녀였지만, 신은 줄기차게 만나러 갔다. 거절당하면 당하는 대로 아파했고, 쓰라린 마음이 낫기도 전에 그리워했다.

스튜디오는 불빛 하나 없이 어둠에 잠겨 있었다. 달빛 한 줄기가 어두운 스튜디오를 희미하게 비추었다. 그 달빛에 살짝살짝 드러나는 윤수의 몸짓은 마치 한 마리의 백조 같았다.

윤수가 허공을 향해 가볍게 몸을 날렸다. 그리고 다음 순간, 날개 꺾인 새처럼 중심을 잃고 바닥으로 쓰러졌다. 뉴욕에서 당한 교통사고는 그녀의 발목 인대만 끊은 게 아니었다. 재즈 발레리나로서 촉망받던 그녀의 꿈과 미래까지 송두리째 앗아갔다. 이제 그녀는 더 이상 주인공이 될 수 없었다. 프리마돈나를 꿈꾸는 학생들의 선생일 뿐이었다. 윤수는 또다시 좌절감에 몸을 떨었다. 발목이 욱신거렸다.

"불 끄고 하니까 넘어지잖아요."

신의 목소리가 들려왔다. 동시에 스튜디오에 환하게 조명이 들어왔다. 윤수는 돌아보지 않았다.

신이 스프레이 파스를 들고 다가와 앉았다.

"좀 봐요."

신은 윤수가 뿌리칠 새도 없이 발목을 잡고 파스를 뿌렸다. 그러고는 부드럽게 발목을 마사지하기 시작했다. 당황한 윤수가 발목을 빼려 하자 신이 동작을 멈추고 그녀의 검은 눈동자를 바라보았다. 윤수 대신 자신이 아팠으면 좋겠다는 생각이 들었다.

두 사람은 그렇게 잠시 서로를 바라보았다. 그 순간, 신은 윤수와 자신을 제외한 우주의 모든 것이 멈춘 듯한 느낌을 받았다. 먼저 시선을 피한 건 윤수 쪽이었다. 그녀는 흐트러진 마음을 다잡으려는 듯 눈을 질끈 감았다. 신은 윤수의 그런 행동이 통증 때문이라고 생각했다.

"많이 아파요, 다리?"

윤수가 희미하게 웃으며 몸을 일으켰다.

"괜찮아. 칠칠치 못하게 넘어지고… 교수 체면이 말이 아니네."

신이 윤수의 허리에 팔을 둘러 부축하며 말했다.

"그렇게 숨어서 하지 않아도 충분히 멋있어요. 그러다 정말 크게…"

윤수는 신의 손을 밀어낸 뒤 그를 똑바로 바라보았다. 문득 여릿한 풀냄새가 나는 것 같았다. 스물한 살 청년의 향기였다. 그녀가 이미 지나온 시간, 그 아름답고도 슬픈 청춘의 한 시절 추억이라는 이름으로 각인된 소년의 향기였다. 그 소년의 이름은 석현이었다. 윤수는 자신을 향한 신의 간절한 눈빛을 마주할 때마다 석현을 생각했다. 그래서 혼란스러웠다. 하지만 그녀는 알았다. 그녀가 시간을 거슬러 올라가 스물한 살이 될 수 없듯, 신이 석현이 될 수는 없었다. 이제 멈추게 해야 했다. 그녀를 향해 맹렬히 달려오는 신의 마음을.

"신아."

윤수는 나직한 목소리로 신의 이름을 불렀다. 신이 달콤한 사탕을 기대하는 어린아이의 눈빛으로 윤수를 바라보았다.

"네."

"앞으론 그러지 마."

윤수의 단호한 어조에 신이 아픈 눈길로 바라보았다. 윤수가 무슨 말을 하려는지 신은 이미 알고 있었다. 윤수가 마음을 다잡은 듯 말을 이었다.

"스튜디오에서 몰래 지켜보는 거 하지 마. 밤늦게까지 기다리는 것도 하지 말고. 내가 밥을 먹었는지 다리가 아픈지 걱정하는 것도 하지 마. 아무것도 하지 마! 너한테 어울리는 어린 여자앨 좋아해. 응?"

"싫어요."

윤수가 아이를 달래는 어조로 한 번 더 신의 이름을 불렀다.

"신아."

신은 더 이상 아무런 말도 듣고 싶지 않았다. 그녀 대신 넘어져 아플 수만 있다면 그렇게 할 것이다. 그럴 수 있었다. 하지만 그녀를 향한 마음을 접을 수는 없다. 접는다고 접히는 마음이었다면 시작도 하지 않았을 것이다. 이제 그만 나를 돌아봐요. 단 한 번이라도 좋으니 내 마음을 돌아봐줘요.

신은 차마 하지 못할 말들을 마음에 묻으며 등을 돌렸다. 축 처진 어깨로 스튜디오를 빠져나가는 신의 뒷모습을 바라보며, 윤수는 나직하게 한숨을 토해냈다.

원형 강의실에 앉아 시집을 읽던 준희는 책을 내려놓고 창밖으로 시선을 돌렸다. 원형 강의실은 유리창이 벽을 대신하고 있기 때문에 캠퍼스가 한눈에 들어왔다. 녹음이 우거진 캠퍼스는 달빛에 촉촉이 젖어 있었다. 준희는 책상 위에 올려두었던 요구르트 병을 집어 들며 혼잣말을 읊조렸다.

"달빛 아래 홀로 술을 따르며, 꽃 한가운데 술 한 항아리, 함께 한 이 없어 혼자 마신다."

그러고는 들고 있던 요구르트를 입 안에 털어 넣었다.

"캬~!"

술을 못 마시는 준희에겐 요구르트가 곧 소주였다.

"아, 역시 시인으로 살아가는 건 배고픈 일이야. 아, 배고파~."

내일까지 시를 제출해야 하는데 배가 고파서 시상이 떠오르지 않았다. 아니, 시상이 떠오르지 않아서 배가 고픈지도 몰랐다. 아무래도 카타르시스에 가서 구 마담이라도 꼬셔야겠다는 생각이 들었다. 구 마담은 스투피드 멤버 중에서 특별히 준희를 귀여워했다. 배고픈 강아지 같은 준희의 눈빛에 특히 약한 구 마담이라면 분명 맛있는 양념통닭을 내줄 것이다. 물론 스투피드 공연비에서 뺄셈을 하겠지만 말이다. '준희가 굶어 죽는 것보다는 돈을 덜 받는 게 낫다.'고 멤버들이 생각할 것이라고 자기 합리화를 분명히 한 준희는 자리에서 벌떡 일어났다. 양념통닭 생각에 벌써부터 입 안 가득 침이 고였다.

 강의실을 나와 도서관 쪽으로 걸음을 옮겼다. 도서관을 지나 언덕길을 내려가면 카타르시스다. 조금만 힘을 내자, 여준희! 준희가 콧노래를 부르며 힘차게 걸어가고 있을 때, 어디선가 노랫소리가 들려왔다. 누가 오밤중에 노래를 부르는 거지? 걸음을 멈추었다. 들려오던 노랫소리도 멈추었다. 다시 한 발을 내딛었다. 그러자 다시 들려왔다. 귀신이 곡할 노릇이었다. 준희는 귀신에라도 홀린 듯 노랫소리가 들려오는 쪽으로 걸음을 옮겼다. 노랫소리는 도서관과 연결된 나동 건물 2층에서 들려왔다. 그곳은 연극과 학생들의 연습 스튜디오였다.

 준희는 조심스럽게 스튜디오의 문을 열었다. 하얀 원피스에 긴 생머리를 늘어뜨린 여자가 피아노를 치며 노래하고 있었다. 정녕 귀신인가? 준희가 홀린 듯 스튜디오 안으로 들어갔다. 피아노를 치던 여자도 기척에 놀랐는지 연주를 멈추고 뒤를 돌아보았다. 귀신이 아니라, 천사였다. 여자는 사람의 탈을 쓴 천사가 분명했다. 준희의 눈에 콩깍지가 씌는 순간이었다.

"뭐야, 너? 누가 맘대로 들어오래?"

천사가 입을 열자 차갑고 앙칼진 말이 튀어나왔다. 하지만 이미 콩깍지가 씐 준희 눈엔 그녀가 주먹질을 한다고 해도 예쁘게만 보일 터였다. 준희가 감동에 젖은 목소리로 물었다.

"언닌 누구야아?"

"넌 뭔데?"

준희는 대답 대신 피아노 위에 있는 책을 쳐다보았다. 책 표지에는 천사의 이름과 학번이 적혀 있었다. 천사의 이름은 한희주였다. 한희주, 이름도 얼굴만큼 예쁘구나!

"나도 드디어 나타샤를 찾았나봐."

"나타샤? 내가 외국 사람처럼 보여? 쓸데없는 소리 말고 빨리 나가! 연습하게!"

"나타샤 성격이 이상해. 그래도 이쁘니까 괜찮아. 언니! 다시 만나러 올게~."

준희는 해맑게 웃으며 손을 흔들고 사라졌다. 아무리 예쁜 언니를 만났어도 양념통닭을 잊을 리가 없는 준희였다.

한 달간 노예하기!

드디어 국악과 일일찻집 행사가 열리는 날이다. 카타르시스 입구에는 '국악과 일일찻집 – The Stupid 공연'이라고 적힌 포스터가 살짝 삐뚤게 붙어 있었다. 석현은 포스터를 뜯어서 바로 붙여준 뒤 카페로 들어갔다. 카타르시스는 연극과 동기이자 군대 동기인 정은, 구 마담이 하는 가게였다. 어느 날 갑자기 연극을 그만둔 정은이 학교 앞에 술집을 차렸다는 소식은 미국에 있을 때 들었지만, 실제로 와보긴 처음이었다. 아직 이른 시간이라 그런지 카페는 텅 비어 있었다. 석현은 주방을 향해 큰소리로 구 마담을 불렀다.

"정은아~."

주방에서 일을 보던 구 마담이 고개를 빼쭉 내밀었다.

"어? 이야~ 이게 누구야? 그 유명한…."

"아… 이놈의 유명세는 참…. 사인해줄까?"

"사인은 이따 영수증에 해주고, 언제 왔어?"

석현의 너스레에 정겹게 대꾸하며 구 마담이 주방에서 나왔다.

"며칠 됐다. 장사 잘 되냐?"

"뭐, 그냥저냥. 근데 이 시간에 웬일이야? 학교에 볼일 있었어?"

"총장님한테 불려 왔다. 공연하라고."

구 마담이 고개를 갸웃거렸다.

"공연? 100주년?! 그거 태준이 형이 연출하는 거 아니었나?"

"그래?"

"작년에도 연출하려고 엄청 애썼는데 다른 사람한테 밀려서 상심 많이 했지. 100주년 공연한다고 기대가 큰 것 같던데, 너 아주 제대로 미움 받겠다."

그런 건가? 그래서 태준의 안색이 그렇게 안 좋았던 건가? 석현은 떨떠름하게 웃으며 입맛을 다셨다.

"에이~ 몰라."

구 마담이 커피를 내리며 조심스럽게 물었다.

"그보다 혹시 윤수… 아직 못 봤지?"

"뭐 엄청 대단히 넓은 곳이라고 못 봤겠냐?"

석현은 짐짓 태연한 척 말했지만, 윤수라는 이름에 손끝이 살짝 떨려오는 것을 느꼈다. 구 마담이 커피를 석현 앞에 내려놓으며 말했다.

"어? 만났어 벌써? 표정 보니, 별로 좋은 만남은 아니었나보네."

"기쁘냐?"

"암. 기쁘다마다. 네가 윤수랑 잘되는 꼴은 죽어도 못 보지. 모두의 마돈나를 뺏어간 놈인데!"

석현은 쓰디쓴 얼굴로 입맛을 다시며 커피를 한 모금 마셨다. 구 마담이 괜히 행주로 탁자 닦는 시늉을 하며 입을 열었다.

"윤수도 그렇고 너도 그렇고 참 독해. 한 번쯤 만나면 어때서? 하긴 너야 윤수한테 차인 거나 마찬가지니까."

석현이 들고 있던 커피잔을 거칠게 내려놓으며 목청을 높였다.

"차이긴 누가 차였다구!"

"승질은…."

구 마담은 석현이 쏟은 커피를 닦으며 화제를 돌렸다.

"아, 너 공연 보고 갈래? 조금 있으면 아이돌도 올 텐데."

석현이 시큰둥하게 말을 받았다.

"아이돌?"

말이 끝나기가 무섭게 가게 문이 열리고, 아이돌이 아닌 아이들이 들이닥쳤다. 장구와 가야금을 들고 있는 걸 보니 국악과 학생들 같았다. 그중 제 키만 한 가야금을 들고 있는 여학생이 눈에 띄었다. 단발머리에 눈만 커다란 여자애였다.

여자애는 카페로 들어서자마자 구 마담에게 꾸벅 인사를 하고는 들고 온 악기들을 정리하기 시작했다. 손발이 빠른 것이 일 하나는 똑소리 나게 잘할 것 같았다. 귀여운 구석은 있어도 아이돌 급의 외모는 아니었다.

"설마, 저 아이들이 아이돌이냐?"

구 마담이 단발머리 여자애를 돌아보며 빙긋이 웃고는 고개를 저었다.

"누구, 규원이?"

"이름이 규원이야?"

"어. 국악과 애들이야. 오늘 일일찻집 주역들이잖아. 저 애들은 그냥 아이들이지. 아이돌은 좀 있으면 올 거야. 스타성이 있는 애들이니까 보고 가라."

석현은 커피를 들고 구석진 자리로 옮겨 앉았다. 아이돌인지 아이들인지 구경이나 하고 가야겠다고 생각했다.

규원은 마음이 초조했다. 일일찻집 개장 시간이 코앞인데, 아직 스투피드인지 바보밴드인지는 올 생각도 하지 않고 있었다. 학교에서 카타르시스까지, 기어오더라도 30분이면 충분했다. 이것들이 돈만 받아먹고 도망친 건 아니겠지?

보운은 아무 걱정 말라며 연신 싱글벙글했다. 일일찻집 티켓이 다 팔려서 기분이 좋은 모양이었다. 같은 이유로 규원은 걱정이 되었다. 티켓을 사준 사람들은 국악과 일일찻집보다는 스투피드의 공연에 관심을 갖고 있었기 때문이다.

가게 문이 빈번히 열리기 시작했다. 자리를 차지하고 앉은 손님들이 점점 많아졌다. 대부분 여학생들이었다. 스투피드의 공연을 보기 위해 온 것이 분명했다.

이제 시간이 다 되었다. 더는 기다릴 수 없다고 판단한 규원이 마이크를 잡았다. 공연하다보면 곧 오겠지, 싶었다.

"안녕하세요. 국악과 김주영 교수님의 병원비 마련을 위한 일일 찻집을 찾아주셔서 감사합니다. 저희는 국악과의 소모임 바람꽃입니다."

몇몇 학생들이 박수를 쳐주었다. 규원은 마이크를 내려놓고 가야금 앞에 앉았지만 여전히 마음이 심란했다. 바람꽃 친구인 재영이 장구채를 들고 탁탁 두드리는 것으로 공연 시작을 알렸다. 이어 규원의 가야금 연주가 시작되었다. 소란스럽던 가게 안이 조용해졌다.

규원의 가야금 연주가 절정에 이르렀을 때, 카타르시스의 문이 열렸다. 하얀 원피스를 입은 긴 생머리의 여학생이 가게 안으로 들어왔다. 희주였다. 희주는 가야금 연주를 들으며 빈자리를 찾았다. 마땅한 자리가 없었다. 저만치 같은 과 선배인 사랑이와 그 친구들이 앉아 있었지만, 그쪽에 끼어 앉을 생각은 꿈에도 없었다. 그들도 그녀를 끼워줄 생각이 없는 것 같았다. 눈이 마주쳤으나 누가 먼저랄 것도 없이 서로 고개를 돌려버렸다.

희주가 곁눈질로 바라보니 자기들끼리 킥킥거리며 희주를 힐끔거렸다. '질투쟁이들! 내 발끝도 못 따라오는 주제에 뒤에서 욕이나 해대는 아마추어들!!' 희주는 한쪽 입술을 올려 그들을 비웃어 주었다. 마음 같아서는 큰 소리로 비웃어주고 싶었지만 그럴 수는 없다. 미래를 위해서였다. 일부러 적을 만들 필요는 없었다. 세상은 좁았다. 특히 그녀가 살고 싶어하는 세계는 그 어느 곳보다 좁았다. 그녀는 뮤지컬 배우가 되고 싶었다. 당장 프로 무대에 올라가도 좋을 만큼 예쁘고 실력도 있었다. 그렇다고 자부했다. 또 주변에서도 모두들 그렇다고 말해주었다. 희주가 예술대학 이사장 딸이기 때문에 하는 아부성 발언만은 아니었다. 그녀는 스스로 그렇게 믿었다. 자신은 주인공이 되기 위해 태어난 사람이라고.

희주는 구석진 자리로 걸음을 옮겼다. 한 남자가 테이블을 다 차지하고 혼자 앉아 있었다. 30대 초반쯤 되어 보였다. 어디선가 본 듯한 얼굴이었다. 배우인가. 배우는 아닌 것 같았다. 희주는 남자에게 양해를 구하고, 맞은편에 있는 의자를 빼서 뒷자리로 옮겨 앉았다.

드디어 가야금 연주가 끝났다. 곧 신이를 볼 수 있을 거란 생각에 희주의 얼굴에 미소가 번졌다.

희주와 신은 예술고 동창이었다. 희주는 고등학교 때부터 신을 좋아했다. 고등학교 때도 신은 인기가 많았다. 잘생긴 외모에 월등한 기타 실력, 거기다 카리스마까지 갖출 건 다 갖춘 준비된 스타였다. 희주는 늘 신의 주변을 맴돌았지만 신은 그녀를 거들떠보지도 않았다. 자존심이 상했지만, 당시엔 어쩔 수 없다고 생각했다. 희주는 모든 원인이 자신의 뚱뚱한 외모 때문이라고 생각했다. 고등학교 때 희주는 80킬로에 육박하는 거구였다. 성악가가 되기를 꿈꾸었고 파바로티를 좋아했기 때문인지 노래하는 사람은 다 그렇게 뚱뚱해도 되는 줄 알았다. 희주는 조수미를 능가하는 성악가가 되고 싶었고, 그렇게 될 자신이 있었다. 그러나 실기성적뿐 아니라 필기성적도 중요시하는 서울대 음대에 합격할 자신은 없었다. 아무리 돈 많은 아버지가 뒤에서 밀어주고 밑에서 받쳐줘도 성적은 올라가지 않았다. 결국 그녀는 성악가의 길을 포기했다. 그러자 더 멋있는 꿈이 생겼다. 바로 뮤지컬 배우였다.

진로를 바꾸자마자 희주는 다이어트를 시작했다. 입에 달고 살던 초콜릿과 아이스크림, 과자 같은 군것질을 모두 끊고 끼니도 거의 걸렀다. 살은 무섭도록 빠르게 빠졌고, 그러자 숨어 있던 아름다움이 모습을 드러냈다. 희주는 거울을 볼 때마다 행복해졌다. 백설공주의 계모가 들고 있던 마법의 거울을 바라보듯, 거울에게 말을 걸어보기도 했다. 거울아 거울아, 이 세상에서 내가 제일 예쁘지? 하고 말이다.

무대가 정리되고 스투피드 밴드가 무대에 올랐다. 그런데 신이 보이지 않았다. 보컬이 빠진 밴드라니! 있을 수 없는 일이다. 드러머와 키보디스트, 베이시스트가 악기를 조율하며 카페 입구를 자꾸 힐끔거렸다. 그들도 신이를 애타게 기다리는 듯했다. 멤버들에게 말도 안 하고 공연에 빠지다니, 신이 답지 않은 행동이었다.

카페 안이 점점 소란스러워지고 있었다.

"아니, 악기 세팅만 벌써 몇십 분째야? 작작 좀 해라, 이것들아!"

"신이 기다리는 거 같은데?"

"뭐? 다들 보컬 얼굴 보러 왔는데, 완전 사기 아냐?"

여기저기서 불평불만이 쏟아졌다.
"그럼 그렇지. 이신이 이따위 공연을 하겠어?"
희주가 콧방귀를 뀌며 자리에서 일어났다. 괜히 시간만 낭비한 것 같아 짜증이 났다. 그때였다. 지잉, 하는 마이크 소음이 들렸다. 가야금을 연주하던 국악과 여자아이가 무대에 올라 마이크를 잡고 있었다. 그리고 스투피드 밴드의 연주에 맞춰 노래를 불렀다. 희주는 그 자리에 멈춰 선 채 노래에 빠져들었다. 묘한 매력, 특별함이 느껴지는 목소리였다.

석현은 자신의 귀를 의심했다. 가야금을 치던 규원의 보이스 때문이었다. 그것은 트라이앵글처럼 맑은 듯싶다가 트럼본처럼 묵직한 울림을 남겼다. 보기 드물게 다양한 음색이었다. 무대를 장악하는 힘도 느껴졌다. 툴툴거리던 여학생들이 하나같이 입을 닫고 노래를 들었다. 구 마담도 의외라는 듯이 무대를 바라보고 있었다.
노래가 끝났다. 잠시 가게 안에 정적이 흐르더니, 꿈에서 깨어난 듯한 여학생들이 한 목소리로 툴툴거리기 시작했다.
"완전 사기 아냐? 스투피드 나온다더니, 신이 오빤 나오지도 않구!!"
"저 여자애 뭐야? 왜 자기가 노래해?"
"근데, 쫌 하지 않냐??"
여학생들은 저마다 한마디씩 던지며 카페 문을 나섰다. 규원과 친구들은 연신 허리를 숙이며 그들에게 사과와 인사를 건넸다.

"찾아주셔서 감사합니다. 죄송합니다. 안녕히 가세요."
석현은 그런 규원의 모습을 말없이 지켜보았다. 잘만 다듬으면 근사한 보석이 될 것 같았다.
국악과 학생들까지 카페를 빠져나가는 것으로 일일찻집이 마무리되자 구 마담이 병맥주를 가져와 마주 앉았다. 하지만 석현은 구 마담의 어깨를 툭툭 쳐주고는 카타르시스를 빠져나와 버스정류장 쪽으로 향했다.

규원은 가야금을 어깨에 짊어지고 버스를 기다리고 있었다. 몸이 천근만근이었다. 오늘따라 가야금이 더 무거운 것 같았다.
'이게 다 이신 때문이야. 액수가 적건 많건, 돈을 받고 무대에 서는 사람이 땡땡이를 쳐? 프로 의식이라곤 눈곱만큼도 없는 녀석 같으니라구. 세상 잘난 척은 혼자 다 하더니, 결국 자기가 한 일이 뭐야? 민폐 끼친 것밖에 더 있어? 이신 때문에 몇 시간 동안 욕이란 욕은 다 먹고, 또 허리는 몇 번을 숙인 거야. 아이고, 허리야.'
혼잣말을 구시렁거리던 규원이 가야금을 다른 어깨로 옮겨 멘 후 손으로 허리를 툭툭 두드렸다.
"가야금인가?"
규원이 흠칫 놀라며 목소리의 주인을 바라보았다.
"그런데요?"

석현은 방실방실 웃으며 규원의 얼굴에 자신의 얼굴을 바짝 갖다 댔다. 안 그래도 큰 눈이 놀라서 그런지 더 커 보였다.

"꽤 무겁겠다. 힘이 센가봐?"

이 아저씬 뭐야? 불난 집에 부채질하는 거야? 석현이 누군지 알리 없는 규원은 눈썹을 꿈틀거리며 강한 어조로 말했다.

"아저씨, 제가 지금 기분 상당히 안 좋거든요? 그냥 가세요."

"싫은데? 난 지금 기분 상당히 괜찮거든. 잠깐 얘기 좀 할까?"

규원이 주변을 둘러보았다. 아무도 없었다. 그녀는 겁을 먹은 듯 목소리를 살짝 떨며 말했다.

"아저씨, 뭐 변태 같은 거 아니죠?"

규원은 가야금을 앞으로 가져와 꼭 껴안았다.

"혹시라도 이상한 짓 하려는 거면…."

"변태?! 난 소녀시대 급 아니면 상대도 안 해. 눈 아주 높은 사람이야."

그 말에 규원이 앙칼지게 쏘아붙였다.

"그럼 뭔데요?"

"구 마담 친구다! 됐냐?!"

아, 그랬구나. 그제야 안심이 된 규원이 어깨에 줬던 힘을 빼며 말했다.

"근데 왜 절 따라오세요?"

"어디서 노래 좀 해봤어? 아까 노래 잘하던데?"

"아… 그건 그냥 어떤 재수탱이 땜에 할 수 없이 부른 거예요. 혹시 우리 티켓 사주셨어요?"

"그랬다면?"

규원이 씩 웃으며, 씩씩하게 말했다.

"감사하다구요. 덕분에 생각보다 모금액이 많이 모였어요."

석현은 규원이 했던 오프닝 멘트를 떠올렸다.

"아, 교수님 병원비랬나?"

"네. 지금 전해주러 가려구요. 아, 버스 왔다! 오늘 고마웠습니다! 복 받으실 거예요!"

규원은 버스로 폴짝 뛰어올랐다. 빨리 교수님을 만나고 싶었다. 큰돈은 아니지만 제자들의 마음이 깃든 모금액을 받으면 교수님도 기뻐할 것 같았다. 기쁨은 만병통치약이라는 말처럼, 머잖아 수술을 마친 교수님이 활짝 웃으며 학교로 돌아와준다면 그보다 기쁜 일은 없을 것 같았다. 곧 버스가 출발했다.

멀어지는 버스를 바라보던 석현의 발에 뭔가가 걸렸다. 리본으로 예쁘게 묶은 도화지였다. 규원이 떨어뜨리고 간 모양이었다. 석현은 리본을 풀고 도화지를 펼쳐보았다. 국악과 학생들이 김주영 교수에게 쓴 희망의 메시지들이었다.

석현은 잠시 망설이다 구 마담에게 전화를 걸었다. 잠시 후 구 마담이 김주영 교수가 입원한 병원과 병실 호수를 알려주었다.

병원에 도착한 석현은 병실로 곧장 올라갔다. 그런데 병실은 텅 비어 있었다. 구 마담이 잘못 알려줬을 리가 없는데? 석현이 고개를 갸웃거리며 간호사실로 갔다.

"저 여기 환자 중에 김주영 교수님이라고…."

"환자분 좀 전에 영안실로 옮겼습니다."

죽음을 전하는 간호사의 목소리는 무미건조했다. 석현은 '환자분 다른 병실로 옮겼습니다.'라고 말한 것을 잘못 들은 게 아닌가 잠시 생각하다가, 병원 장례식장으로 걸음을 옮겼다. 기분이 이상했다. 얼굴을 알든 모르든, 관계가 있든 없든, 누군가가 죽었다는 소식을 듣는다는 건 퍽 서글픈 일이었다.

장례식장에 내려가자마자, 규원이 보였다. 규원은 김주영 교수의 유족인 듯한 남자에게 봉투를 건네고 있었다. 일일찻집에서 모인 돈인 것 같았다. 석현은 장례식장 입구에 서서 규원을 기다렸다.

한참 후에 규원이 입구 쪽으로 힘없이 걸어 나왔다. 그러다 석현을 보자 걸음을 멈췄다. 얼마나 울었는지 눈이 빨갛게 부어 있었다. 그 모습에 석현은 말문이 막히고 말았다. 규원은 흐릿한 눈빛으로 석현을 바라보며 물었다. 목소리에 울음이 가득 묻어 있었다.

"왜, 여기 계세요?"

이제 교수님은 여기 없는데, 다시는 볼 수 없는 먼 곳으로 가버리셨는데, 아저씨는 왜 여기 계세요? 나는 왜 여기 있는 거죠?

규원의 눈가에 눈물이 가득 고였다. 석현은 바지 뒷주머니에서 롤링페이퍼를 꺼내 규원에게 건넸다. 롤링페이퍼를 받아 든 규원이 고개를 푹 숙였다. 눈물이 롤링페이퍼 위로 뚝뚝 떨어졌다.

"제가 하는 일이 이래요. 제대로 하는 게 하나두 없거든요. 늦었대요. 교수님… 돌아가셨대요."

규원이 롤링페이퍼를 가슴에 품고 어깨를 떨며 울기 시작했다. 석현은 어떻게 해야 할지 망설이다가 조심스럽게 손을 올려 규원의 어깨를 두드려주었다. 규원이 석현의 품에 얼굴을 묻고 펑펑 소리 내어 울기 시작했다.

날이 점점 뜨거워지고 있다. 어쩐지 올 여름은 유난히 길 것 같다. 신은 손등으로 이마에 솟은 땀을 닦으며 문창과 건물로 올라갔다. 이제 막 수업이 끝났는지 학생들이 강의실 밖으로 나오고 있었다. 신은 문틈으로 강의실을 둘러보았다. 준희가 책상에 엎드려 자고 있었다. 신이의 부탁을 받은 한 학생이 준희를 흔들어 깨우자 준희가 졸린 눈을 비비며 일어났다. 그는 문 앞에 서 있는 신을 발견하곤 화들짝 놀라며 뛰어왔다.

"형, 어떻게 된 거야? 어제는 왜 전화도 안 받구! 완전 난리 났었어! 애들이 막 환불해달라 그러구!"

신은 일이 성가시게 되었다는 듯 머리를 긁적였다. 그는 주머니에서 돈 봉투를 꺼내 준희에게 내밀었다. 준희가 먹어치운 삼겹살 몇 인분 값이었다.

"돈 돌려준다 그래. 네가 갖다줘."

준희가 손사래를 치며 뒤로 물러났다.

"싫어! 형이 직접 줘. 그 언니들 얼마나 화났는데. 형이 갖다줘."

신은 준희를 곁눈질하며 쓴 입맛을 다셨다.

"국악과랬지?"

"응. 다들 화났으니까, 조심해. 특히 규원이 언니!"

약속을 어긴 건 이쪽이니까, 그애들이 화를 내는 것도 당연한 일이었다. 신은 돈 봉투를 주머니에 다시 집어넣으며 준희의 옆구리를 쿡 찔렀다.

"같이 갈래?"

준희가 고개와 손을 동시에 흔들며 말했다.

"싫어."

"밥 사줄게."

"싫어. 그럼 잘해봐, 형!"

준희는 혹시라도 신에게 붙잡힐까 싶었는지 잽싸게 강의실 안으로 들어가버렸다.

신은 한숨을 푹 내쉬며 국악과 건물로 걸음을 옮겼다. 국악과는 실용음악과와 같은 건물에 있었다. 빨간 다리 도서관과 연결된 건물이었다.

사실 신이 국악과 일일찻집 공연에 참석하지 못한 건 동생 정현에게 급한 일이 생겨서였다. 공연 당일, 신은 다른 멤버들과 함께 밴드 연습실에 모여 공연 준비를 하고 있었다. 공연 시간이 다 되어 악기를 챙기고 있는데, 전화벨이 울렸다. 여동생 정현이었다. 아빠 없이 자라서 그런지, 정현은 유독 오빠인 신에게 많이 의지했다. 신에게도 하나뿐인 동생 정현은 특별한 존재였다. 신은 출판사 일로 늘 바쁜 엄마를 대신해 정현이의 끼니를 챙기고, 공부를 봐주고, 잠을 재웠었다. 그런 동생이 배가 아파서 죽을 것 같다며 전화를 한 것이다. 신이 만사 제쳐놓고 달려가보니 정현은 교복도 벗지 못한 채 거실 바닥에 쓰러져 있었다. 급성 맹장염이었다. 신이 입원 수속을 하고 수술동의서를 작성하고 있을 때 엄마가 회사에서 달려왔다. 그제야 한숨을 돌리고 시간을 확인했지만, 이미 약속된 공연 시간은 한참 지나 있었다. 어쩔 수 없는 사정이긴 했지만 일일이 변명할 생각은 없었다. 어쨌든 약속을 어긴 건 자신의 잘못이었기 때문이다.

　신은 규원을 찾기 위해 국악과 강의실과 연습실을 둘러보았다. 어디선가 가야금 소리가 들려왔다. 악기란 다루는 사람의 마음에 따라 그 소리가 달라진다는 것을 신은 알고 있었다. 그런데 지금 들려오는 가야금 소리에는 슬픔과 그리움이 배어 있었다. 신이 그 소리를 따라 한 걸음 한 걸음 내딛었다.
　소리가 흘러나오고 있는 연습실 안을 들여다보니, 규원이 마룻바닥에 앉아 가야금을 뜯고 있었다. 신은 인기척을 낼까 어쩔까 하다가 연습실 안으로 들어갔다. 가야금 연주가 뚝 끊겼다.
　규원은 김주영 교수를 생각하며 가야금을 뜯고 있었다. 전하지 못한 마음이 아쉬웠고, 마지막 가시는 길을 보지 못한 것이 죄스러웠다. 그녀는 연주를 방해한 신을 원망스런 눈빛으로 쳐다보았다. 가야금 연주를 감히 자장가로 듣고, 세상 여자들이 자기 발밑에 있다고 착각하고, 거기다 프로 의식도 없이 공연을 펑크 내고…. 한순간이나마 이신을 멋지다고 생각했던 자신이 한심했다. 규원은 눈이 찢어져라 신이를 쩨려보며 앙칼진 목소리로 입을 열었다.

"누가 들어오래?"

신은 한마디 변명도 없이 주머니에서 돈 봉투를 꺼내 규원 앞에 툭 던졌다.

"돌려주러 왔어."

규원은 어이없다는 듯 봉투와 신을 번갈아 쳐다보았다.

"필요 없어, 이까짓 돈! 갖고 가!"

그러다 분이 안 풀렸는지 봉투를 들고 자리에서 벌떡 일어나 신을 향해 삿대질을 했다.

"네가 잘난 것 같지? 얼굴 좀 반반하고 인기 좀 있으니까 대단한 거 같지? 나도 들어봤거든, 너희들 음악?"

규원이 가슴을 퍽퍽 치며, 말을 이었다.

"여기, 코딱지만큼도 못 울렸어. 까불지 마!"

그리고 돈 봉투를 신의 가슴팍에 던져버렸다. 신의 눈썹이 꿈틀거렸다. 자신이 잘못한 건 알지만 이건 좀 과하다 싶었다. 울컥 치미는 화를 꾹 누르며 돈 봉투를 주워 들었다.

"기분은 알겠는데 그냥 받아. 교수님 병원비 할 거라며?"

그 말이 규원의 상처를 건드렸다.

"뭐? 너 같은 애 어디가 좋다고 쫓아다니는지 진짜 이해가 안 가! 너같이 못돼 처먹고 재수 없고 밥맛없는 애가 뭐가 좋다구! 다들 눈이 삐었지! 가! 다신 내 앞에 나타나지 마!"
 더 이상 참고 들어줄 수가 없었다.
 "알려줘? 못돼 처먹고 재수없고 밥맛없는 애, 왜들 미쳐서 쫓아다니는지?"
 "웃기지 마! 누가 알고 싶대?!"
 신이 비웃음을 머금은 차가운 말투로 빈정거렸다.
 "그리고 나도 들어봤어, 네 연주."
 신 역시 규원이 그랬던 것처럼, 손으로 심장을 가리키며 말을 이었다.
 "너도 여기, 손톱만큼도 못 울렸어."
 "뭐? 네가 국악에 대해 알아? 혼이 뭔지나 알아?"
 "내가 알아야 돼?"
 "알지도 못하면서 함부로 말하지 마! 너희들 시끄런 음악보다 백만 배는 훌륭해!"
 "그래? 내기라도 할까?"
 "좋아! 해! 얼마든지!"
 "지면?"
 "지면….."
 갑작스런 질문에 규원이 당황하는 사이 신이 불쑥 끼어들었다.
 "한 달간 노예하기!"
 "해! 한 달이든 두 달이든 얼마든지!"
 신이 눈웃음을 날리며, 가소롭다는 듯이 물었다.

"괜찮겠어?"

"너야말로 지고 딴소리하지 마!"

"좋아. 일주일 후 중앙광장. 오케이?"

"일주일? 오, 오케이."

엎치락뒤치락하던 말싸움이 끝났다. 신은 연습실 문을 쾅 닫고 밖으로 나왔다. 머릿속이 뒤죽박죽이었다. 홧김에 또 귀찮은 일을 만들어버린 것이다.

소문은 삽시간에 퍼졌다. '바람꽃 애들이 실음과 애들이랑 연주 배틀하기로 했대!'에서 시작된 소문은 '실음과 애들이 국악과를 완전 우습게 봤대!'라는 살까지 붙어 결국은 '국악과의 자존심이 걸린 배틀'로 마무리되었다. 국악과 학생들은 분기탱천하며 규원을 응원했다. 규원은 쥐구멍이라도 찾아 도망가고 싶은 심정이었다.

"으… 완전 망했다. 어떡해! 이신 도발에 넘어가버렸어. 아아, 이 규원 바보 멍충이."

규원은 제 머리를 쥐어박으며 혼잣말을 웅얼거렸다. 하지만 보운은 규원의 마음은 아랑곳없이 철딱서니 없는 소리만 했다.

"아~ 신이의 노예, 아니 신발이라도 되고 싶어!"

"야! 정신 차려! 이건 자존심 문제야!"

규원이 버럭 화를 내자, 금세 풀이 죽은 보운이 기어 들어가는 목소리로 물었다.

"근데 곡은 정했어?"

"생각해봐야지. 진정 국악의 혼이 담긴 걸로."

"근데 신이가 노래만 했다 하면 애들이 다 넘어가는데…."

"그래서 노래는 절대 금지라고 했어. 오로지 연주로만 평가받는 거야."

보운이 안심된다는 듯 고개를 끄덕였다.

"그럼 가능성 있겠다."

"그치? 국악을 우습게 보는 놈은 절대 용서할 수 없어!!"

참으로 이상한 일이다. 이신을 생각하거나 대면하는 상황이 되면 규원의 입에서는 평소에 잘 쓰지 않는 '놈', '녀석' 같은 거친 말이 나오는 것이다. 여하튼 규원은 의지를 다지려는 듯 두 주먹을 불끈 쥐어 올렸다. 보운도 규원을 따라 주먹을 불끈 쥐었다.

규원은 마음이 급해졌다. 곡을 선정하는 데 이틀이나 걸리고 말았다. 상대가 스투피드인 이상 전통 국악 곡을 선택할 수는 없었다. 낯설지만 지루하지 않고, 익숙하지만 신선한 곡이 필요했다. 듣는 이의 심금을 울리고 마음을 움직이는 곡을 찾아야 했다. 밤낮 이어폰을 꽂고 현대 국악을 들었고, 손에서 악보 책을 놓지 않았다. 그러던 중 돌아가신 김주영 교수님의 베스트 앨범을 다시 찾아 듣게 되었다. '그래, 바로 이 곡이야!'

그렇게 가야금 솔로 한 곡과 해금과 가야금의 합주곡 한 곡을 선

택했다. 곡이 선정되자마자 규원은 바람꽃 멤버들과 연습에 들어갔다. 수업이 없는 시간은 물론이고 점심시간까지 쪼개서 연습에 몰입했다. 그렇게 시간이 흘러갔다.

배틀이 하루 앞으로 다가왔다. 신은 눈부신 햇살을 받으며 연습실을 향해 자전거를 내달렸다. 빨간 다리 도서관 밑을 막 통과하는데, 지나가던 실용음악과 동기들이 아는 척을 해왔다.
"신아! 꼭 이겨라! 실음과의 자존심이 걸렸다. 파이팅!"
신은 억지로 웃으며 고개를 끄덕였다. 신경이 곤두섰다. 홧김에 시작한 일이 예상 밖으로 커져버렸다. 철딱서니 없는 준희를 제외한 다른 멤버들도 부담스러운 눈치였다. 표현은 안 했지만 자신도 긴장되기는 마찬가지였다.
연습실에서는 밴드 멤버들이 모여 악기를 조율하고 있었다. 신도 일렉트릭 기타를 조율하기 위해 의자에 앉았다. 그때, 준희가 방금 생각났다는 듯이 눈을 크게 뜨고 말했다.
"참! 형아들 얘기 들었어? 국악과 교수님 있잖아."
베이스 기타를 담당하는 명관이가 되물었다.
"국악과? 암에 걸리셨다는 분?"
"응. 그분 돌아가셨대."
신이 기타를 조율하다 말고 고개를 번쩍 들었다.
"뭐?"
명관은 안됐다는 듯 한숨을 쉬었다.

"결국 그렇게 되셨구나."

신이 아예 준희 쪽으로 몸을 돌리고 물었다.

"언제 돌아가셨대?"

"일일찻집 하던 날. 공연 끝나고 바로 장례식 갔다던데?"

신은 며칠 전 국악과 스튜디오에서 있었던 일을 떠올렸다. 왜 규원이 그렇게도 과민한 반응을 보였는지 알 것 같았다. 돈을 돌려주기 전에 사과부터 해야 했는지도 몰랐다. 어쩐지 미안한 마음이 들었다.

태준의 연구실을 찾은 석현이 문 앞에서 잠시 망연한 표정을 지었다. 문에 '수업 중'이라는 문구가 적혀 있었다. 이럴 줄 알았으면 미리 강의 시간을 알아둘걸. 석현은 책이나 좀 보면서 기다릴까 싶어 도서관으로 걸음을 옮겼다.

도서관엔 빈자리가 없었다. 언제부터 예술대학 학생들이 이렇게 공부를 열심히 했던가. 석현은 의아스러웠다. 그가 학교 다닐 때만 해도 학생들은 도서관 다닐 시간을 아껴 술집에 다녔다. 그때는 그것이 예술가의 삶이고 낭만인 줄 알았다.

석현은 자판기에서 커피 한 잔을 뽑아 도서관 테라스로 갔다. 여학생 몇몇이 테라스 의자에 앉아 수다를 떨고 있었다. 뜨거운 커피를 홀짝이는 석현의 귀에 여학생들의 수다가 거침없이 꽂혔다. 무용과 여학생들인지 윤수에 대한 얘기를 하고 있었다.
"정 교수님 있잖아, 몇 년 전만 해도 뉴욕에서 완전 알아주는 재즈 발레리나였대!!"
"근데 왜 한국으로 돌아온 거래?"
"교통사고를 당했대. 다리가 골절됐다니까 이제 발레 인생 종친 거지!"
"불쌍하다!"
"불쌍하긴 뭐. 그래도 지금 교수잖아."
"근데 있잖아, 연극과 학과장님 말야."
"누구, 임태준 교수?"
"응. 그 교수님이 아무래도 정 교수님 좋아하는 거 같지 않아? 점심시간 때 보면 늘 정 교수님 방 앞에서 기웃거리잖아. 한두 번 본 게 아니라니까!"
"정말?"
"응, 그렇다니까. 이번 100주년 공연에서 정 교수님이 안무 볼 수 있게 힘쓴 사람이 임 교수님이라던데?"
"넌 그런 말 다 어디서 듣냐?"
"야야. 어느 세상이나 카더라 소식지는 있는 법이거든."
석현은 다 식은 커피를 한입에 털어 넣고, 종이컵을 구겨 쓰레기통에 던져버렸다. 그리고 도서관을 나와 무용과 건물로 걸어갔다.
예상대로 윤수는 무용과 스튜디오에 있었다. 대학에 다닐 때도 윤수는 수업시간을 제외하고는 늘 스튜디오에서 춤을 추었다. 몸이 무거워지면 안 된다며 식빵 한 조각과 오렌지주스 한 잔으로 하루를 버티면서도, 어디서 그런 힘이 나는지 새로 신은 토슈즈가 나달나달해질 때까지 연습을 했다. 스물한 살의 석현은 그런 윤수를 사랑했었다.

석현은 노크도 하지 않고 스튜디오 안으로 들어갔다. 춤을 추다 또 발목이 접질린 윤수가 바닥에 앉아 발목을 주무르고 있었다. 등 뒤에서 인기척이 느껴지자 윤수가 나직한 목소리로 입을 열었다.

"왜 또 왔어? 앞으로 이러지 말랬잖아."

신이 온 것이라 생각했던 것이다. 그런 윤수의 반응에 석현은 문득 씁쓸한 기분이 들었다. 누구 기다리는 사람이 있었던가 싶었다.

"누구 기다리고 있었니?"

석현의 목소리를 들은 윤수가 어깨를 움찔하며 자리에서 일어났다. 석현에게만은 초라해진 자신을 보여주고 싶지 않았다.

"무슨… 일이야?"

"넘어지는 것 같던데, 다리는 괜찮아?"

"괜찮아. 신경써주지 않아도 돼."

윤수는 토슈즈를 손에 들고 석현의 시선을 피해 등을 돌렸다. 석현이 윤수의 어깨를 잡아 돌려세우며 말했다.

"100주년 공연, 안무 맡을 거라며?"

윤수는 말없이 석현을 올려다보았다.

"내가 연출하게 될지 몰라."

"그래서?"

"하지 마. 너 안무 맡을 실력 안 돼. 춤 잘 춘다고 안무도 잘하는 건 아냐."

윤수는 다짜고짜 찾아와 무례한 말을 건네는 석현이 어이없었다.

"본 적도 없잖아."

"뭔가 보여줘야겠다는 초조함은 이해하지만 동정 받고 싶지 않으면 이쯤에서 그만둬."

"뭐?"

윤수가 상처 받은 얼굴로 석현을 바라보았다. 석현의 목소리는 여전히 냉랭했다.

"너 위해 하는 소리야. 그만둬."

윤수의 눈에 눈물이 차올랐다.

"아니! 동정, 해볼 테면 해봐. 얼마든지 받아줄게!"

한마디도 져주지 않는 윤수의 태도에 석현이 버럭 화를 냈다.

"내가 너랑 어떻게 같이 일을 해!!"

"동정 받는 처지에 그거까지 걱정해줘야 해?"

윤수가 석현을 지나쳐 나가려 하자, 석현이 그녀의 팔을 붙잡았다. 그대로 보낼 수는 없었다. 윤수가 서글픔과 분노가 섞인 눈길로 그를 바라보았다. 그 역시 미움과 슬픔이 섞인 복잡한 마음으로 그녀를 바라보았다. 그리고 힘겹게 한마디를 내뱉었다.

"너, 참 나쁘다."

그리고는 윤수를 지나쳐 스튜디오를 나갔다. 윤수가 무너지듯 주저앉았다.

석현은 태준을 만나 100주년 공연의 연출을 맡겠다고 단도직입적으로 말했다. 태준이 느리게 고개를 끄덕이며 커피잔을 입에 가져다 댔다. 그의 표정에서는 아무런 감정도 찾아볼 수 없었다.

태준이 커피잔을 테이블에 내려놓으며 입을 열었다.

"하기로 했다니, 다행이긴 한데… 시간 괜찮겠어? 공연 있잖아?"

낮고 느린 말투였다. 석현은 그 의중을 빤히 들여다본다는 듯, 싱긋 웃으며 대답했다.

"빠듯하긴 한데 무리 좀 하지 뭐. 학교 다닐 때 생각도 나고, 재밌을 거 같아."

"잘됐네. 그럼 공연은 어떻게 할래? 내가 만든 기획이라 네 맘엔 좀 안 찰 수도 있는데."

석현이 기다렸다는 듯이 빠르고 단호한 어조로 말했다.

"다시 가야죠."

"기획부터 전부 다시 간단 소리야?"

"대신 스태프는 따로 안 붙이고 형이 구성한 대로 갈게요."

태준이 다시금 느린 동작으로 커피잔을 들어 올렸다. 분명 기분이 상했을 텐데 겉으로는 아무런 감정도 드러내지 않았다.

"어디가 마음에 안 드는데?"

석현은 좀더 세게 나가보기로 했다.

"재미가 없어요. 스케일만 너무 크고, 스토리도 부족하고."

"교수들이 뭐라 할 텐데… 이미 다 정해진 걸 바꾸려면."

"형이 설득해줄 거잖아요?"

석현이 떠보듯이 물었다. 태준은 들고 있던 커피를 후루룩 마시더니 잔을 거칠게 내려놓았다.

"얘기는 해보겠지만 워낙 자존심이 강한 분들이라 들을지 모르겠다."

"그리고 오디션도 볼 생각이에요. 준비 좀 해줬으면 하는데…."

"뭘 어떻게 바꿀 생각인지 모르지만 한희주는 꼭 넣었으면 한다."

"누군데요?"

"이사장 딸."

"그래요? 근데 어쩌죠? 나도 생각해둔 친구가 있는데."

태준의 콧등이 실룩거렸다.

"누군데?"

"그게… 국악과 애예요. 내일 광장에서 연주 시합 있다고 하던데, 형도 한번 봐요. 이규원이라고 가야금 치는 애예요."

석현은 그렇게 말하고 연구실을 나왔다.

한희주라, 석현은 문득 그 여자아이가 궁금해졌다. 태준이 아무리 정치적인 인간이라 해도, 단순히 이사장 딸이라는 이유만으로 한희주를 밀지는 않을 것이다. 다른 건 몰라도 태준에겐 재능 있는 아이를 발굴해내는 눈이 있었다. 석현은 누구보다 그 사실을 잘 알고 있었다.

연습실에 혼자 남아 춤 연습을 하던 희주가 동작을 멈추었다. 얼굴이며 온몸이 땀에 흠뻑 젖어 있었다. 희주는 땀으로 범벅이 된 얼굴을 수건으로 닦으며 거울을 쳐다보았다. 어쩜, 땀을 흘려도 이렇게 예쁠까. 이건 누구한테 감사해야 하나? 낳아주신 부모님? 고쳐주신 의사 선생님?

그녀가 혼자 '자뻑'에 빠져 있는 사이 어디선가 부스럭거리는 소리가 들렸다. 희주가 깜짝 놀라 스튜디오를 두리번거리자 스피커 뒤에 숨어 있던 준희가 모습을 드러냈다. 희주가 재즈댄스 추는 모습을 죄다 훔쳐보고 있었던 모양이다. 희주는 레이저빔을 쏘듯 준희를 째려보며 말했다.

"뭐야 또? 내 앞에 나타나지 말랬지?"

준희는 뒷목을 긁적이며 얼버무렸다.

"그래서 숨어 있었어. 앞에 나타나지 말래서."

"뭐? 언제부터 있었어?"

"아까아까. 아까부터."

"똘아이!!"

희주가 쌩하니 등을 돌렸다. 그 순간, 천장이 비잉, 돌았다. 현기증이었다. 먹은 거라곤 아침에 마신 녹즙이 전부였다. 그녀가 이마에 손을 올리고 멈칫거리자 준희가 걱정이 되어 달려왔다.

"어디 아퍼?"

"상관 마!"

그러다 안 되겠다 싶었는지 준희를 올려다보며 물었다.

"야! 너 혹시 먹을 거 있어?"

준희가 열심히 주머니를 뒤지더니 바지 주머니에서 초콜릿 하나를 꺼냈다.

"배고파? 줄까?"

"씨… 됐어!"

"기운 없을 때 먹으면 좋아."

준희는 백설공주에게 사과를 팔러 온 마귀할멈처럼 희주를 유혹했다.

"살찐단 말야! 누가 그딴 열량덩어릴 먹는대?"

"난 아무리 먹어도 안 찌는데."

천진한 표정으로 고개를 갸웃거리는 준희에게 희주가 버럭 성질을 부렸다.

"아~ 짜증 나! 너 가!"

풀이 죽은 준희가 어깨를 축 늘어뜨리며 초콜릿 봉지를 뜯었다.

"알았어."

희주가 군침을 꿀꺽 삼켰다.

"잠깐! 그거 잠깐 이리 줘봐."

"먹을래?"

준희가 신나서 희주에게 달려왔다. 희주는 초콜릿을 뺏어 허겁지겁 먹어치우고는 준희에게 물었다.

"더 없어?"

"더? 잠깐만 기다려. 내가 얼른 구해 올게."

준희가 중대한 명령을 받은 하급 군인처럼 밖으로 뛰쳐나가자, 그제야 정신을 차린 희주가 거울을 들여다보았다. 입술 주변에 초콜릿이 지저분하게 묻어 있었다. 그녀의 몸은 초콜릿의 달콤함을 갈구하고 있었지만, 그녀의 영혼은 방금 먹은 것을 전부 토해내라고 말하고 있었다. 희주는 마치 도플갱어를 바라보듯, 거울 속의 자신을 바라보았다. 그리고는 화장실로 달려갔다.

다행히 화장실엔 아무도 없었다. 희주는 가장 깨끗해 보이는 변기를 부여잡고 손가락을 입에 넣었다. 구역질을 몇 번 하자 초콜릿 덩어리와 검은 국물이 목구멍을 뚫고 나왔다. 체중을 1킬로그램은 더 빼야 하는데 하마터면 큰일날 뻔했다. 희주가 입을 닦으며 일어서려는데 밖에서 여자들의 수다 소리가 들려왔다.

"들었어? 김석현 감독이 100주년 공연 연출할지도 모른대."

"나도 들었어. 지금 임태준 교수님 방에 있다던데?"

희주의 귀가 쫑긋 섰다. 100주년 공연이라면 희주와 밀접한 관련이 있었다. 바로 자신이 그 공연의 주인공이 될 테니 말이다.

"원래 임태준 교수는 주인공으로 한희주 쓸라 그랬잖아. 이사장 딸이라고 얼마나 비비는지… 보는 내가 다 안쓰럽더라. 어쨌든 감독 바뀌면 이제 어떻게 될지 모르는 거지."

"하긴. 조교 언니 말 들으니까 김석현 감독은 따로 생각하는 애가 있다 그랬대."

"어? 정말? 그게 누군데?"

"국악과 애라던데? 이규원인가 뭔가 하는 앤데, 왜 그 내일 우리 왕자님이랑 배틀 붙기로 한 애 있잖아."

"정말? 연극과 애들 다 놔두고 웬 국악과? 말도 안 돼!"

"근데, 희주 자리를 넘볼 정도면 한 실력 하는 거 아닐까?"

"그래도 한희준데 그렇게 쉽게 떨어지겠어? 얄밉긴 하지만 잘하기도 하고."

"야! 잘하긴 무슨…. 그리고 한희주 얼굴 다 뜯어고친 거야. 걔 고등학교 때 80킬로도 훨씬 넘게 나갔댄다. 돈으로 다 처바른 얼굴이야, 그거."

흥, 질투쟁이들! 얼굴을 보지 않아도 떠들어대는 여자애들이 누군지 알 수 있었다. 같은 과 한 해 선배지만 희주를 눈엣가시처럼 여기는 사랑이와 그 무리들이 틀림없었다.

희주는 밖에서 들으라는 듯 변기 물을 내리고는 거칠게 문을 열었다. 화장실에서 나온 사람이 희주라는 걸 확인하자 사랑의 얼굴이 하얗게 질렸다. 희주는 별말 없이 세면대로 가 손을 씻었다. 그러자 사랑이 물었다.

"너 혹시 토했냐? 안에서 누가 토하는 거 같던데?"

희주는 순간 얼음이 된 듯 동작을 멈추었다. 그러다 이내 입에 침을 바르며 말했다.

"제가 왜요? 저 아무리 먹어도 살 안 찌는 체질이에요."

사랑이 어이없다는 듯 웃었다.

"누가 너 살찌는 체질이래? 체했냐고 묻는 건데. 어머! 너 설마 일부러…?"

희주가 인상을 구겼다.

"어머, 설마요. 언니가 혹시 그런가 싶어 한 얘기예요. 저 먼저 갈게요."

잰걸음으로 화장실을 빠져나온 희주가 허공에 대고 짜증을 부렸다. 에잇, 거기서 왜 그 말이 나와! 희주는 가끔 인생도 비디오처럼 편집이 가능했으면 좋겠다고 생각했다. 그게 가능하다면 바로 1분 전에 화장실에서 있었던 일을 가위로 싹둑싹둑 오려버리고 싶었다.

그건 그렇고, 화장실에서 들은 말이 사실일까? 이규원? 어디서 들어본 이름 같은데, 어디서 들었더라. 희주가 아랫입술을 잘근잘근 씹으며 머리를 갸웃거렸다.

뮤지컬 무용에 대한 영상자료를 빌리러 도서관을 향하던 윤수는 빨간 다리 밑에서 태준과 마주쳤다. 늘 그렇듯이 태준이 먼저 아는 척을 했다.

"어디 가?"

"도서관. 영상자료 좀 빌리려구."

"실음과랑 국악과 연주 대결한다는데 보러 갈래? 재밌겠더라."

윤수는 잠시 망설였다. 태준의 과한 관심이 부담스럽게 느껴졌다. 그러나 태준이 직접 고백하지 않는 이상 자신이 먼저 티를 낼 수도 없는 입장이었다. 그녀가 학교에서 아이들을 가르칠 수 있도록 힘써준 사람이 태준이라는 사실을 부인할 수 없었고, 이번 100주년 공연 안무를 맡게 된 것도 다 그의 추천 덕분임을 알고 있었다. 그녀는 한참을 망설이다 고개를 끄덕이며 태준을 따라나섰다.

중앙광장에는 이미 많은 아이들이 모여 있었다. 학교 행사도 아닌데 광장 중앙에 무대가 설치되었고, 무대 옆에는 인기투표를 할 수 있는 패널판도 설치되어 있었다. 바람꽃 대 스투피드 란으로 나뉘어 맘에 드는 칸에 스티커를 붙이는 형식이었다. 스투피드라면 신이 이끄는 밴드였다. 윤수는 저도 모르게 주변을 두리번거렸다. 어디에도 신이의 모습은 보이지 않았다.

윤수는 태준을 따라 광장 계단으로 올라갔다. 그때, 학생들 사이로 어슬렁거리며 걸어오는 석현이 보였다. 석현은 누군가를 향해 환하게 웃으며 손을 흔들었다.

"저 애구나, 석현이 찍었다는 애가…."

태준의 말이었다. 윤수는 석현의 손이 향하는 방향으로 시선을 돌렸다. 그곳에는 귀엽게 생긴 단발머리 여학생이 가야금을 들고 서 있었다. 심장이 차갑게 굳어버리는 것 같았다. 그 순간 신의 모습이 보였다. 기타를 든 신이 단발머리 여학생 앞으로 바짝 다가섰다. 이어, 구 마담이 마이크를 들고 무대 중앙으로 나왔다.

"아~ 오늘 국악과 바람꽃과 실음과 스투피드의 배틀을 위해 특별히, 가게 문을 닫고 출장 심판을 나온 구 마담입니다. 자, 박수!!"

계단에 앉은 아이들이 힘껏 박수를 치며 함성를 내질렀다.

"자, 그럼 동전으로 순서를 정하겠습니다."

구 마담의 말이 끝나자 규원이 앞면을 골랐다.

"그럼 신이는 자동으로 뒤. 앞면이 나오면 바람꽃이 먼저 하고 뒷면이 나오면 스투피드가 먼저 하는 거다. 자~!"

구 마담이 동전을 높이 던져 올렸다. 높이 뜬 동전이 도르르 돌며 구 마담 손바닥 위로 떨어졌다.

"뒷면!! 자, 여러분! 스투피드의 무대가 시작되겠습니다."

여학생들의 뜨거운 환호를 받으며 스투피드 밴드의 연주가 시작되었다. 특히 신은 헤드뱅잉까지 해가며 혼신을 다하는 모습이 카타르시스에서보다 멋있어 보였다. 광장을 꽉 채운 학생들이 너도 나도 휴대폰을 들어 동영상을 찍느라 야단이었다. 규원은 신과 경쟁해야 하는 입장만 아니었다면 자신도 저들과 마찬가지로 환호하고 소리 지르고 있을 거라 생각했다. 그만큼 신의 기타 연주에는 사람을 매료시키는 힘이 있었다.

의기소침해진 규원이 어깨를 축 늘어뜨리고 화장실로 달려갔다. 거울을 보니 꼴이 말이 아니었다. 퀭한 눈에 다크서클이 턱까지 내려와 있었다. 손가락의 굳은살이 벗겨질 정도로 밤새 가야금을 연주했기 때문이다. 그랬는데도 신의 연주를 들으니 자신감이 뚝뚝 떨어지고 있었다.

"괜찮아. 후후. 나는 최고다. 국악이 최고다."

규원은 용기를 내기 위해 두 손으로 제 볼을 감싸 안고 혼잣말을 중얼거렸다.

"당연히 국악이 최고지!"

어디선가 할아버지의 불호령 소리가 들리는 듯했다. 눈을 번쩍 뜬 규원은 다시 거울을 들여다보았다. 환청으로나마 할아버지의 목소리를 듣고 나니 기운이 솟는 듯했다.

화장실에서 나와 무대 앞으로 가니 마침 스투피드의 공연이 끝났다. 이제 규원이 무대에 오를 시간이었다.

"국악의 리듬에는 봄 여름 가을 겨울, 계절이 담겨 있어. 자연을 담은 소리란 거야. 음과 양이 어우러지는 소리지."

전날 밤, 동진이 장구채로 규원의 어깨를 두드려가며 한 말이었다. 그녀는 할아버지의 가르침을 되새기며 무대에 올랐다.

보운의 해금 소리에 이어 규원의 가야금 소리가 맑게 흘러나왔다. 스투피드의 화려한 사운드에 환호하던 학생들이 순식간에 잠잠해졌다. 스투피드의 화려하고 세련된 음악이 거친 바다를 연상시켰다면, 바람꽃의 절제된 음악은 고요한 호수를 떠올리게 했다. 화려한 전자 사운드에 뒤질 것 없는 국악의 매력에 청중들은 모두 놀란 눈빛으로 무대를 주목했다.

연주가 절정으로 치닫고 있었다. 고요한 호수 위로 세찬 비바람이 몰아치는 듯 숨 막히는 순간이었다.

'다 왔어 이규원. 여기야, 바로 여기!'

규원은 스스로를 응원하며 힘껏 가야금 줄을 튕겼다. 그 순간이었다. 가야금 줄이 팅! 소리를 내며 끊어져버렸다. 허공으로 사라져버린 가야금 소리에 이어 해금도 연주를 멈추었다. 무대 위는 적막에 휩싸였다.

스투피드의 압도적인 승리였다. 규원은 힘없이 가야금을 챙겼다. 보운도 힘이 빠졌는지 어깨가 축 늘어져 있었다.
"미안. 열심히 해줬는데 나 땜에 져버렸네."
규원이 애서 웃어 보이며 미안한 마음을 전했다. 보운은 씩 웃으며 괜찮다고 했지만 괜찮은 얼굴이 아니었다. 당연했다.
규원이 가야금을 어깨에 메고 힘없이 무대를 내려서는데, 누군가 규원의 어깨를 붙잡았다. 신이었다.
"괜찮았어, 연주. 줄만 끊어지지 않았으면 어떻게 됐을지 몰라."
위로하는 건가. 규원은 씁쓸하게 웃으며 대답했다.
"오늘은, 내가 졌어. 약속대로 맘대루 부려먹어."
규원이 패배를 인정하고 힘없이 등을 돌렸을 때였다.
"지난번엔… 미안했어."
뜻밖의 말에 규원이 놀란 얼굴로 뒤를 돌아보았다.
"뭐?"
"연주 약속 못 지킨 거. 들었어, 교수님 얘기."
"이유, 물어보면 얘기할 거야?"
"동생이 아팠어. 엄마는 일하는 중이었고. 안 믿어도 상관없어."

"아니야. 믿어. 교수님 일, 네 탓 아닌 거 알아. 그냥… 그날 그렇게라도 하지 않으면….."

"신경 안 써. 약속 어긴 건 나니까."

순간, 규원은 신이 좋은 애일지도 모르겠다는 생각이 들었다. 하지만 곧 신이 찬물을 끼얹듯 말했다.

"어쨌든 약속은 약속이니까 부담 없이 부려먹을게."

규원은 할 말을 잃고 말았다. 역시, 첫인상은 변하지 않는 모양이었다.

"그러시든가."

규원이 퉁명스럽게 말을 받았다.

"전화번호 뭐야?"

"뭐? 전화번혼 왜?"

신이 심드렁하게 말했다.

"알아야 심부름을 시키든 할 거 아냐?"

신은 말을 마치자마자 규원의 휴대폰을 뺏어 자기 휴대폰에 전화를 걸었다. 그리고는 휴대폰을 툭 건네주고 인사도 없이 가버렸다. 규원은 황당한 얼굴로 자신의 휴대폰과 멀어져가는 신의 뒷모습을 번갈아 쳐다보았다.

황당해하던 규원의 뚱한 얼굴을 생각하자 신의 입가에 미소가 번졌다. 윤수 아닌 다른 여자를 생각하며 웃는 건 처음이었다. 규원을 노예로 부리는 한 달 동안은 심심하지 않을 것 같았다.

신은 자전거를 마당 한쪽 벽에 비스듬히 세워두고 집 안으로 들어갔다. 정현은 아이스크림통을 가슴에 안고 TV를 보고 엄마는 옷도 갈아입지 않은 채 소파에 기대어 앉아 있었다. 많이 피곤해 보였다. 신이 가방을 내려놓으며 말했다.

"피곤하면 들어가 눕지?"

엄마는 대답 대신 뭔가 할 말이 있는 표정으로 신을 바라보았다.

"신아, 너 기타 안 하면 안 될까?"

정작 신에게 할 말은 이게 아니었다. 신이 한 번도 '아빠'라고 불러보지 못한 그. 엄마는 죽음의 문턱에 성큼 다가선 그를 만나고 온 터였다. 그에게 남은 시간이 많지 않다는 것은 신이 '아빠'를 불러볼 시간 또한 별로 남지 않았음을 의미한다. 엄마는 신에게 그의 이야기를 어떻게 꺼내야 하나 고민이 되었다.

"왜 그래야 하는데?"

"그냥, 돈 벌기 힘들잖아."

엄마가 생각해도 참 실없는 대답이다. 신의 아빠인 그는 젊은 시절, 촉망받는 기타리스트였다. 철들기 시작하면서부터 누가 시키지도 가르치지도 않았는데 신이 기타에 몰두하는 모습을 보며 피는 물보다 진하다는 속담을 떠올리곤 했다. 그럴 때마다 엄마는 알 수 없는 두려움을 느꼈다. 기타 솜씨와 음악적 자질과 함께 그의 어두운 면모도 신에게 유전될까봐 무서웠다.

신은 엄마의 싱거운 대답에 피식 웃으며 냉장고로 가 물병을 꺼냈다. 정현이 아이스크림을 먹으며 말했다.

"엄만, 음악잡지 편집장이 할 소리야?"

"그러네…."

엄마가 정현을 향해 힘없이 웃어 보였다. 신은 물을 한 컵 가득 따라 마시며, 오늘따라 엄마가 이상하다는 생각을 했다. 엄마가 신을 물끄러미 바라보았다. 신이 물컵을 식탁 위에 내려놓으며 엄마를 쳐다보았다.

"왜?"

"그냥. 내 아들이 언제 이렇게 많이 컸나 해서. 무뚝뚝한 것도 유전인가…."

엄마는 혼잣말처럼 중얼거리더니, 방으로 들어갔다. 신은 닫힌 엄마의 방문을 걱정스럽게 바라보았다.

그것만이 내 세상

아침 해가 쨍하니 떠올랐다. 규원은 가야금을 메고 마당으로 내려섰다. 동진이 화단 앞에 앉아 난을 살피고 있었다.

"할아버지, 학교 다녀오겠습니다!!"

규원이 씩씩하게 인사하고 대문 쪽으로 걸어갔다. 등 뒤에서 동진의 쩌렁한 목소리가 들려왔다.

"대회 일정 발표 났드라."

"들었어요."

규원이 명랑하게 대답했다. 동진은 이번 국악대전에서 가야금 줄을 끊어먹지 않으려면 오늘 밤부터 혹독한 훈련에 들어가야 한다고 엄포를 놓았다. 동진의 말에 기가 팍 죽은 규원이 힘없이 고개를 끄덕였다.

"네, 열심히 할게요. 다녀오겠습니다."

규원은 도망치듯 급하게 대문을 열고 밖으로 나왔다. 휴대폰이 울렸다. 모르는 번호였다.

"여보세요?"

"나야. 이신."

규원이 눈살을 찌푸리며 되물었다.

"이… 신?"

"교양수업 대리출석 좀 해줘."

"뭐? 그게 말이 된다고 생각해? 나두 그 수업 듣잖아!"

규원이 하는 말을 들었는지 못 들었는지 신은 전화를 뚝 끊어버렸다. '한 달간 노예하기' 벌칙이 시작된 건가. 규원은 끊어진 휴대폰을 내려다보며 깊은 한숨을 내쉬었다.

규원과의 통화를 마친 신은 자동차 시동을 걸며 조수석에 앉아 있는 엄마를 힐끔 쳐다보았다. 엄마는 그늘진 얼굴로 창밖을 내다보고 있었다.

몇 분 전, 신은 학교에 가기 위해 신발을 신고 있었다. 그런데 엄마가 불러 세우더니 어디 좀 같이 가자고 했다.

"어딘데? 나 지금 수업 가야 해."

엄마의 대답은 뜻밖이었다. 언젠가 신이 지나가듯 말했던 기타 레슨을 받게 해줄 테니 지금 당장 가자는 거였다. 신은 어이가 없었지만, 엄마의 표정이 너무 어둡고 복잡해 보여서 아무 말 없이 따라나섰다.

"근데… 엄마하고는 어떻게 아는 사람이야?"

신이 엄마의 낯빛을 살피며 물었다. 엄마는 한참 동안 대답을 망설이다가 입을 열었다.

"어… 옛날에 출판사 일로 잠깐 알던 사람인데, 어제 너랑 얘기하다 갑자기 생각나서. 그래도 옛날에 꽤 치던 사람이니까 한번 받아두면 도움이 될 거야."

신은 어딘가 미심쩍은 마음이 들었다.

"꼭 이렇게 급하게 가야 돼?"

신이 좌회전 신호를 받으며 물었다. 어두운 낯빛으로 내내 창밖만 바라보던 엄마가 착 가라앉은 목소리로 말했다.

"시간이 별로 없대. 바쁘거든 그쪽이. 왜? 받기 싫어?"

잠시 생각하다가 신이 심드렁하게 대답했다.

"아니. 괜찮아. 하고 싶어."

엄마가 차를 멈추라고 한 곳은 요양병원 앞이었다. 신은 창밖으로 주변을 둘러보며 확인하듯 물었다.

"여기 맞아?"

"어, 305호실이야."

"엄만?"

"여기서 기다릴게. 방해되잖아. 갔다 와."

엄마는 대수롭지 않다는 듯 말하고, 가방에서 책을 한 권 꺼내 들었다. 신은 썩 내키지 않은 얼굴로 엄마를 힐끔 바라본 후, 기타를 들고 차에서 내렸다.

305호실로 들어서자, 초췌한 몰골의 한 남자가 신을 기다리고 있었다. 낯설지가 않았다. 어디서 봤더라. 문득 신은 엄마의 빛바랜 사진첩에서 남자의 얼굴을 본 기억이 떠올랐다. 사진 속에 있던 남자는 지금과는 다르게 당당해 보였고 빛이 나는 사람이었다. 하지만 눈앞에 앉아 있는 남자는 부서질 듯이 깡마른데다 손과 어깨를 심하게 떨고 있었다.

남자는 환하게 웃으며 신을 반겼다. 신은 남자를 향해 꾸벅 인사를 하고 맞은편 의자에 앉았다.

"기타, 칠 줄 알지?"

남자가 물었다. 신이 고개를 끄덕이자 한번 쳐보라는 손짓을 했다. 신은 잠시 망설이다가 직접 작곡한 곡을 연주했다.

잠자코 듣고 있던 남자가 물었다.

"직접 만든 거야?"

신이 수줍게 고개를 끄덕였다. 남자가 싱긋 웃더니 침대 옆에 세워둔 기타를 들고 왔다.

"다시 한 번 쳐볼래?"

신이 다시 연주를 했다. 그러자 남자가 신의 연주에 화음을 넣어주었다. 심하게 떨리던 남자의 손이 마법처럼 기타 줄 위에서 춤을 추었다. 두 사람의 연주가 방 안을 가득 채우고, 그들의 마음에 찰랑이기 시작했다. 그렇게 그들은 차마 말로 채울 수 없었던 시간을 채워 나갔다. 서로의 빈 곳을 채워주고, 흔들리는 마음을 붙잡아주고, 보듬어주고 위로해주고 안아주는 그런 연주였다.

연주가 끝나자 남자가 아쉬운 듯 말했다.

"기타와 나, 그게 내 세상이다. 그 외엔 아무것도 없어."

밑도 끝도 없는 말이었지만, 신은 그의 말을 어렴풋이 이해할 수 있었다.

"또… 와줄 수 있겠니?"

오래 마음에 담아두었던 말을 꺼내듯, 남자가 망설이며 말했다. 신은 떨리는 남자의 손가락을 바라보며 고개를 끄덕였다. 어쩐지 그의 긴 손가락이 자신의 것과 닮아 있다는 생각이 들었다. 가슴이 떨려왔다.

규원은 동아리 방 테이블 앞에 앉아 한숨만 푹푹 내쉬고 있었다. 테이블 위에는 빈 A4 용지가 널려 있었다. 반성문으로 채워야 할 용지들이었다. 인정하고 싶진 않지만, 규원은 가끔 자신이 멍청하다는 걸 알고 있다. '한 달간 노예처럼 살기'가 아무리 벌칙이라도 규원이 신의 대리출석을 감행한 것은 단박에 걸릴 게 너무도 뻔한 일이었다. 신이와 규원은 남자와 여자, 우선 성별부터 달랐다. 성별이 다르다는 것은 기본 목소리의 차이가 크다는 것을 말한다. 게다가 신은 연예인 뺨치는 인기인이고 그것은 학생들 사이에서만 그런 것이 아니었다. 교수들 사이에서도 신은 촉망받는 예비 음악인이라고들 했다. 교양수업 교수님은 대리출석 사실을 단번에 알아챘다. 그리고 규원에게 A4 용지 두 장을 꽉꽉 채워서 자필 반성문을 써 오라는 벌을 주었다. 물론 신이에게도 똑같은 벌이 적용되었다.

동아리 방의 문이 벌컥 열리더니 보운이 들어왔다. 그녀는 흥분한 목소리로 규원에게 카타르시스에 가자고 했다.

"신이한테도 반성문 쓰라 그랬다며? 얘기해줘야지. 안 그럼 또 교수님한테 찍히잖아."

맞는 말이었다. 신이 교수님한테 찍히든 말든 상관없는 일이었으나, 반성문 건을 신이에게 제대로 전달하지 않은 걸 알면 교수님이 또 노발대발할 것이 분명했다.

"그렇긴 한데…."

보운이 빠른 손놀림으로 테이블 위를 정리하며 말했다.

"빨리! 자리 놓치겠다!"

규원은 보운에게 떠밀리다시피 카타르시스 안으로 들어갔다. 가게 안은 여학생들로 꽉 들어차 있었다. 보운이 실망한 목소리로 말했다.

"이봐. 벌써 자리 다 찼어."

이때, 신이 다른 멤버들과 함께 무대 위로 올라갔다. 여학생들의 환호가 카페 안을 가득 채웠다. 신이 기타 연주와 함께 노래를 시작했다.

그리워서, 그리워서 그대가 그리워서
매일 난 혼자서만 그대를 부르고 불러봐요.
보고파 보고파서 그대가 보고파서
이제 난 습관처럼 그대 이름만 부르네요.

'기타와 나, 그게 내 세상이다. 그 외엔 아무것도 없어.'라고 말하던 남자. 엄마의 오래된 앨범에서 보았던 사진 속의 남자. 내가 만든 곡을 이미 알고 있었던 것처럼 멋진 화음을 넣어주던 남자. 자신과 손가락이 닮아 있던 그 남자.

그 남자가 생각나서, 감정이 흔들려서 마음을 다잡으려 신은 안간힘을 쓰며 노래했다. 그러나 단 한 사람, 규원은 신의 노래에서 흘러나오는 매우 미세한 떨림을 눈치 챘다.

신의 노래는 어딘가 달라져 있었다. 노래를 부른다기보다 슬픔을 토해내는 듯했다.

'누구를 그렇게 그리워하는 거니, 누가 그렇게 보고픈 거니…'

규원은 마음속 가득 물음표를 담고 그의 노래에 귀를 기울였다. 그로 인해 반성문을 쓰게 된 것도, 학생들 앞에서 창피를 당한 것도 까맣게 잊어버렸다. 그저, 그의 목소리에 스민 슬픔과 절절한 외로움이 가슴 아플 따름이었다.

'이신, 나한테 무슨 짓을 한 거니? 왜 내 마음이 이렇게 아픈 거니?'

태준은 화가 치밀어 올랐다. 몇 달 동안 치밀하게 준비한 100주년 기념 공연의 연출이 석현에게 넘어가버렸고, 자신의 기획 역시 모두 물거품이 되었다. 석현이 얄미워서 미칠 것만 같았다. 하지만 그 누구에게도 자신의 감정을 드러낼 수는 없었다. 그래봐야 졸렬한 인간이라는 인상을 남길 뿐이었다.

그는 치솟는 천불을 꾹 누르며 교수들이 모여 있는 회의실로 들어갔다. 석현을 비롯한 스태프들이 태준을 기다리고 있었다. 그는 가볍게 목례를 하고 회의를 진행시켰다. 비록 공연 연출 권한은 석현에게 빼앗겼지만, 그래도 자신이 100주년 공연을 총괄하는 학과장임을 생각하며 목에 힘을 주었다.

"서로들 인사는 나누셨겠지요. 그래도 제가 다시 한 번 소개하고 싶은 사람이 있습니다. 여기 100주년 공연 연출을 맡아주실 김석현 감독입니다."

석현이 썩 내키지 않는 듯한 표정으로 자리에서 일어나 고개를 숙였다. 무대 조명을 맡은 연극과 김용민 교수가 마땅찮다는 표정으로 석현을 바라보았다.

"브로드웨이에서 성공한 젊은 연출가라고 소문 많이 들었습니다. 생각보다 더 젊으시네요."

석현이 김 교수의 말을 받았다.

"제가 좀 동안입니다."

"큼. 어쨌거나 연출이 갑자기 바뀌어서 좀 당황스럽네요. 학교 공연을 외부인이 와서 하는 것도 솔직히 썩 내키지 않고."

"이해합니다. 간판 같은 건 생각지 마시고 그냥 모교 출신 연출이라고 생각하시면 편할 겁니다. 저도 그렇게 생각하겠습니다."

음악감독을 맡은 실용음악과 홍미란 교수가 볼펜으로 책상을 똑똑 두드리며 입을 열었다.

"기획부터 다시 간다고 들었는데 몽땅 다 뒤집는 건가요?"

"네."

석현의 대답에 김용민 교수가 또 인상을 찌푸렸다.

"아니, 공연이 얼마나 남았다고! 그렇게 되면 콘티도 새로 짜야 하고…."

석현이 기다렸다는 듯이 목청을 돋우며 말했다.

"사실, 이미 다 만들었습니다. 뭐 어렵나요? 스타를 꿈꾸는 여학생이 있다. 이 여학생한텐 사랑하는 남학생이 있고, 꿈을 이루기 위해 사랑하는 남자를 떠나지만 불의의 사고로 꿈이 좌절돼 돌아온다."

순간 윤수의 표정이 굳어졌다. 석현은 분명 윤수를 염두에 두고 한 말이었을 것이다. 교수들도 조용히 웅성거렸다. 다들 석현과 윤수의 관계를 알고 있었다. 그들의 이야기는 그들만의 것이 아니었다. 10년여 동안 연극과 학생들 사이에서 전설처럼 되새김질되는 안타까운 러브스토리였다. 태준은 책상 밑에서 주먹을 불끈 쥐고 석현을 노려보았다. 석현은 아무렇지도 않은 얼굴로 태연하게 책상 위에 있는 캔 음료를 따서 마셨다.

"한마디로 사랑과 꿈 사이에서 방황하는 청춘들 얘깁니다."

석현은 뭐가 잘못되었냐는 듯 당당하게 말을 덧붙였다. 홍미란 교수가 윤수 쪽을 힐끔거리며 물었다.

"어디서 많이 들어본 얘기 같다?"

"드라마나 영화에서 몇백번은 우려먹은 얘기죠. 신선하지도 않고 좀 통속적이지만 원래 드라만 단순명료해야 먹히잖아요?"

태준은 더 이상 참고 들어줄 수가 없었다. 윤수의 얼굴도 점점 창백해져가고 있었다.

"잠깐 나 좀 보자!"

"회의 중이잖아요."

석현이 장난치듯 씩 웃어 보였다. 태준은 석현에게 무시당하는 기분이 들었다. 더 이상 냉정을 유지할 수가 없었다. 그는 노여운 얼굴로 석현을 끌고 밖으로 나갔다.

"뭐 하자는 거야?"

"뭐가요?"

"윤수한테 꼭 그래야 했어?"

"내 얘기 못 들었어요? 드라마에서 골백번도 더 우려먹은…."

태준이 석현의 말을 잘랐다.

"윤수, 네가 더 거들지 않아도 충분히 힘들어! 더 이상 윤수한테 상처 주는 짓 하지 마."

"형, 윤수 좋아해요?"

"뭐?"

"윤수에 대해 잘 모르나본데… 윤수, 형이 생각하는 것처럼 나약한 애 아니에요. 나보다, 형보다 훨씬 강한 애야. 어쭙잖게 동정하는 게 윤수한텐 더 큰 상처라구요!"

석현의 말에 태준이 올라오려는 주먹을 꽉 쥐었다.

"너만 윤술 아는 척 말하지 마. 6년은 긴 시간이다. 장난할 생각이라면 이제라도 그만둬. 총장님은 내가 설득할 테니까."

"그만 안 둬요! 간만에 흥분되네. 내가 해요, 끝까지!! 미안하지만 형이 낄 자리는 없을 거 같네."

석현이 마지막 말을 내뱉고는 씩 웃으며 강당 밖으로 나가버렸다. 혼자 남은 태준은 움켜쥔 주먹을 부들부들 떨며 숨을 몰아쉬었다.

날씨는 뜨겁고 하늘은 맑은 오후였다. 학교는 평소완 달리 좀 들뜬 분위기였다. 100주년 기념 뮤지컬 공연의 오디션이 열흘 뒤 아텍Arts And Technology Center 건물 강당에서 치러진다고 공지가 붙었기 때문이다.

규원은 뮤지컬 공연 오디션 따위 자신과는 상관없는 일이라고 생각했다. 그런데 이상하게 마음이 붕 뜨고 심장이 쿵쾅거렸다. 왜 이러지? 전날 저녁, 카타르시스에서 신이의 노래를 들은 다음부터 심장이 고장 난 것 같았다.

'커피를 너무 많이 마셔서 그런 걸 거야, 커피를 줄여야겠어!'

규원은 애먼 커피 탓을 하며 교양과목 교수실로 갔다. 신이 교수실 문 앞에서 규원을 기다리고 있었다. 그를 보자, 규원의 심장이 또 쿵쾅쿵쾅 뛰기 시작했다. 규원은 침을 꼴깍 삼키고, 부러 퉁명스러운 목소리로 인사를 건넸다. 신이 어깨를 으쓱하며 교수실 문을 열었다.

교수는 소파에 앉아 신문을 보고 있었다. 규원과 신은 꾸벅 인사를 하고 반성문을 내밀었다. 교수가 둘을 번갈아 쳐다보았다.

"둘이 커플이야?"

교수의 엉뚱한 질문에 규원은 말도 안 된다며 호들갑을 떨었다. 반면에 신은 별다른 표정 변화 없이 무뚝뚝하게 말했다.

"저 눈 높습니다!"

자존심이 상한 규원이 신을 째려보자 교수가 너털웃음을 지으며 규원을 바라보았다.

"애인도 아닌데 대출까지 해줘? 짝사랑인가?"

"네?"

교수가 들고 있던 반성문을 훑어보다가 신에게 물었다.

"중요한 레슨이 있었다고? 그래도 수업을 빼먹으면 되나?"

"죄송합니다."

교수가 이번엔 규원의 반성문을 훑어보며 눈살을 찌푸렸다.

"이규원 군이랬나? 반성문 쓰기 지겹지?"

"네?"

"억지로 채워 쓴 티가 풀풀 나네! 반성 안 하는 거 같은데?"

"아니에요! 진짜 반성하고 있습니다!"

"알았어. 반성하는 의미로 가서 분장실 청소해놔. 내가 직접 확인할 거니까 대충 할 생각 마."

"네에…."

규원과 신은 들어올 때처럼, 허리를 꾸벅 접어 인사를 하고 분장실로 갔다.

분장실은 그야말로 난장판이었다. 규원은 한숨을 푹 쉬며 분장실을 둘러보았다. 온갖 분장 도구가 바닥 가득 널려 있었고, 옷가지들까지 옷걸이를 벗어나 아무 데나 흩어져 쌓여 있었다. 게다가 형광등은 촉이 나갔는지 깜빡깜빡 꺼지기 일보 직전이었다.

규원은 한숨을 늘어지게 내쉬고는 바닥에 널려 있는 물건부터 치우기 시작했다. 모자는 모자걸이에 걸고, 옷가지들은 옷걸이에 정리했다. 순식간에 먼지투성이가 된 규원이 신을 쨰려보았다. 그때까지 청소할 생각은 않고 멀뚱멀뚱 서 있던 신이 어깨를 으쓱하며 딴청을 부렸다. 심통이 난 규원이 들고 있던 옷더미를 신의 팔에 안겨주었다. 그때, 내내 깜빡이던 형광등이 탁 소리를 내며 나가버렸다. 순식간에 암흑이 찾아왔다. 한 치 앞도 분간할 수가 없었다.

"뭐, 뭐야. 어떡해."

규원은 스위치를 찾기 위해 손을 뻗어 더듬거렸다. 뭔가 물컹한 것이 손에 닿았다.

"야! 어딜 더듬어. 거기 내 팔이거든."
짜증이 잔뜩 묻은 신의 목소리였다.
"어, 그래? 미안. 너도 가만히 있지 말고 스위치 좀 찾아봐."
규원은 신을 피하려고 옆걸음으로 걸었다. 그러다 무언가에 발이 걸려버리고 말았다. '으악!' 하며 넘어지려는 규원의 몸을 막으려고 신이 팔을 뻗었다. 규원은 그대로 신의 팔로 쓰러지듯 넘어졌다.
'이게 누구의 심장 소리지?'
규원은 쿵쾅거리는 심장 소리를 들으며 그대로 눈을 감았다. 지금 이 순간이 영화나 드라마라면, 여자와 남자는 누가 먼저랄 것도 없이 자석처럼 서로를 끌어당길 거야. 너무 빨라 천박스러워선 안 되고, 천천히 로맨틱하게. 그리고는 서로의 입술을…. 눈 깜짝할 사이의 상상이긴 했으나 그런 상상을 했다는 것에 깜짝 놀란 규원은 차라리 정신줄을 놓아버리는 편이 나을 것 같다는 생각을 했다. 그 순간 형광등이 탁 켜졌다.
"야. 비켜. 너 왜 이렇게 무거워!"
신이 자신의 품에 안겨 있는 규원의 어깨를 밀어내며 소리쳤다. 민망해진 규원이 입술을 꼭 깨물며 몸을 일으켰다. 당황한 건 신도 마찬가지였다. 규원의 머리카락에서 풍겨온 바닐라 향에 괜히 심장이 두근거렸기 때문이다.
우여곡절 끝에 겨우 청소를 끝낸 신과 규원이 분장실을 나왔다. 규원은 왠지 억울한 생각이 들었다.
"너 때문에 반성문도 모자라서 분장실 청소까지 했어. 다음부터 나한테 대출 같은 거 부탁하지 마!"

"내기에 진 건 너야. 억울하면 이기지 그랬어?"

맞는 말이었다. 할 말이 없어진 규원이 쭈뼛거리자, 신이 어깨를 으쓱하더니 냉정하게 돌아서 성큼성큼 복도를 걸어갔다. 그 차가운 뒷모습에 괜히 심통이 난 규원이 퉁명스러운 목소리로 "깍쟁이!"라고 소리쳤다. 그 소리에 뒤돌아선 신이 주머니에서 열쇠를 꺼내 규원에게 던졌다. 엉겁결에 열쇠를 받아 든 규원이 "뭐야, 이게?" 하고 묻자, 신이 명령 조로 말했다.

"내 자전거 열쇠. 바퀴 바람 빠졌으니까 바람 빵빵하게 넣어서 이따 카타르시스에 갖다 놔!"

규원은 바람 빠진 신의 자전거를 끌고 언덕길을 내려갔다. 바람이 빠져 바퀴가 잘 굴러가지 않았다. 다른 학생들이 자꾸만 힐끔거리는 것 같았다. 그때, 누군가 앞을 가로막고 섰다. 찰랑거리는 긴 생머리의 여학생이었다.

"뭐야? 이거 신이 애마잖아."

생머리가 눈짓으로 자전거를 가리키며 물었다. 초면에 반말이라니, 퍽 건방진 아이군. 기분이 상한 규원이 "그런데요?" 하고 딱딱한 어조로 되물었다. 생머리가 다짜고짜 따졌다.

"너 뭐야? 신이랑 무슨 사이야?"

"그러는 그쪽은 무슨 사인데요?"

"나 몰라? 연극과 한희주."

"모르겠는데…."

희주의 표정이 일그러졌다. 자신을 몰라보자 자존심이 상한 모양이었다.

"아무튼! 그거 신이 자전거니까 조심히 다뤄. 그리고 말해두는데, 신이한테 엉겨 붙지 마. 그런다고 신이가 봐주지도 않겠지만. 한 가지 더! 김석현 감독한테도 꼬리 치지 마! 재수 없어!"

그리고는 쌩하니 뒤돌아 가버렸다.

'헉! 뭐 저런 게 다 있어?'

규원은 씩씩거리며 신이의 바람 빠진 자전거를 발로 차며 화풀이를 했다.

아침부터 기세등등하던 태양이 점점 기운을 잃어가고 있었다. 규원은 자전거 바퀴에 바람을 빵빵하게 채워 넣은 후, 자신의 키에 맞춰 안장을 내리고 자전거에 올라탔다. 바람을 잔뜩 먹어서 그런지 아까완 달리 힘차게 굴러갔다.

규원은 카타르시스 앞에 자전거를 세워두고 안으로 들어갔다. 신은 기타를 손보고 있었고 신이 앞에 석현이 앉아 있었다. 규원은 석현에게 꾸벅 인사를 하고 신에게 자전거 키를 내밀었다. 석현은 규원의 인사를 가볍게 받으며 신이에게 말했다.

"100주년 기념 공연 오디션 있는 거 알지? 관심 있으면…."

"관심 없습니다."

신은 석현을 쳐다보지도 않고 딱 잘라 거절했다. 석현은 혀를 끌끌 찼다.

"관심 없어도 어른이 얘기하면 듣는 척이라도 해야지!"

규원이 끼어들었다.

"오디션이요?"

"왜? 관심 있어?"

규원이 고개를 흔들자 석현이 안타깝다는 듯이 말했다.

"장학금도 나오는데?"

"장학금요?"

장학금이라는 말에 규원의 귀가 팔랑거렸다.

"잘하면 여주인공도 할 수 있는데. 내가 감독이거든."

"여주인공요?"

규원의 입에 침이 고였다. 머릿속으로 상상의 나래가 펼쳐졌다. 공주님처럼 예쁜 드레스를 입고 무대에 서서 사람들의 갈채를 받는 자신의 모습을 떠올리니 저절로 입가에 미소가 어렸다. 그때 옆에서 잠자코 기타를 만지작거리던 신이 그녀의 상상에 찬물을 끼얹듯이 피식 웃었다.

"왜 웃어? 비웃는 거야?"

규원이 빠직 인상을 구겼다. 석현이 규원을 거들었다.

"비웃었어. 쟤가 막 비웃었어."

하여튼 발끈하기는…. 신은 구 마담에게만 짧게 인사를 건네더니 자전거 키를 집어 들고 카페를 나서려 했다. 그러다 무심한 얼굴로 규원을 돌아보았다.

"한 번쯤 더 들어보고 싶긴 해. 네 가야금 소리."

"뭐?"

의미심장한 말이었다. 무슨 뜻일까. 규원의 심장이 또 쿵쾅거렸다. 그녀의 가슴은 덫에 걸린 토끼처럼 어쩔 줄 모르고 방방 뛰었다. 곧 짤랑거리는 방울 소리가 들리는가 싶더니 신이 사라졌다. 규원은 얼굴이 벌게진 채 신이 나간 쪽을 멍하니 쳐다보았다. 이 모습을 지켜보던 석현은 '화살을 제대로 맞았네. 제대로 맞았어.'라고 생각하며 혀를 끌끌 찼다. 하지만 정작 규원은 자신의 두근거림이 큐피드의 화살 때문이라는 걸 모르고 있었다.

카타르시스를 나온 석현은 차를 몰아 집으로 향했다. 비가 오려는지 밤하늘에 먹구름이 잔뜩 끼어 있었다. 빨리 집에 가서 푹 자고 싶었다. 회의실에서 보였던 자신의 치졸한 행동도, 그로 인해 상처 받은 윤수의 얼굴도, 자신에게 적대감을 품고 있는 태준도 잊고 싶었다. 석현은 액셀을 좀더 밟아 속력을 높였다.

아파트 단지 내에 차를 주차하고 현관으로 향하던 석현은 가로등 아래 서서 자신을 노려보고 있는 윤수를 발견했다. 잠시 얼굴을 일그러뜨리고 윤수를 바라보던 석현은 그냥 그녀를 지나쳐 걷기 시작했다. 지금은 그녀를 만나고 싶지 않았다. 상처만 주게 될 것 같았다.

"나쁜 자식!"

순간, 날카로운 윤수의 음성이 돌멩이처럼 날아와 그의 등을 때렸다. 석현은 가슴에 아릿한 통증을 느끼며 그대로 걸음을 멈췄다. 뒤돌아보지는 않았다. 어쩐지 윤수가 울고 있을 것 같았다. 6년 전 그날처럼. 눈물을 보면 그녀를 용서하게 될 것만 같았다.

또각또각 발자국 소리가 들려왔다. 윤수가 석현 앞으로 다가와 섰다. 석현은 일부러 비꼬듯 말했다.

"왜? 그만두게?"

"치졸하고 비열해."

"그러는 넌? 네가 얼마나 잔인했었는지 말해줄까?"

윤수의 표정이 굳었다. 석현이 한숨을 토해내며 말했다.

"그러니까 그만두랬잖아."

"아니. 인간 김석현이 얼마나 더 바닥을 보여줄지 끝까지 지켜볼 거야. 절대로 내가 먼저 그만두는 일 없을 거야. 그거 말해주려고 왔어."

윤수는 상처 받은 눈빛으로 석현을 일별한 후 돌아섰다. 석현이 달려가 그녀의 어깨를 잡아 돌려세웠다. 그들 사이에 미묘한 침묵이 고였다.

잠시 후, 석현이 손을 내리며 힘겹게 입을 열었다.

"회의실에선… 미안했다."

그 한마디를 토하고 돌아서는 석현의 마음이 무겁게 내려앉았다.

늦은 밤, 희주는 스튜디오에 홀로 남아 노래와 춤을 연습하고 있었다. 몸을 움직일 때마다 땀이 마룻바닥으로 투두둑 떨어졌다. 하악하악. 그녀의 거친 숨소리가 스튜디오를 가득 메웠다. 오디션을 본다고는 하지만, 학교 내에서만큼은 그 누구도 그녀를 따라올 수 없었다. 희주는 자신 있었다. 100주년 뮤지컬 공연의 주인공 자리는 따놓은 거나 다름없었다. 그럼에도 그녀가 이렇게 치열하게 연습에 몰두하는 이유는 따로 있었다. 우선 이사장 딸이라서 주인공이 되었다는 뒷말을 듣고 싶지 않았고, 국내에 내로라하는 인사들이 대거 참석하는 100주년 공연에서 그 누구보다 빛나고 싶었다.
 연습을 마치고 스튜디오를 나서자 강한 헤드라이트 불빛이 얼굴을 비추었다. 강한 불빛에 눈을 뜰 수가 없었다. 희주는 "뭐야!" 하며 불빛을 향해 소리쳤다.
 "언니! 타! 데려다 줄게."
 준희의 목소리였다.
 "뭐야? 내 눈에 띄지 말라 그랬지?"
 희주가 신경질을 내며 준희에게 다가섰다. 준희는 스쿠터에 앉아 그녀를 기다리고 있었다. 전과는 달리 깔끔한 복장이었다.
 "이쁜 언니는 보호받아야 한다니까! 타!"
 희주는 마치 다른 사람 같은 준희의 모습에 살짝 놀라, 새침하게 말했다.

"이제야 드러머 같네!"

사실 희주는 국악과 일일찻집 때 카타르시스에서 본 드러머 준희의 모습에 조금 놀랐었다. 희주가 늘 무시하던 평상시의 후줄근한 준희와는 완전 다른, 꽃미남 뮤지션의 매력이 줄줄 흘렀던 것이다.

"얼른 가자, 언니. 빨리 타!"

"칫… 한 번만 타준다."

희주는 못 이기는 척 뒷자리에 올라탔다. 준희가 희주에게 헬멧을 씌워준 후 스쿠터를 출발시켰다.

"야호, 신난다! 신나지, 언니?"

"이게 무슨 오토바이야? 자전거보다 느리잖아!"

희주가 불평을 늘어놓았다. 하지만 오랜만에 가슴이 시원해지는 것을 느꼈다. 그렇게 털털거리며 얼마나 달렸을까. 아직 10여 분은 더 달려야 집에 도착할 거리쯤에 도착했을 때, 빗방울이 후드득 떨어졌다.

"야! 비 와!"

"뭐라구?"

"빨리 달려! 비 오잖아!"

하지만 준희는 생글거리며 엉뚱한 소리를 했다.

"알았어!! 나도 너무너무 좋아!! 기분 째져!!"

희주는 답답해서 준희의 머리통을 때리며 소리쳤다.

"비 온다구!! 거지 같은 놈아!"

빗줄기는 점점 굵어져 희주의 집 앞에 도착했을 때는 이미 온몸이 흠뻑 젖은 상태였다. 희주는 얼른 내려 대문 처마 밑으로 달려가 비를 피했다. 준희가 그녀를 따라왔다.
"이게 뭐야?! 쫄딱 젖었잖아!"
준희가 미안한듯 얼버무렸다.
"일기예보에 비 소식 없었는데…."
"감기만 걸려봐."
준희는 희주의 눈치를 살피며, 주머니에서 초코바 하나를 꺼내 내밀었다.
"이거 먹고 화 풀어."
희주가 버럭 성질을 부렸다.
"너 누구 놀려? 안 그래도 배고파 죽겠는데…."
생각할수록 열이 올랐다.
"너 다시는 내 앞에 나타나지 마! 또 나타나면 그땐 진짜 가만 안 둔다!"
희주는 그대로 대문을 열고 집으로 들어가버렸다. 밖에서 준희의 목소리가 들려왔다.
"언젠가 그대가 한없이 괴로움 속을 헤매일 때에 오랫동안 전해오던 그 사소함으로 그대를 불러보리라. 잘 자, 나타샤!"
에잇, 정신 나간 놈!! 희주는 진저리를 치며 욕실로 들어갔다. 으슬으슬 한기가 들었다. 당장 내일이 오디션 보는 날인데 감기에 걸린다면 큰일이었다.

드디어 오디션이 열리는 날, 규원은 여느 때와 마찬가지로 국악과 동아리방으로 향했다. 규원이 들어서자마자 먼저 와 있던 보운이 지나치게 규원을 반기며 말했다.

"규원아, 우리도 오디션 보자!"

규원은 보운의 제안에 깜짝 놀랐다. 안 그래도 며칠 동안 혼자서만 고민하고 있던 참이었다. 며칠 전 카타르시스에서 오디션 이야기를 들었을 때는 장학금을 준다는 말에 솔깃했었다. 하지만 꼭 장학금 때문만은 아니었다. 규원의 마음을 혼란스럽게 한 것은 신이의 말 한마디였다.

"한 번쯤 더 들어보고 싶긴 해. 네 가야금 소리."

그 목소리를 떠올리는 것만으로도 규원의 가슴이 다시 두근거렸다.

보운 옆에 있던 재영이 장구채로 테이블을 톡톡 두드리며 말을 거들었다.

"그래, 우리도 한번 해보자. 연주 배틀 때문에 연습 많이 했으니까 그 곡으로 오디션 보면 되지 않을까? 재미있을 것 같아."

아쟁을 전공하는 연수도 얼굴 가득 미소를 담고 고개를 끄덕였다.

규원은 전날 아빠에게 이런저런 고민을 털어놓았었다. 그러자 아빠도 '장학금은 생각 말고 대학 때 추억 하나 더 만든다는 생각으로 도전해보는 것도 좋은 것 같아.'라고 격려했었다.

"좋아. 한번 해보는 거야. 꼭 합격하리란 보장은 없지만, 새로운 일에 도전하는 것도 좋은 추억이 될 거야!"

규원의 말이 떨어지기가 무섭게 국악과 동아리방에서 힘찬 함성이 퍼져 나왔다.

"바람꽃 파이팅!"

동아리방에서 나온 규원과 친구들은 곧장 오디션이 열리는 아텍 건물로 향했다. 아텍 건물 앞은 오디션을 보러 온 학생들로 인산인해를 이루고 있었다. 누군가는 다리를 찢어 올리면서 몸을 풀고, 누군가는 발성 연습을 했다. 규원이 대표로 '진행 요원'이라는 명찰을 달고 있는 사람에게 오디션 참가 신청서를 받아 들었다. 그때 저만치 오디션장 안으로 들어서는 석현이 보였다. 규원은 꾸벅 인사를 했다.

"어, 오디션 보기로 했구나. 잘 생각했네. 잘해라. 이따 보자."

석현은 가볍게 규원을 격려한 후, 오디션장 안으로 들어갔다. 석현이 조감독으로 임명한 수명이 녹화 카메라를 설치하고 있었다.

"준비 다 됐냐?"

"네! 교수님들만 오시면 바로 시작하면 돼요!"

석현은 고개를 끄덕이며 오디션장 안을 둘러보았다. 수명의 말대로 준비가 다 된 것 같았다. 오디션장 문이 열리고 홍미란 교수가 들어왔다.

"오셨어요?"

석현이 인사를 건네자 홍 교수가 웃으며 말했다.
"오랜만에 흥분되는데요?"
"네. 애들이 많이 왔네요."
바로 그때 윤수와 태준이 나란히 들어왔다. 석현은 미간을 찌푸리며 자신의 이름이 적힌 책상 앞으로 가서 앉았다. 태준을 비롯한 다른 이들도 각자 자신의 자리로 돌아갔다.

오디션이 시작되었다. 로미오와 줄리엣을 모노드라마로 준비해 온 문예창작과 학생, 열심히 다리만 찢다가 결국 입고 온 바지가 찢어져 울음을 터뜨려버린 무용과 학생, 품품 팜팜 비트박스를 하다가 사레들린 실음과 학생, 5분 동안 묵언 수행을 하다가 돌아간 시각디자인과 학생, 준비해 온 대사를 까먹은 연극과 학생 등 그야말로 각양각색이었다. 석현은 터져 나오려는 하품을 참으려고 이를 악물었다. 이때, 상태가 심하게 안 좋아 보이는 남학생이 오디션장 안으로 뛰어 들어왔다. 한 손에는 시집, 다른 한 손에는 빵을 들고 있었다. 준희였다. 준희는 무대 위에 서서 교수들을 향해 물었다.
"여기 희주 언니 없어요?"
석현이 어처구니없다는 듯 픽 웃음을 터뜨렸다.
"희주 언니?"
"아직 안 왔나? 언니 언제 와요?"
"혹시 어디 머리 다쳤니?"

"아니요. 아픈 데 없는데."

보다 못한 태준이 입을 열었다.

"희주 아직 안 왔으니까 나가봐. 다음 사람!!"

준희가 어깨를 축 늘어뜨리며 오디션장 밖으로 나왔다. 길게 늘어선 줄 저 끝에 규원과 친구들이 보였다. 준희는 호들갑스럽게 규원에게 달려갔다.

"언니들도 오디션 보게?"

"어? 으응. 너도 오디션 봤어?"

규원이 말했다.

"나? 아니. 난 그냥 희주 언니 찾으러 왔다가…. 언니들 오디션 잘 봐! 파이팅!"

준희는 천진한 미소를 지으며 손을 흔들고는 건물 밖으로 사라졌다. 준희 덕분에 규원의 긴장이 조금은 풀린 듯했다.

드디어 바람꽃의 차례가 되었다. 오디션장 문을 열자 묘한 긴장감이 느껴졌다. 무대 위에는 바람꽃의 앞 순서로 들어갔던 남자가 아직 그대로 서 있었다. 심사위원석에 앉아 있는 석현이 무대 위의 남자에게 소리쳤다.

"현기영! 지금 그대로 나가면 너한테 기회는 더 이상 없어. 여기가 마지막이야!"

무대 위에 서 있던 남자가 얼굴을 일그러뜨리며 고개를 푹 숙였다. 이번에는 태준이 석현에게 언성을 높였다.

"쓸데없는 짓 하지 마. 저 놈은 구제불능이야!"

규원은 무대 위로 올라가야 할지 말아야 할지 분간을 할 수 없었다. 그런 와중에 태준이 다음 순서를 재촉했다. 빨리 무대로 올라가라는 신호였다. 규원은 망설이다가 무대 위로 올라갔다.

"안녕하세요? 국악과 바람꽃입니다."

석현이 기영을 향해 안타깝다는 듯이 말했다.

"영원히 구제불능으로 남을래?"

고개를 푹 숙이고 있던 기영이 고개를 들었다. 눈가가 촉촉이 젖어 있었다. 태준이 인상을 쓰며 규원에게 빨리 시작하라고 했다. 규원은 기영의 눈치를 보다가 얼떨떨한 표정으로 연주를 시작했다.

기영이 여전히 무대 한쪽에 서 있고, 석현과 태준이 서로 냉랭한 분위기여서 규원은 연주를 하면서도 마음이 편치 않았다. 이 무대가 기영의 것인지 자신들의 것인지 헷갈리기도 했다. 그런데 그때, 기영이 노래를 부르기 시작했다. 바람꽃의 연주를 반주 삼아 그 위에 노래를 얹어 부르고 있었다. 전혀 다른 음악이었지만, 마치 처음부터 합의했던 것처럼 기영의 노래와 바람꽃의 연주가 조화를 이루었다. 규원은 연주를 하면서도 믿기지가 않았다. 석현과 태준, 다른 심사위원들도 모두 놀란 눈으로 무대를 바라보았다.

기영의 노래가 먼저 끝나고 이어 바람꽃도 연주를 마무리했다. 실용음악과 홍미란 교수가 입을 쩍 벌리고 박수를 쳤다.

"브라보!! 너무 근사하다!!"

태준이 혼잣말처럼 "왜 이걸 공연에서는 못 보여주냔 말이야." 하며 중얼거렸다. 석현은 만족스런 얼굴로 기영과 규원을 바라보며 수고했다고 말했다. 기영이 씁쓸한 얼굴로 무대를 내려갔다. 규원도 인사를 하고 기영을 따라 오디션장 밖으로 나왔다.

규원은 넋이 나간 사람처럼 기영의 뒷모습을 쫓았다. 무대 위에서 받은 감동을 어떻게 표현해야 할지 알 수 없었다. 하지만 기영은 뒤 한번 돌아보지 않고 강당 밖으로 사라져버렸다. 저 사람에겐 어떤 사연이 있는 걸까. 아무튼 이렇게 진한 감동을 주는 사람들과 함께하는 공연이라면 꼭 해보고 싶다는 욕구가 샘솟았다.

준희는 희주를 찾아 학교 곳곳을 쑤시고 다녔지만 결국 찾지 못한 채 카타르시스로 갔다. 보운과 친구들이 생맥주에 치킨을 먹고 있었다. 희주를 찾아다니느라 점심까지 굶은 준희가 불쌍한 표정으로 보운과 치킨을 번갈아 쳐다보았다. 보다 못한 보운이 준희에게 와서 먹으라는 손짓을 하자, 쪼르르 달려간 준희가 양념통닭을 덥석 집어 뜯기 시작했다. 맞은편에 앉아서 맥주를 마시던 보운이 걱정스레 말했다.

"좀 천천히 먹어. 너 그렇게 먹다가 체한다."

"뱃속이 텅 비어서 괜찮아. 이럴 땐 마구 채워줘야 한다구. 참, 규원 언닌 어디 갔어?"

"아, 할아버지 저녁 챙겨드려야 한다고 일찍 갔어."

준희는 고개를 끄덕이며 통닭을 뜯었다. 이때, 카타르시스 문이 열리고 연극과 학생들이 떼거지로 들어왔다. 오디션을 마친 사랑이와 그 친구들이었다.

"야, 들었어? 한희주 그 기집애 감기 때문에 오디션 못 봤대! 아, 고소해! 완전 쌤통이다! 아예 확 휴학까지 했으면 좋겠네!"

희주가 감기에 걸렸다구? 준희는 들고 있던 통닭을 테이블 위로 떨어뜨렸다. 전날, 희주가 집에 들어가면서 "감기에 걸리면 네 탓이야."라고 했던 말이 떠올랐다. 구 마담이 메뉴판을 들고 연극과 학생들이 앉아 있는 테이블로 걸어가며 물었다.

"한희주면 연극과 퀸카?"

사랑이 비꼬듯이 대답했다.

"퀸카는 무슨 퀸카? 걔 얼굴 다 뜯어고친 거예요. 옛날에 80킬로 넘게 나갔대요."

준희가 자리에서 벌떡 일어났다.

"아니야! 이 돼지 악마야!"

준희는 사랑에게 되는 대로 소리를 치고는 카타르시스 밖으로 뛰쳐나갔다.

덜덜거리는 스쿠터를 몰아 희주네 집으로 가봤지만 희주는 집에 없었다. 병원에 입원했다고 했다. 가정부 아줌마의 말이었다. 운명의 여인 나타샤가 병원에 입원할 정도로 아팠다니, 하늘이 무너지고 땅이 꺼지는 것 같았다. 준희는 곧장 병원으로 달려갔다.

희주는 울고 있었다. 하루 종일 얼마나 울었는지 눈이 심하게 부어 있었다. 눈이 붓자 성형한 티가 팍팍 났다. 그래도 준희는 그녀가 세상에서 제일로 예뻐 보였다.

준희가 조심스럽게 그녀를 불렀다.

"희주 언니…."

희주가 준희를 째려보고는 옆에 있던 휴지를 집어던지며 나가라고 소리쳤다. 준희는 잽싸게 몸을 피하며 물었다.

"언니, 많이 아파?"

"너 땜에 오디션 못 봤어! 누가 그런 그지 같은 오토바이로 데려다 달랬어?"

준희가 미안한 얼굴로 희주를 바라보며 아이처럼 울먹였다.

"그렇게 오디션이 보고 싶었어?"

희주가 베개에 얼굴을 묻고 엉엉 소리 내어 울기 시작했다. 그런 희주를 보자 준희는 안타깝고 미안해서 죽을 것만 같았다.

'알았어, 나타샤! 내가 꼭 오디션 보게 해줄게!' 준희는 마음속으로 크게 외치며 병실을 뛰쳐나와 구 마담에게 전화를 걸어 석현의 집 주소를 알아냈다.

준희에겐 무척이나 긴 하루였다. 카타르시스에서 양념통닭을 먹다 뛰쳐나온 뒤 희주의 집과 병원을 거쳐 석현의 집 앞까지 와서 한참을 기다렸지만, 배가 고픈 줄도 몰랐다. 어서 빨리 석현을 만나야 한다는 생각밖에 없었다.

준희는 땅바닥에 털썩 주저앉아 근처에 있는 나뭇가지를 주워 희주의 얼굴을 그렸다. 그 예쁜 얼굴을 몇 번이나 그렸다가 지우고, 지웠다 그리기를 반복하자 하늘에 달이 뜨고 별이 떴다. 준희의 머리 위로 가로등이 탁 소리를 내며 켜졌다.
　마침내 석현이 왔다. 준희가 자리에서 벌떡 일어나 달려가자 석현이 놀라 뒷걸음질을 쳤다. 준희는 다짜고짜 덤벼들 듯 외쳤다.
　"감독 형아! 오디션 한 번 더 보면 안 돼요? 희주 언니가 오디션 못 봤어요!"
　그제야 준희를 알아본 석현이 헛헛한 웃음을 지으며 물었다.
　"너 진짜 머리 다친 적 없어?"
　"언니는 최고예요, 진짜! 나 때문에 감기 걸려서 못 온 거야! 다 나 때문이에요!"
　"운도 실력이야. 그 애만 따로 오디션을 본다는 건 형평성에도 어긋나."
　석현의 단호한 말에 준희가 토라지듯 팔짱을 끼며 울먹였다.
　"씨! 형은 사랑을 몰라!!"
　"사랑?"
　"나 달리기 되게 잘해요. 백 미터 뛰어도 숨 한 개도 안 차는데 희주만 보면 숨차고 그런단 말야! 이거 사랑이잖아!"
　석현은 기가 막혀 웃음밖에 나오지 않았다.
　"그래. 사랑인가보네. 잘 해봐."
　석현이 집으로 들어가려 하자 이대로는 안 되겠다고 생각한 준희가 다짜고짜 석현의 바짓가랑이를 붙잡고 늘어졌다.
　석현으로서는 황당하기 짝이 없는 상황이었다. 하지만 누군가를 사랑한다고, 이게 사랑이라고 당차게 말하며, 사랑하는 여자를 위해 누군가에게 죽자 사자 매달리는 준희의 열정이 밉지 않았다. 결국 석현이 고개를 끄덕였다. 사실 준희의 부탁도 부탁이었지만, 희주라는 아이의 실력이 궁금하기도 했다.

"정말이에요? 정말 희주 언니 오디션 보게 해주는 거예요? 와~ 만세! 감독 형아, 땡큐!"

준희는 두 팔을 번쩍 들어 만세를 외치고 곧바로 희주에게 달려갔다. 희주는 이불을 머리끝까지 뒤집어쓰고 누워 있었다. 준희는 살금살금 들어가서 그 이불을 확 잡아당겼다. 준희의 얼굴을 본 희주가 다시 독설을 퍼부었다.

"왜 또 왔어. 다신 나타나지 말라니까!"

"알았어. 하지만 지금은 나랑 같이 가자."

준희가 다짜고짜 희주의 팔을 잡아끌었다.

"미쳤어? 어딜 가자는 거야?"

"나만 믿어! 시간 없어, 얼른!"

희주는 준희에게 납치당하듯 질질 끌려 밖으로 나왔다. 준희는 들고 온 이불로 희주의 몸을 둘둘 감싸고는 스쿠터에 태웠다.

스쿠터가 학교 중앙광장 앞에 멈추자 희주는 자신의 눈을 의심했다. 광장에는 하트 모양으로 세워진 수십 개의 양초가 은은히 빛나고 있었고, 스투피드 멤버들이 양초 뒤에서 대기하고 있었다. 준희가 나직한 목소리로 말했다.

"오늘 여기서 나타샤의 첫 공연이 있을 거야."

희주는 눈을 동그랗게 뜨고 양초 무대와 준희를 번갈아 쳐다보았다. 그러다 이내 씁쓸하게 웃으며 입을 열었다.

"들을 사람도 없는데 이게 무슨 의미야? 어차피 오디션은 망쳤는데."

그때, 어둠 속에서 굵직한 남자의 목소리가 들려왔다.

"들을 사람은 있는 거 같은데?"

김석현 감독이었다. 석현은 희주에게 "시작하지?"라고 말하며 계단에 앉았다. 준희가 어느샌가 드럼 앞에 가 스틱을 집어 들었다. 희주는 어리둥절한 채 하트 무대 안으로 들어갔다. 준희의 드럼을 시작으로 연주가 시작되었다. 그녀가 스튜디오에서 죽어라 연습했던 곡이다. 희주는 감동받은 얼굴로 준희 쪽을 슬쩍 쳐다본 후 마이크를 끌어당겼다.

'그래, 떨어지더라도 미련 없어. 이것이 내 인생 최고의 공연이야.'

희주가 리듬을 타며 몸을 흔들었다. 수천 번도 더 연습한 재즈댄스의 힘 있는 동작 위에 노래를 실었다. 그녀의 노랫소리에 밤하늘의 별들조차 흔들리는 것 같았다. 조명도, 의상도, 분장도 없는 무대였지만 희주는 그 어떤 무대에서보다 빛나고 있었다.

'잘하네.'

지켜보던 석현의 얼굴에 살며시 미소가 번졌다.

보고 싶은 사람이 있어

100주년 공연은 캐스팅 문제부터 순조롭지 않았다. 오디션을 통과한 아이들은 연기팀, 연주팀 합쳐서 총 15명이었다. 그중 석현이 다른 교수들, 특히 태준의 반대를 무릅쓰고 우격다짐으로 통과시킨 학생들이 2명이었다. 연극과 중퇴생인 현기영과 국악과 이규원.

현기영은 예전부터 석현이 주목하고 있던 연극과 후배였다. 출중한 외모와 뛰어난 노래 실력, 탁월한 연기력까지 뮤지컬 배우가 갖춰야 할 삼박자를 두루 갖춘 인재였다. 하지만 그에겐 치명적인 약점이 있었다. 바로 무대공포증이었다. 태준을 비롯한 다른 교수들이 기영을 반대하는 이유도 거기 있었다.

언젠가 태준이 기획한 창작 뮤지컬의 주인공을 맡은 기영이 공연 첫날 무대에서 거품을 물고 쓰러져버린 뒤로, 태준은 더 이상

기영을 제자로 생각하지 않았다. 기영 역시 그 일로 심한 상처와 좌절에 빠져 학교에 자퇴서를 내고 잠적해버렸던 것인데 이번에 석현이 기영을 찾아내 오디션 무대에 올린 거였다.

석현은 무대공포증이 감기몸살과 다르지 않다고 생각했다. 충분히 극복할 수 있다고 믿었다. 때문에 무대공포증이라는 이유로 기영을 포기할 수가 없었다. 아니, 포기하고 싶지가 않았다. 그것은 단순히 후배를 아끼는 마음 때문만은 아니었다. 뛰어난 배우를 놓치고 싶지 않은 연출가의 바람이었다. 하지만 문제는 기영의 마음이었다. 만약 기영이 열심히 따라주지 않는다면, 더 이상 그를 위해 석현이 할 수 있는 일이 없었다. 합격 소식을 알려주기 위해 기영에게 전화를 걸었지만 그는 석현의 전화를 받지 않았다.

이규원은 바람꽃으로 오디션을 봤고, 심사위원들의 찬사를 들으며 무난히 합격했다. 하지만 석현이 규원만 연기팀으로 배정한 것이 태준의 심기를 건드렸다. 석현은 카타르시스에서 처음 규원의 노래를 들었을 때부터 묘하게 마음이 끌렸었다. 가야금 연주도 훌륭하지만 규원의 노래엔 특별한 무언가가 있었다. 석현은 직감적으로 규원이 아직 다듬어지지 않은 원석이라는 걸 느꼈고, 그녀를 보석으로 만들어보고 싶은 욕심이 생겼다. 하지만 그것이 태준에게는 건방진 도전으로 느껴졌던 모양이다. 여주인공 자리는 한희주에게 주어야 한다며 계속 눈치를 주고 있어 여간 피곤한 게 아니었다.

사실 캐스팅 문제로 속을 썩이는 건 이 둘뿐이 아니었다. 스투피드에서 보컬과 일렉트릭 기타를 맡고 있는 이신도 마찬가지였다. 이신을 적극적으로 추천한 사람은 홍미란 교수였다. 실용음악과 홍 교수는 자신의 제자 중에서 이신이 가장 뛰어나다며, 그를 연주팀으로 캐스팅하자고 제안했다. 이미 카타르시스 공연을 통해 신이의 실력을 알고 있었던 석현은 그 제안을 적극적으로 수렴했다. 곱상하게 생긴 외모와는 달리 까칠한 성격이 마음에 안 들었지만, 어쨌든 매력적인 건 사실이었다. 하지만 이신은 석현의 제안을 거절했다. 딱히 이유가 있는 것 같지도 않았다. 그저 나이가 어려 판단이 흐린 것 같았다.

석현은 머리를 절레절레 흔들며 자신의 명패가 달린 사무실 문을 열고 들어갔다. 가구라고는 책상과 의자뿐인 단촐한 사무실이었다. 한쪽 벽이 통 유리창으로 되어 있는 것 빼고는 맘에 드는 구석이 없었다. 아무리 100주년 공연을 준비하는 동안만 사용할 임시 사무실이라 해도 너무한다 싶었다.

노크 소리가 들리고 곧이어 태준이 들어왔다. 태준은 선심 썼다는 얼굴로 석현을 바라보며, 사무실이 마음에 드는지 물었다. 석현은 괜찮다며, 마음에도 없는 말을 내뱉었다. 태준이 만족스런 표정으로 사무실을 둘러보다가 갑자기 생각났다는 듯이 물었다.

"앞으로 어쩔 생각이야?"

석현은 질문의 의도를 잘 알고 있었지만 짐짓 딴청을 피웠다.

"뭐가요?"

"국악과 애, 연기는 해본 적도 없는 아이야."
"연기 경험이 없어서 오히려 재밌게 나올 거예요. 표정도 좋고."
"그거야 네 바람이겠지. 기영이도 마찬가지야."
태준이 이번에는 기영을 걸고넘어졌다.
"기영이는 또 왜요?"
"현실적으로 생각해. 오디션은 어찌어찌 봤어도 공연은 달라. 네 고집 때문에 100주년 공연을 망칠 순 없어."
"걱정하는 건 알겠지만 그냥 나한테 맡겨줘요. 형 이러는 거 좀 힘드네."
"감독이라고 너무 네 맘대로 휘두를 생각 마. 책임자는 나야. 기영이하고 국악과 애는 좀더 고민해보자."
"이규원이에요. 국악과 애 이름."
태준이 날카로운 눈초리로 석현을 쏘아보았다. 석현도 지지 않았다. 마주 선 두 사람 사이에 팽팽하고 아슬아슬한 긴장감이 감돌았다.

태준을 비롯한 공연 관계자들의 우려 속에 오디션 합격생들의 첫 연습이 시작되었다. 희주는 맑고 경쾌한 구둣발 소리를 내며 자신만만하게 강당으로 들어갔다. 사랑을 비롯한 연극과 무리들이 한쪽 구석에 모여 수다를 떨고 있었다. 희주는 그들과 멀찌감치 거리를 둔 채 귀만 쫑긋 세웠다.

"이건 뭐 개나 소나 다 연길 한다 그래!"

사랑이 투덜거렸다.

"걔가 걔 맞지? 전에 국악과 일일찻집에서 스투피드 대신 노래한 애. 노랜 좀 하더라."

"요즘 노래방 가면 그 정돈 다 하거든? 설마 나중에 주인공 시키겠다 그런 건 아니겠지? 어떻게 생각해 한희주?"

사랑이 희주에게 질문을 던지자 여러 시선이 희주에게 꽂혔다.

"그러라죠. 할 수만 있다면."

희주는 구두를 벗고 토슈즈로 바꿔 신으며 대수롭지 않게 대꾸했다.

"너두 열 받았나보다."

사랑 옆에 있던 선배가 희주를 비꼬자, 사랑이 요란스레 맞장구를 쳤다.

"당연하지. 주인공 자리가 흔들릴지도 모르는데. 이거 이러다 우리 자리까지 위험해지는 거 아냐? 어쩌지? 확 엎어?"

토슈즈로 바꿔 신은 희주는 다리를 쫙 벌려 스트레칭을 하며 차갑게 웃었다.

'자기 실력 키울 생각은 안 하고, 저렇게 남의 험담이나 하고 있으니 자리를 뺏기지. 평생 주인공 뒤에 서서 배경이나 할 인간들 같으니라구.'

희주가 무시하는 듯한 태도를 보이자 사랑이 입을 쭉 내밀며 또

저희들끼리 속닥거리기 시작했다.

"이거야 원, 빽 없는 사람들 서러워서 살겠어? 한희주 쟤도 오디션 따로 봤다며? 이사장 딸이라고 이래도 되는 거야?"

"그래도 본 애들 말 들어보니까, 잘하긴 했나봐. 열이 39도나 됐다던데, 독종은 독종이야."

"하여튼 김석현 감독 빽으로 들어온 이규원이나, 이사장 빽으로 들어온 한희주나 재수 없긴 매한가지야. 안 그래?"

"맞아 맞아!"

이때, 강당 문이 열리고 규원이 들어왔다. 수다 떨던 학생들이 일순간 규원을 쳐다보았다. 아이들의 곱지 않은 시선을 의식한 규원은 쭈뼛거리며 희주 곁으로 다가섰다. 안면이 있어서 그런지 그나마 희주가 편하게 느껴졌다. 규원이 어설프게 한 손을 흔들며 희주에게 아는 척을 했다.

"아, 안녕?"

희주가 굳은 얼굴로 규원을 쏘아보았다.

"지금 나한테 말 건 거야?"

"어?"

"웃겨!"

희주는 규원의 어깨를 툭 치고 지나쳐 다른 자리로 옮겨버렸다. 사랑이 패거리들과 섞여 규원을 험담할 생각은 없었지만, 규원과 말을 섞으며 지낼 생각도 없었다. 민망해진 규원은 머리를 긁적이며 다른 학생들의 눈치를 살폈다. 사랑이 규원을 향해 톡 쏘는 말투로 물었다.
"국악과, 너!! 감독님이랑 무슨 관계야?"
규원이 어색하게 웃으며 대답했다.
"아무 관계도 아닌데요?"
"아무 관계도 아닌데, 연극과도 아닌 너를 연기팀으로 보낸다는 게 말이 돼? 왜 너만 특별대우야? 미리 말하는데, 감독 빽 믿고 까불면 이 언니한테 혼난다."
'내가 특별대우를 받는다고? 다른 사람들도 모두 그렇게 생각하는 건가?'
규원은 주변을 둘러보았다. 모두들 그녀를 힐끔거리고 있었다. 희주 역시 아니꼽다는 시선으로 그녀를 쳐다보고 있었다.
'설마 내가 왕따를 당하고 있는 건가?'
갑자기 이방인이 된 기분이었다. 털털한 성격 덕에 어려서부터 늘 주변에 친구가 많은 규원이었다. 그런데 왕따라니, 낙담한 규원은 고개를 푹 수그렸다. 어떻게 처신해야 할지 눈앞이 깜깜했다.

첫 연습을 위해 강당에 들어선 석현은 한 눈에 심상치 않은 분위기를 파악했다. 한가운데 서서 허리를 꼿꼿하게 세우고 그를 바라보고 있는 희주, 패거리처럼 무리를 이루고 있는 연기과 학생들, 한쪽 구석에서 주눅 든 얼굴로 고개를 푹 숙이고 있는 규원. 국악과인 규원을 연기팀으로 배정한 것이 문제를 일으킨 것 같았다. 어느 정도 예상한 일이었지만, 규원의 풀 죽은 모습을 보자 안쓰러운 생각이 먼저 들었다. 석현은 한숨을 내쉬고, 들고 온 콘티를 학생들에게 나눠주었다.

"콘티 살펴보면 알겠지만 사랑과 꿈 앞에서 갈등하는 세 남녀의 러브스토리가 주 내용이야. 본격적인 연습에 들어가기 전에 당분간은 기초 훈련을 받게 될 거야. 질문!"

콘티를 받아 든 규원이 고개를 번쩍 들고 당차게 물었다.

"어? 여주인공이 차이는 거예요?"

'뭐야, 주눅 든 게 아니었어?'

희주는 규원의 옆얼굴을 힐끔 쳐다보았다. 석현은 기운 빠지는 상황에서도 당당함을 잃지 않은 규원이 기특하게 생각되었다.

"대신 꿈을 찾아가잖아. 사랑이 뭐 대단한 건가?"

희주는 머리카락을 쓸어넘기며 지지 않겠다는 듯 말했다.

"잘됐네요. 사랑 땜에 울고 짜고, 전 그런 거 안 맞거든요."

석현이 어이없다는 얼굴로 희주를 쳐다보았다.

"누가 너보고 주인공이래?"

"저 아니면 누군데요?"

"연습하는 거 봐서 천천히 정할 거야. 김칫국부터 마시지 마."

순간, 희주는 무너지는 소돔 성을 바라본 롯의 아내처럼 그 자리에서 확 굳어버렸다. 희주가 모멸감에 치를 떨고 있는 사이, 첫 연습 모임이 끝났다. 본격적인 연습은 내일부터 한다는 말을 끝으로, 석현은 자리를 떴다.

강당에 있던 학생들도 뿔뿔이 흩어졌다. 희주는 신경질적인 구

듯발 소리를 내며 강당 밖으로 나갔다. 저만치 앞에서 바람꽃 친구들과 수다를 떨며 걸어가고 있는 규원이 보였다.

"어땠어? 재밌었어?"

호들갑스럽게 물어보는 보운에게 규원이 "혼자 적진에 뛰어든 기분이야."라고 대답하며 한숨을 쉬었다. 희주는 걸음을 빨리해 규원을 따라잡으며 대화에 끼어들었다.

"노래방서 노래 좀 한다고 겁도 없이 달려들어 고생이네!"

계속되는 희주의 건방진 태도에 규원이 인상을 확 구겼다.

"뭐?"

"착각할까봐 한마디 하겠는데, 나는 너 친구나 동료 따위로 생각 안 해. 그러니까 나한테 맘대로 말 걸지 마! 그리고 저번에 말했지? 신이 근처에서 알짱대지 말라고. 너 아니어도 충분히 골치 아파! 이신, 네가 상대도 안 되는 사람 좋아하고 있다구. 그러니까 넌 빠져!"

"야, 한희주!"

참다못한 규원이 희주를 불러 세웠다.

"착각할까봐 나도 한마디 하겠는데, 나도 너 친구로 생각 안 해. 그리고 이신? 줘도 안 가져! 그러니까 나한테 함부로 말하지 마!"

규원은 보운의 팔짱을 끼고 쌩 찬바람을 일으키며 희주를 지나쳐 가버렸다. 그러나, 이내 이신이 좋아한다는 사람이 누굴까 무척 궁금해지기 시작하는 자신을 발견했다.

규원은 오후 수업을 들으러 다시 학교 언덕길을 올라갔다. 그 길이 오늘따라 유독 길게만 느껴졌다. 마음이 무거운 건지, 몸이 무거운 건지 갈피를 잡을 수가 없었다. "한 번쯤 더 들어보고 싶긴 해. 네 가야금 소리."라고 했던 신이의 말 한마디에 100주년 공연 오디션을 본 것뿐인데, 생각보다 일이 커지고 말았다.

높은 경쟁률을 뚫고 오디션에 합격했다는 기쁨도 잠시, 덜컥 연기팀으로 배정 받은 규원은 지금의 상황이 당황스럽기만 했다. 특별한 추억을 만들기에 앞서, 특별한 왕따 경험을 하게 될 것만 같았다. 괜한 시비를 거는 아이들이 밉긴 했으나, 입장을 바꿔놓고 생각하면 이해 못할 것도 없었다. 연기로 오디션을 본 것도 아닌데 연기팀으로 배정을 받았으니 모종의 뒷거래가 있었을 거라 오해할 법도 했다. 하지만 이해한다고 해서 상황 자체를 받아들일 수 있는 건 아니었다. '시간이 지나면 오해가 풀릴까? 실력으로 인정받으면 그 아이들과 융화할 수 있을까? 과연 나에게 그만한 실력이 있을까?'

규원의 마음을 무겁게 짓누르는 문제는 이것뿐이 아니었다. 할아버지를 속이는 일도 규원에겐 큰 고민거리였다. 만약 할아버지가 이 사실을 알면 날벼락이 떨어질 것이다. 대중가요도 못 부르게 하는 할아버지가 뮤지컬을 허락할 리가 없었다.

이런저런 생각에 저절로 한숨이 나왔다. 하지만 이렇게 마음이 무겁고 부담스러워도 웬일인지 포기하고 싶은 생각은 들지 않았다. 뮤지컬이라는 새로운 영역에 도전한다는 자체가 흥분되기 때문이었다.

언덕길을 다 오른 규원이 빨간 다리 도서관 밑을 지나려는데, 전화벨이 울렸다. 휴대폰 액정에 '자뻑 왕자'라는 단어가 깜박이고 있었다. 신이었다. '저번처럼 또 대리출석을 부탁하는 걸지도 몰라. 그럴 수는 없지.' 규원은 잠깐 망설이다가 통화 거절 버튼을 눌러 버렸다. 그때 머리 위에서 "야!" 하는 고함소리와 함께 종이 뭉치가 떨어졌다. 위를 올려다본 규원은 뒤로 넘어갈 뻔했다. 신이 도서관 발코니에 서서 그녀를 내려다보고 있었던 것이다.

신이 손가락질을 하며 소리쳤다.

"너 딱 걸렸어. 일부러 전화 안 받은 거지?"

"내, 내가 뭘. 잘못 누른 거야."

"알았어. 봐줄 테니까 10분 내로 카푸치노 한 잔 사 와. 거품 꺼지지 않게 조심하고!"

규원은 투덜대며, 학교 앞 테이크아웃 카페로 들어가 카푸치노 레귤러 한 잔을 주문했다. 점원이 카푸치노를 만드는 동안 매장 안을 둘러보았다. 몇몇 학생들이 활기찬 표정으로 수다를 떨고 있었다. 그 사이, 문이 열리고 누군가 들어와 카푸치노를 주문했다. 100주년 공연 안무를 맡은 정윤수 교수였다. 규원은 윤수를 향해 밝고 쾌활한 목소리로 인사를 건넸다. 윤수는 고개를 살짝 끄덕이며 그녀의 인사를 받아주었다.

규원과 윤수가 카푸치노 한 잔씩을 들고 나란히 언덕길을 올라갔다. 어색한 침묵이 흘렀다.

"국악과랬지?"

윤수가 먼저 입을 열었다.

"네."

"가야금? 거문고?"

"아, 가야금이요."

"오늘은 없네? 매일 메고 다니는 거 같던데."

"아… 특별히 연주 있는 날만 갖고 다녀요. 실습실에 하나 더 있거든요."

"아, 그렇구나. 근데… 혹시 김석현 감독이랑 원래 아는 사이야?"

윤수가 석현과의 관계를 묻다니, 역시 교수님들도 오해를 하고 있는 걸까? 규원은 무언가 석연찮은 기분이 들었지만 솔직히 말할 수밖에 없었다.

"네, 조금요. 사정이 있어서요."

"그렇구나."

윤수가 가만히 고개를 끄덕였다. 규원은 그런 윤수의 옆모습을 힐끔 쳐다보았다. 하얀 피부에 갸름한 얼굴, 가녀린 어깨와 찰랑이는 긴 생머리가 예뻐 보였다. 문득 어제 오후 합격자 발표 소식을 들으러 간 강당에서 윤수를 바라보던 신이의 표정이 떠올랐다. 어딘가 슬프고도 간절한 눈빛이었다.

'두 사람도 원래 아는 사이였나? 신이의 그 눈빛은 뭘까?'

규원은 도서관 발코니를 올려다보았다. 신이 여전히 그 자리에 서 내려다보고 있을 것만 같았다. 하지만 발코니는 텅 비어 있었다. 다행인 건가? 뜬금없이 떠오르는 생각과 감정들이 몹시 혼란스러웠다.

규원은 윤수와 헤어져 도서관으로 올라갔다. 어디에도 신의 모습이 보이지 않았다. 그녀는 신이 그랬던 것처럼, 그가 서 있던 자리에 서서 아래를 내려다보았다. 오고 가는 수많은 사람들의 모습이 한눈에 내려다보였다. '이렇게 많은 사람들 중에서 신이가 나를 한눈에 찾은 건가?' 어쩐지 기분이 좋아졌다. 그때 뒤에서 신이의 목소리가 들려왔다.

"뭘 봐?"

규원이 깜짝 놀라 뒤를 돌아보았다. 세수를 했는지 신의 얼굴에 물기가 어려 있었다. TV에서 막 튀어나온 CF 모델 같았다. 흠, 정말 잘생겼다!

규원은 괜히 설레는 마음을 들키지 않으려고 부러 퉁명스런 말투로 물었다.

"심부름 시켜놓고 어디 갔다 오냐?"

"커피 사 왔어?"

규원이 들고 있던 커피를 내밀며 말했다.

"2800원!"

신이 지갑에서 3000원을 꺼내 건넸다. 규원은 당연한 듯 지폐를 지갑에 넣고 돌아섰다. 신의 목소리가 그녀의 뒷덜미를 잡았다.

"거스름돈 안 줘?"

"아, 치사하게 200원 갖구."

규원은 손을 내밀고 서 있는 신을 흘겨보며 지갑과 주머니를 홀딱 뒤졌다. 하지만 10원짜리 하나 나오지 않았다.

"미안…. 나중에 줄게."

방금 전까지 퉁퉁거리던 규원이 금세 풀이 죽었다.

신은 그런 규원을 신기하게 쳐다보았다. 이렇게 있는 그대로 자신의 감정을 표현하는 아이는 처음이었다. 규원은 꼼수를 부리지 않고 자신의 속내를 투명하게 드러내는 어린아이 같았다. 그래서인지 괜히 골려주고 싶고 장난치고 싶어졌다.

신이 재미있다는 듯 빙긋 웃으며 규원을 바라보았다. 그러다 짐짓 아닌 척 퉁명스런 목소리로 말했다.

"이자 붙는다."

"치사하게…. 그리고 앞으론 이딴 심부름 좀 시키지 마! 차라리 돈으로 해결해. 돈 줄 테니까 계약 없던 걸루 하자!"

규원이 야무지게 소리치자 신의 눈썹이 꿈틀거렸다. 신은 규원과 얽힌 노예 계약을 철폐하고 싶지 않았다. 쉽게 발끈하고 쉽게 울상 짓는 규원은 지루하고 헛헛한 일상에 탄산수 같은 존재였다. 톡 쏘는 것이 보통 생수와는 차원이 달랐다. 신은 그녀를 쉽게 놓아줄 수 없다 생각했다.

"얼마 줄 건데?"

"음… 5000원 정도?"

"10만 원이면 생각해볼게."

규원이 입을 쩍 벌렸다. 그녀가 아무 말도 못 하자 신이 어깨를 으쓱하며 등을 돌렸다. 그러다 불현듯 규원이 공연의 연주팀이 아닌 연기팀으로 배정 받았다는 사실이 떠올랐다. 신이 역시 다른 아이들처럼 석현의 결정이 이상하게 생각되었다.

신은 다시 등을 돌려 규원에게 물었다.

"근데 너, 노래 잘해?"

"뭐?"

뜬금없이 그게 무슨 말이지? 규원의 심장이 또 제멋대로 뛰기 시작했다. 그녀의 반응을 본 신은 괜한 질문을 했다는 생각이 들었다.

"아냐. 거스름돈 내일 갚으면 500원이다."

신은 규원을 남겨두고 계단을 성큼성큼 내려갔다.

밴드실에는 아무도 없었다. 모두들 수업을 받으러 간 모양이었다. 신은 테이블에 커피를 내려놓고 기타를 집어 들었다. 랙에 조율기를 꽂아 튜닝을 한 후 앰프를 연결했다. 지링지링, 하는 기타의 울음소리가 앰프를 통해 흘러나왔다.

신이 요양원에서 쳤던 곡 〈그리워서〉를 연주하기 시작했다. 기타 위에서 떨리던 요양원 남자의 가늘고 긴 손가락이 떠올랐다. 화음을 넣어주던 남자의 기타 연주 소리도 그리워졌다. 다시 한 번 찾아와줄 수 있겠냐고 조심스럽게 말하던 남자의 목소리도 생각났다. '건강은 괜찮아지셨을까?' 신은 기타를 내려놓고, 앰프를 껐다.

창밖으로 어둠이 찾아든 교정이 내다보였다. 수업을 마친 학생들이 하나둘 짝을 지어 학교 정문을 빠져나가고 있었다. 카타르시스 공연이 없는 날이어서 그런지, 시간이 평소보다 느리게 흘러가는 기분이었다.

휴대폰이 울렸다. 준희였다. 바람꽃 아이들과 함께 카타르시스에 있다고 했다. 치킨을 먹을 거라며 신이에게도 빨리 오라고 했다. 바람꽃이라면 이규원도 같이 있는 건가? 하는 생각이 머릿속을 스치고 지나갔다. 하지만 이내 그게 무슨 상관인가 하는 마음이 들었다.

"난 됐으니까 너나 맛있게 먹어."

"형아, 왜? 보운 언니가 오늘 쏘는 거래. 빨리 와~."

"오늘은 그냥 혼자 있고 싶어."

"흠…. 알겠어. 그래도 형아, 먹고 싶으면 꼭 와아~."

"어, 알았어. 끊어."

신은 전화를 끊고 어둑해진 밴드실을 둘러보았다. 어둠은 그리움을 몰고 다니는 것 같았다. 홀로 어둠을 안고 춤을 추고 있을 윤수가 그리워졌다. 신의 마음은 이미 윤수에게 달려가고 있었다.

신은 밴드실 문을 열고 나와 자전거를 타고 무용과 스튜디오로 달려갔다. 스튜디오 문은 잠겨 있었다. 음악 소리도 들리지 않고, 커튼도 내려져 있었다. 아무도 없는 것 같았다. 신은 힘없이 돌아서 언덕길을 내려갔다. 잠깐 카타르시스에 들러볼까 싶었지만,

곧 마음을 고쳐먹고 집으로 향했다.
 그렇게 얼마쯤 달렸을 때 주머니에 있던 휴대폰 진동이 느껴졌다. 신은 망설이다 자전거를 세우고 전화를 꺼냈다. 액정 화면에 '나의 여신'이라는 글자가 깜박이고 있었다. 윤수였다.
 윤수는 겁에 질린 목소리로 스튜디오 문이 잠겼다며 잠깐만 와 달라고 했다. 평소처럼 불도 켜지 않은 채 무용 연습을 하다가, 건물을 순찰하던 경비 아저씨가 아무도 없는 줄 알고 스튜디오 문을 잠가버렸다는 것이다. 신은 그대로 자전거를 돌려 왔던 길을 되돌아갔다. 아까 그대로 돌아서지 말고 문이라도 두드려볼걸 그랬다는 후회가 밀려왔다.

"아저씨 빨리요!"
 신은 발을 동동 구르며 경비 아저씨를 재촉했다. 마음이 급했다. 불 꺼진 스튜디오에 갇힌 채 아픈 발목을 붙잡고 있을 윤수를 생각하니 가만히 있을 수가 없었다. 1분, 아니 1초가 1시간처럼 느껴졌다. 신의 재촉에 덩달아 허둥대던 경비 아저씨가 열쇠를 찾아 문에 꽂았다.
 스튜디오 문이 열렸다. 신은 문을 열고 들어서자마자 벽에 붙은 스위치를 눌렀다. 형광등이 번쩍 켜졌다. 윤수가 한쪽 구석에 쪼그려 앉아 있었다.
"교수님!!"
 윤수는 신을 보며 민망한 듯 얼굴을 붉혔다.

"미안… 딱히 전화할 데가 없어서."

"다치신 덴 없어요?"

윤수는 말없이 고개만 끄덕였다. 신이 뒤에 서 있던 경비 아저씨가 죄스럽다는 듯 고개를 주억거렸다.

"아니, 불을 좀 켜고 계시지…. 교수님 계신지 몰랐네요."

"죄송합니다. 다음부터 조심할게요."

"교수님, 가요!"

신이 윤수를 부축하며 스튜디오를 나왔다. 신은 혼자 걸을 수 있다는 윤수를 억지로 자전거 뒷자리에 태우고 신나게 자전거 페달을 밟았다. 보름달 위를 날아오르는 ET의 자전거도 이처럼 가볍게 달리지는 못했을 것이다. 신의 마음이 그러했다. 윤수가 난처한 상황에서 자신을 불러줬다는 사실이, 그를 날아오를 만큼 들뜨게 했다.

"고마워."

윤수가 자전거에서 내려 자신의 차에 오르며 인사를 했다.

"언제든지 전화하세요. 바로 날아갈게요."

"조심해서 가."

윤수의 차가 출발했다. 신은 그 자리에 서서 윤수의 차가 멀어져 더 이상 안 보일 때까지 쳐다보고 서 있었다.

다음날 오후, 수업을 마친 학생들이 공연 연습을 위해 강당으로 모여들었다. 오늘은 뮤지컬의 꽃인 노래 연습을 할 시간이었다. 강당 중앙에는 연기팀이, 가장자리에는 연주팀이 배치되었다. 규원은 가볍게 목을 푸는 척하며 연주팀을 힐끔거렸다. 신이 보이지 않았다. '정말로 안 하려는 건가?' 규원은 마음 한구석에 구멍이 뚫린 듯 휑한 기분이 들었다. 그때, 누군가 그녀의 몸을 밀치며 짜증을 냈다. 사랑의 패거리들 중 한 명이었다.

"야! 여기 내 자리야! 저쪽으로 가!"

규원은 화가 났지만, 괜히 대거리했다가는 일만 커질 것 같아 꾹 참으며 자리를 옮겼다. 그러자 이번엔 사랑이 그녀를 밀쳐냈다.

"거긴 내 자리거든? 좁으니까 딴 데로 가."

이번에도 규원은 이를 악물고 참았다. 그녀가 자리를 옮기자, 사랑이 피식거리며 놀리듯 말했다.

"아, 미안! 거기도 내 자리였어. 저~쪽으로 가든가."

더 이상 참을 수가 없었다. 규원은 앙칼진 목소리로 따졌다.

"여기가 다 언니 자리예요?"

"맞아!"

사랑이 뾰족한 눈으로 규원을 쏘아보았다. 다른 사람들도 마찬가지였다. '내 편은 아무도 없는 건가?' 규원은 주변을 둘러보았다. 모두들 규원이 사라져주기를 바라는 것 같았다. 희주는 아무 관심 없다는 듯 악보만 넘겨보고 있었다. 사랑이 규원을 향해 쏘아붙였다.

"맘에 안 들면 관두던가!"

"제가 왜요?"

"감독 빽으로 들어올 만큼 그렇게 실력이 별로면 그만둬야지. 안 그래? 너같이 굴러 들어온 돌 땜에 나 같은 평민들이 피 본다 이거야!"

"실력이 부족해서가 아니구요?"

"어머, 이 싸가지 좀 봐! 네가 봤어? 내가 실력이 있는지 없는지 네 눈으로 봤어? 낙하산 주제에!!"

사랑이 바락바락 소리치며 규원의 가슴팍을 세게 밀쳐냈다. 그 힘에 규원의 몸이 휘청거렸다. 간신히 중심을 잡고 선 규원이 소리쳤다.

"뭐 하는 거예요? 지금 밀쳤어요?"

"밀쳤다. 밀쳤어. 네가 어쩔 건데?"

사랑이 화를 돋우듯 규원의 어깨를 밀쳐대자, 규원이 사랑의 손을 탁 쳐내며 경고 조로 말했다.

"분명히 해두는데 시비는 언니가 먼저 걸었어요!"

"그래서, 어쩔 건데?"

사랑의 말이 끝나기가 무섭게, 규원이 두 손으로 있는 힘껏 사랑의 어깨를 밀었다. 뒤로 밀려난 사랑이 황당하다는 듯 "어쭈 이게! 야! 넌 위아래도 없어?"라고 따지며 규원의 머리칼을 움켜잡았다. 규원이 비명을 지르며 사랑의 옆구리를 꼬집었다. 이때 무관심한 표정으로 악보만 들춰보던 희주가 "시끄러! 딴 데 가서 싸워!" 하며 성질을 부렸다.

"뭐? 이것들이 쌍으로 재수 없게!"

사랑이 일부러 규원의 몸을 희주 쪽으로 힘껏 밀쳤다. 그 힘에 밀린 규원의 몸이 희주를 덮치고 쓰러졌다. 옆에서 구경하던 연극과 여학생들이 사랑과 합세해서 규원과 희주에게 달려들었다. 강당 안은 순식간에 아수라장이 되었다. 스무 살이 넘은 처녀들이 서로의 머리카락을 잡고 싸우는 꼴이 참 가관이었다. 너무 어이가 없었는지 다른 학생들도 말릴 생각은 않고 그저 멀찍이 비켜 서서 보고만 있었다. 어떤 애들은 박수까지 치며 재미있다고 깔깔거렸다.

이때, 강당 문이 열리고 석현과 홍 교수가 들어왔다. 눈 뜨고 볼 수 없는 광경에 놀란 석현이 버럭 고함을 질렀다.

"뭐 하는 짓들이야!!"

석현의 고함 소리에 놀란 아이들이 싸움을 멈추고 자세를 바로 했다. 석현은 패잔병들을 이끄는 장군처럼 머리가 산발인 여자아이들을 일렬로 세웠다.

"모두들 무릎 꿇고 손 올려!"

여기저기서 볼멘소리가 터져 나왔다. 석현이 소리를 꽥 지르자, 아이들은 서로의 눈치를 살피며 무릎을 꿇고 앉아 팔을 올렸다. 석현이 아이들을 향해 빈정거렸다.

"초등학생들도 아니고, 잘들 한다!"

"감독님이야말로 초등학생도 아닌데 이건 좀…. 팔 내리면 안 돼요?"

"그대로 있어. 초딩 같은 짓을 했으니 초딩 대접을 받아야지!"

가만히 입만 삐죽거리던 희주가 당돌하게 외쳤다.

"이게 다 감독님 탓이에요!"

"뭐?"

"다들 연기로 오디션 보고 온 사람들이에요. 납득 안 되는 건 당연하잖아요!"

"그래서, 맘에 안 든다고 단체로 덤벼들어 왕따시키는 건 납득할 수 있는 일이야?"

"전 피해자예요!"

"저두요!"

여기저기서 "저두요!" "저두요!" 하는 소리가 터져 나왔다. 어이가 없었다.

"뭘 잘했다고! 다들 100까지 세면서 반성해. 뭐 해? 안 세? 앞에서 지키고 있을 거다. 중간에 나오는 놈은 바로 공연에서 아웃이야. 알아들어?"

석현은 숫자를 헤아리는 아이들의 목소리를 뒤로하고 강당을 나왔다.

마음이 무거웠다. 처음부터 규원이 연극과 학생들과 잘 지내리라 생각하지는 않았다. 하지만 머리채를 잡고 싸울 정도로 갈등이 심할 줄은 몰랐다. 과연 잘한 일일까. 무리수를 둔 건 아닐까. 이런 불협화음을 감당할 만큼 이규원에게 재능이 있는가. 불현듯 카타르시스에서 들은 규원의 맑은 음색이 떠올랐다. 석현은 밀려오는 회의를 가슴속에서 몰아내며, 자신의 판단을 믿기로 했다.

그날 밤, 집으로 돌아간 규원은 잠을 못 이룬 채 뒤척였다. 강당에서 있었던 일이 떠오르자 분하고 억울했다. 벌을 서서 그런지 팔다리도 욱신거렸다. 괜히 자기 때문에 싸움에 말려든 희주한테도 미안한 마음이 들었다. 함께 벌을 서던 희주가 했던 말도 마음에 걸렸다.

"너 같은 얼치기 땜에 정작 하고 싶어도 못하는 사람들이 있어! 이래봬도 이쪽은 목숨 걸고 하고 있다구! 그러니까 너도 네 꿈이나 쫓으러 가봐!"

규원은 자신이 처해 있는 상황을 정리해보기 위해 이불을 박차고 일어나 앉았다. 형광등을 켰다. 방이 환하게 밝아지면서 벽에 걸려 있는 달력이 눈에 들어왔다. 달력에는 국악대전 날짜가 표시되어 있었다. '시간이 얼마 남지 않았구나.' 머릿속이 혼란스럽게 뒤엉키는 느낌이었다. "네 꿈이나 쫓으러 가봐!" 희주의 앙칼진 목소리가 다시 들려왔다. '그래, 그만두는 게 순리일지도 몰라.' 규원은 이불 위로 쓰러지듯 누워 눈을 감았다.

다음 날 아침, 규원은 학교에 가자마자 석현의 사무실을 찾았다.
"안녕하세요? 잠깐 시간 괜찮으세요?"
"들어와."
석현이 보던 책을 내려놓고 규원을 향해 고갯짓을 했다. 규원은 조용히 문을 닫고 쭈뼛대며 들어와 석현의 책상 앞에 섰다.

"뭔데?"

"저기…."

"반성문이라도 써 왔어?"

"아뇨. 저 아무래도 그만두는 게 좋을 거 같아서요."

석현이 안타깝다는 듯 규원을 바라보았다.

"왕따 당하니까 서러워?"

"아뇨… 그런 건 아니고. 전 그냥 국악 연주만 하면 되는 줄 알고 오디션 본 거였는데… 제가 생각했던 거랑 다르기도 하고, 국악대회도 얼마 안 남았고."

석현은 알아들었다는 듯이 고개를 끄덕였다. 하지만 마음의 고개만은 끄덕여지지 않았다. 충분히 우려했던 일이지만, 막상 규원이 그만둔다고 하자 서운한 생각이 들었다. 일일찻집 공연 때 들었던 규원의 노래에서 받은 영감을 쉽게 포기할 수 없었다. 규원의 숨은 기량이 궁금했고, 그것을 최대한 발휘하도록 만들어주고 싶었다. 석현은 규원에게 넌지시 물었다.

"연주만 하라고 하면 할래?"

그래도 규원은 굽히지 않았다.

"네? 아뇨…."

"왜? 이신이 없어서 재미없어?"

생각지도 못한 질문에 당황한 규원이 말을 더듬었다.

"네? 아, 아뇨! 아니에요, 그런 거!"

강한 부정은 강한 긍정이라고 했던가, 석현이 숨은그림찾기라도 하듯 눈을 가늘게 뜨고 규원을 쳐다보았다. 규원의 얼굴이 화끈화끈 달아올랐다. 규원이 손으로 자신의 볼을 만지며 말했다.
"그냥… 진짜 하고 싶어하는 사람들한테 민폐 같아서. 죄송합니다."
규원은 서둘러 인사를 하고 석현의 사무실을 빠져나왔다. 석현의 나직한 한숨 소리가 들려왔다.
'그래, 잘했어. 잘한 일이야.'
규원은 부러 씩씩한 몸짓으로 복도를 걸었다. 하지만 가슴 한구석에 구멍이 난 듯 숭숭 바람이 들어왔다. 이대로 포기하기엔 아쉬운 부분이 많았다. 규원의 발걸음이 저도 모르게 도서관 쪽으로 향했다. 도서관 발코니에는 아무도 없었다. 가슴에 난 구멍이 한 뼘 정도는 더 넓어진 기분이었다. 카푸치노나 한 잔 마셔볼까, 그녀는 어깨를 축 늘어뜨리고 도서관을 나왔다.

그 시각, 이신은 콘크리트 계단 위에 드리워진 자신의 그림자를 내려다보며 앉아 있었다. 멀리 어깨를 축 늘어뜨리고 걸어가는 규원의 뒷모습이 눈에 들어왔다. 전화해서 또 커피 심부름이나 시킬까?
이상한 일이었다. 규원만 보면 괜히 장난치고 싶고, 골려주고 싶은 마음이 들었다. 그 아이에게는 또래 여자애들에게서는 느낄 수 없는 순진함이 느껴졌다. 와삭와삭 소리를 내는 스낵처럼 즉각적인 반응을 보이는 것도 재미있었다.

신이 하릴없이 그런저런 생각을 하고 있을 때 누군가 그의 이름을 불렀다. 희주였다. 고등학교 때부터 희주가 자신을 좋아하고 있다는 걸 신은 알고 있었다. 하지만 신은 희주에게 전혀 관심이 없었다. 피나는 노력으로 살을 빼고 외모를 가꿔 연극과의 퀸카로 불리고 있지만, 그렇다고 희주가 달리 보이진 않았다.

희주는 반가운 얼굴로 활짝 웃으며 물었다.

"밥 먹었어? 우리 밥 먹으러 갈까?"

신이 자리에서 일어나 바지를 툭툭 털어내며 짧게 대답했다.

"먹었어."

"그럼 차 마실까?"

"됐어."

언제나 차갑기만 한 신의 태도에 화가 난 희주가 하지 말아야 할 말을 꺼내고 말았다.

"정윤수 교수님, 예전에 누구랑 사귀었는지 알아?"

윤수의 이름에 신이 매서운 눈길로 희주를 바라보았다.

"김석현 감독이랑 죽도록 사랑하던 사이였대. 근데 자기 꿈 이루겠다고 그 남자 버리고 뉴욕으로 가버렸대."

"뭐?"

심장이 바닥으로 쿵 하고 떨어졌다. 계단 위에 누워 있던 자신의 그림자가 춤을 추듯 흔들렸다.

"맞아! 우리 공연 내용, 정 교수님 얘기야. 남자한테 목매는 한심한 것들보단 훨씬 제정신이지만, 어쨌든 네가 생각하는 것처럼 여리고 약한 여자 아니라구!"
"네가 왜 친구 없이 늘 혼자인지, 이제 확실히 알겠다."
신은 날카로운 눈길로 희주를 일별한 후 냉랭하게 등을 돌렸다. 희주가 억울함을 호소하는 배우처럼 연극 조로 소리쳤다.
"바보 같은 놈! 실컷 짝사랑만 하다 죽어버려라!"

신은 곧장 석현의 사무실로 달려갔다. 가슴 밑바닥에서 뜨거운 불기운이 올라오는 것 같았다. 윤수의 표정이 왜 그렇게 어두운지, 왜 항상 슬픔이 깃든 눈길로 먼산만 바라보는지, 어두운 스튜디오에서 왜 홀로 고독한 춤을 추는지 알 것 같았다. 그 모든 게 김석현 감독 때문이라는 생각이 들자, 감정을 주체할 수가 없었다. 신은 윤수를 다른 누구도 아닌 석현에게서 지켜내야겠다는 결심을 했다. 그러자면 공연에 참여해야 했다.
신이 석현의 사무실 문을 벌컥 열고 들어갔다. 규원을 다시 공연에 참여시키려면 어떻게 해야 할까를 고민 중이던 석현이 놀란 눈으로 신을 바라보았다. 신이 단도직입적으로 말했다.
"공연에 참가하겠습니다."
"왜지?"
"생각이 변했습니다."
오늘따라 생각이 변한 놈들이 많네. 석현이 야릇한 눈빛으로 신이를 바라보았다. 신은 자신이 조롱당하고 있다는 생각이 들었다.

신이 어금니를 꽉 깨물며 물었다.
"사랑했던 여잘 농담거리로 만들면 재밌습니까?"
"뭐?"
석현이 굳은 얼굴로 되물었다.
"정 교수님이 왜 떠났는지 알 것 같네요."
"너, 뭐야?"
"제가 정 교수님을 좋아합니다."
석현이 한 방 세게 얻어맞은 사람처럼 인상을 구겼다. 신은 마음을 단단히 먹고, 석현의 다음 말을 기다렸다. 하지만 석현은 아무 말도 하지 않고 뚫어져라 쳐다볼 뿐이었다. 사무실 안에 정적이 흘렀다. 마침내 석현이 입을 열었다.
"공연, 하고 싶다고 했지?"
"네."
"조건이 있어. 따라와."
석현이 먼저 사무실을 나갔다. 신은 씁쓰레한 얼굴로 뒤따라 걸어갔다.
석현이 그를 데려간 곳은 국악과 강의실이었다. 한 치의 망설임도 없이 강의실 뒷문을 열고 들어간 석현은 뒷자리에 털썩 주저앉았다. 다행히 쉬는 시간인지 교수는 보이지 않았다. 석현과 신의 갑작스런 출현에 놀란 규원이 황당한 얼굴로 뒤를 돌아보았다. 석현이 그녀를 향해 손을 흔들었다. 갑자기 나타난 석현과 신을 보자 놀란 규원이 혀를 날름 내밀며 미간을 찌푸렸다. 석현은 규원의 반응이 재미있다는 듯 호탕하게 웃었다. 신은 둘 사이에 흐르는 친근한 기류가 몹시 언짢게 느껴졌다.

규원이 일어나 다가왔다.

"무슨 일이세요?"

석현이 단호한 어조로 말했다.

"공연해."

이미 끝난 얘기를 왜⋯ 규원은 의아한 눈빛으로 석현을 바라보며 되물었다.

"네?"

"민폐 끼치기 싫으면 열심히 하면 돼. 뒤는 내가 책임져줄게."

규원이 진심으로 미안하다는 듯 고개를 푹 숙였다.

"죄송해요."

그제야 신도 무슨 상황인지 파악이 되었다. 규원이 연기팀에서 빠지겠다고 한 모양이었다. 석현이 한숨을 내쉬더니 규원과 신을 번갈아 쳐다보며 말했다.

"내가 이 방법은 안 써먹으려고 했는데 말이야, 이신 공연하고 싶단다."

규원이 무슨 소리냐는 듯 신을 바라보았다. 신 역시 당황스러웠다. 석현이 틈을 주지 않고 말을 이었다.

"네가 무슨 이유로 공연을 하겠다는 건지 대충 짐작이 가지만, 이규원이 해야 너도 할 수 있어."

"네? 그게 무슨 말도 안 되는!"

규원이 황당하다는 듯 큰 눈을 끔뻑거렸다. 석현이 신이를 향해 말했다.

"네 노예니까 잘 설득해봐. 간다."

자리에서 일어난 석현이 신의 어깨를 툭툭 치고 강의실을 나갔다. 신도 벌떡 일어나 나가려고 했다. 규원이 급하게 그를 붙잡았다.

"이신! 잠깐만….."

규원이 용기를 내어 어색하게 입을 열었다.

"설득… 해봐."

하지만 규원의 용기가 무색할 만큼 신의 대답은 냉정했다.

"싫어. 네가 하든 말든 난 할 거야. 그리고 차라리 잘된 건지도 몰라."

"뭐가?"

"어차피 넌 희주한텐 안 돼. 희주 노래하는 거 봤지? 춤은 더 잘 춰."

신의 빈정거리는 말투에 규원은 괜히 부아가 치밀었다.

"연습하면 돼, 나두!!"

"독종, 연습버러지…. 걔 별명이야. 사람 질릴 정도로 연습하는 애가 한희주야. 그에 반해서 넌…."

신이 갑자기 말을 끊고 한숨을 푹 쉬며 규원을 위아래로 훑어보았다. 그 눈빛에 마음이 상한 규원이 퉁명스럽게 물었다.

"뭐야, 그 한숨은?"

"암튼 난 할 거니까 넌 네가 알아서 해!"

"왜? 왜 갑자기 하려고 하는데?"

"보고 싶은 사람이 있어서."

알 듯 말 듯한 말만 남기고 신은 차갑게 돌아섰다. 규원은 이런 상황이 모두 갑작스럽게 생각되었다. 아까까진 별말 없던 석현이 신이를 앞세워 그녀를 설득하려는 것도 이상했고, 또 신이 갑자기 공연에 관심을 보이는 것도 이상했다. 무엇보다 규원의 마음에 걸린 것은 신이 보고 싶다는 사람이었다. 문득 팀 배정을 받을 때 보았던 윤수를 향한 신의 애절한 눈빛이 떠올랐다. 그러다 고개를 흔들었다.

'말도 안 돼. 나이 차이가 얼마나 많이 나는데? 교수님과 제자잖아. 그래, 내가 잘못 본 걸 거야. 그럼 도대체 누굴까? 설마, 한희주는 아니겠지?' 그러다 신이 한희주와 자신을 비교하며 꼬집었던 말이 떠올랐다. '흥! 한희주한테는 안 될 거라구? 두고 보라지!!'

규원은 마음속 주먹을 꼭 쥐었다. 그리고 이내 석현의 휴대폰으로 문자를 전송했다.

〈감독님, 저 규원인데요. 생각이 바뀌었어요. 공연 계속 하겠습니다. 절대로 이신한테 설득당한 건 아니에요.^^*〉

저 어린애 아니에요

처음으로 하는 안무 연습 날이었다. 윤수는 스튜디오 거울에 비친 학생들을 바라보았다. 강당에 모인 학생들은 윤수가 가르쳐준 안무를 연습하는 중이었다. 처음 선보인 안무임에도 희주와 연극과 학생들은 곧잘 따라 했다. 특히 희주가 돋보였다. 부서질 듯 연약한 외모였지만 스텝을 찍는 발동작엔 힘이 있었다. 반면 규원은 형편없었다. 아주 기본적인 스트레칭조차 소화하지 못했고, 번번이 박자도 틀렸다. 하지만 윤수는 자꾸만 규원에게 시선이 갔다. 그녀가 보기에 규원은 캔디를 연상시킬 정도로 귀엽고 발랄해 보였다. 윤수는 자기도 모르게 거울 속에 비친 규원과 자신의 모습을 비교하기도 했다. 그럴 때마다 규원을 향해 손을 흔들던 석현의 모습이 아른거렸다. 윤수는 정신을 차리려는 듯 앞머리를 손으로 넘기며, 박자를 셌다.

"다시 자세 잡고! 원, 투, 스리, 포!"

그때, 규원이 우당탕탕 소리를 내며 마룻바닥 위로 쓰러졌다.

"뭐예요!!"

규원이 고개를 들고 사랑을 보며 발끈했다.

"내가 뭐?"

사랑이 시침을 떼자 규원이 따지듯 소리쳤다.

"방금 언니가 발 걸었잖아요!!"

윤수는 아이들의 신경전이 싸움으로 번지지 않도록 나서서 박수를 치며 주위를 환기시켰다.

"자, 자!! 모두 제자리로! 처음부터 다시 맞춰보자."

규원이 사랑을 째려보다가 자신의 입술을 깨물며 대열을 맞춰 섰다.

"그만!!"

한쪽 구석에서 석현의 목소리가 들려왔다. 모두의 시선이 그쪽을 향했다. 언제부터 와 있었지? 윤수도 놀란 눈으로 석현을 바라보았다. 석현은 규원에게 발을 건 사랑 쪽을 바라보며 화난 어투로 소리쳤다.

"너희들 아직까지 정신 못 차리지? 오늘 수업은 여기까지야! 다들 밖으로 나가 기다려!!"

학생들은 윤수와 석현의 눈치를 살피며 우물쭈물 밖으로 나갔다. 순식간에 스튜디오 안이 텅 비었다. 윤수는 말없이 석현을 바라보다 물었다.

"이규원만 특별한 이유가 있어?"

"뭐?"

"내 눈에도 석현 씨가 그 애를 편애하는 것처럼 보여."

잠시 아무 말도 않고 멍해 있던 석현이 날카로운 어조로 물었다.

"정윤수 교수님! 혹시나 해서 묻는 건데, 이규원 질투해?"

"뭐?"

윤수가 굳은 얼굴로 석현을 노려보았다.

"그렇다고 해도 내색은 하지 마라. 보기 안 좋다."

석현이 퉁명스럽게 내뱉고는 화난 듯 뚜벅뚜벅 스튜디오를 나갔다. '질투라고? 그 어린 여자 아이를 내가 질투해?' 혼자 남은 윤수는 입술을 깨물며 거울을 들여다보았다. 마르고 초췌한 거울 속 여자가 자신을 불쌍하게 바라보고 있었다. 다친 발목보다 더, 마음이 욱신거렸다.

석현은 더 이상의 불협화음은 참아줄 수 없다고 생각했다. 그래서 극단적인 방법을 쓰기로 마음먹었다. 그는 스튜디오 밖에서 기다리고 있는 학생들 중 규원과 희주, 사랑과 그 친구들을 제외한 나머지는 집으로 돌려보냈다. 그리고 남은 아이들을 차에 태우고 대학로로 갔다.

대학로에는 석현이 운영하는 극단이 있었다. 크게 혼을 낼 줄 알았던 석현이 아무 말도 하지 않고 운전만 하자, 잔뜩 겁에 질려 있던 아이들이 서로의 눈치를 살피며 기를 펴기 시작했다. 사랑과 그 친구들은 아예 소풍이라도 가는 것처럼 차창 밖을 바라보며 킥킥거렸다.

차는 금세 대학로 극단 앞에 도착했다. 차에서 내린 석현이 무뚝뚝하게 말했다.

"따라 들어와!"

석현이 먼저 성큼성큼 계단을 내려갔다. 희주는 내키지 않는 얼굴로 석현의 뒤를 따라 걸었고, 규원은 어리둥절한 표정으로 따라 내려갔다.

웅성거리며 극단 안으로 들어선 학생들이 멈칫 서서 무대 위를 올려다보았다. 극단 단원들이 구슬땀을 흘리며 맹연습 중이었다. 고집스럽게 꽉 다물고 있던 희주의 입술이 조금씩 벌어지기 시작했다. 멍한 얼굴로 서 있던 규원도 어느새 무대 배우들의 연기와 노래에 빠져들었다. 사랑과 친구들도 모두 감동한 얼굴로 배우들의 연기와 노래를 감상했다.

얼마 후, 석현이 입을 열었다.

"지금 너희들이 보고 있는 저 사람들은 무대에 단 한 번도 올라가보지 못한 연습생들이야."

"네? 설마…."

아이들은 너나없이 흥분한 목소리로 "말도 안 돼!" "거짓말!" "완전 잘하는데?" 하며 떠들어댔다. 희주는 충격을 받은 얼굴이었다. 석현이 말을 이었다.

"저렇게 죽을힘을 다해 땀을 흘려도 무대에 오를 기회는 하늘의 별 따기야."

별안간 석현이 희주를 향해 돌아섰다.

"한희주!"

희주가 대답 대신 석현을 올려다보았다.

"네가 저 연습생들보다 잘하는 거 같아? 자신 있어?"

희주는 대답을 못 하고 입을 앙다물었다.

"너 정도 실력은 이 바닥에 널리고 널렸어. 같잖은 실력 갖고 건방 떨지 마!"

석현은 상처 받아 흐려진 희주의 눈길을 외면한 채, 사랑을 쳐다보았다.

"그리고 너, 이규원 같은 애들 때문에 배역 따내기가 힘들어? 그동안 배역 없이 분장팀에서만 일한 게 억울해? 여기 분장 스태프에 못 껴 안달인 사람들이 얼마나 많은 줄 알아? 네까짓 게 뭔데 그 사람들 꿈을 함부로 훼손해? 네가 그렇게 대단한 놈이야?"

사랑이 고개를 푹 수그리고 "아니요." 하며 기어 들어가는 목소리로 대답했다. 석현이 규원을 향해 돌아섰다.

"이규원."

규원이 어깨를 흠칫 떨며 대답했다.

"네."

"넌 언제까지 우물쭈물 끌려다닐래? 실력은 제일 달리는 주제에 그따위 안일한 태도로 뭐? 폐 끼치기 싫어? 이규원, 착각하지 마

라. 내가 널 뽑은 건 순전히 내 모험심 때문이야. 네가 실력 있고 잘나서가 아니라! 다들 잘 들어. 너희들은 아직 아무것도 아냐. 누굴 원망하고 탓하고 싶거든 그만큼 실력부터 키워! 또다시 연습 중에 분란이 생기면 공연이고 뭐고 다 끝내버릴 거야. 너희들이 원하는 게 그거라면 마음대로 해도 좋아! 알아들어?"

그 순간, 무대 위에 있던 단원 한 명이 노래를 시작했다. 죄인들 마냥 고개를 푹 수그리고 있던 규원과 희주, 사랑이 고개를 들고 무대를 바라보았다. 그들은 여느 가수 못지않은 단원의 노래 실력에 입을 다물지 못했다.

석현의 극단에 다녀온 다음부터 연습에 임하는 학생들의 태도가 몰라보게 달라졌다. 희주는 연습량을 두 배로 늘렸고, 사랑 역시 어떤 역할을 맡든 최선을 다해야겠다고 마음을 고쳐먹고 희주와 규원에 대한 적개심을 내려놓으려 애썼다. 규원도 마찬가지였다. 참을 수 없이 무더운 나날이었지만 규원은 부족한 부분을 채우려고 안간힘을 썼다. 힘들고 지칠 때마다 희주와 비교하던 신의 말을 떠올리며 자신을 채찍질했다. 그것으로 모자랄 때는 자신에게 이런 기회를 준 석현의 기대를 저버리지 말자고, 스스로 의지를 다졌다.

그렇게 이삼 일이 훌쩍 지났다. 규원은 강당에서의 공연 연습을 마치고, 부족한 부분을 채우기 위해 무용과 스튜디오로 갔다. 규원이 가장 힘들어하는 부분이 바로 춤이었기 때문이다. 연습을 도와달라는 규원의 말에 윤수는 흔쾌히 응했다.

윤수가 먼저 시범을 보이면 규원이 따라 하는 식으로 연습이 진행되었다. 얼마쯤 지나자 마룻바닥 위로 규원의 땀이 투두둑 떨어졌다. 규원은 고통스러운 신음을 뱉어내며 마룻바닥 위로 쓰러졌다. 아무리 찢고, 찢고 또 찢어도 다리는 찢어지지 않았다. 다리를 찢는 일이 세상에서 제일 힘든 일 같았다. 다른 애들은 어떻게 그렇게 쉽게 하는 거지? 좌절감이 엄습해왔다. 윤수가 다가와 수건을 내밀며 규원을 격려했다.

"수고했어. 이 정도면 처음 치고 잘하는 거야. 연습하다보면 점점 나아질 거야. 일어날 수 있겠어?"

윤수가 규원에게 손을 내밀었다.

"고맙습니다."

규원은 윤수의 부축을 받으며 겨우 몸을 일으켰다. 벌리는 것도 힘들었으나, 다리를 오므리는 것도 만만찮게 고통스러웠다.

"내일이면 더 힘들 거야. 찬물로 충분히 마사지하고 자."

"네. 고맙습니다."

규원은 새삼스럽게 윤수를 물끄러미 바라보았다. 참 상냥하고 다정한 분이구나 싶었다. 교수님이라고 하기엔 너무 젊고 예뻐 보였다. 신이 보고 싶다던 사람이 만약 정윤수 교수님이라면, 규원은 이길 자신이 없을 것 같았다. 윤수 역시 규원을 바라보며 비슷한 생각을 했다. 발랄하고 통통 튀며 열정적인 규원이 동생처럼 귀엽게 생각되었다. 석현이 감싸는 아이만 아니라면, 보다 친해질 수 있을 것 같았다. 그렇게 두 사람은 서로를 바라보다 누가 먼저랄 것도 없이 동시에 시선을 피했다. 규원이 먼저 윤수에게 고개 숙여 인사했다.

"그럼, 전 이만 가보겠습니다."

"응. 그래, 잘 가. 내일 보자."

나머지 공부를 마친 규원이 어기적거리는 폼으로 스튜디오를 나왔다. 누군가에게 흠씬 두들겨 맞은 것처럼 온몸이 욱신거렸다. 특히 허벅지 근육이 움직일 때마다 당겨서 한 걸음 내딛기도 어려웠다. 규원이 똥 싼 폼으로 뒤뚱뒤뚱 걸어가는데, 자전거 한 대가 다가와 멈췄다.

신이었다. 규원은 반신반의하는 표정으로 신의 얼굴을 쳐다보았다. 심장이 두근거렸다. 하지만 신은 그녀의 모습이 웃겨 죽겠다는 듯 킥킥거리기 시작했다. 심통 난 규원이 퉁명스럽게 말했다.

"뭐야? 구경났어?"

"태워줄까?"

뜻밖의 말이었다. 규원의 심장이 미친 듯이 뛰기 시작했다. 얼굴이 빨갛게 달아올랐다. 밤이라서 다행이었다. 밝은 대낮이었다면 신이 그녀의 수줍은 얼굴을 봐버리고 말았을 테니까 말이다.

규원을 태운 신의 자전거가 텅 빈 캠퍼스를 신나게 달리기 시작했다. 그녀는 떨리는 손길로 신의 옷자락을 붙잡았다. 바람이 신의 머리칼과 규원의 머리칼을 차례로 스치고 지나갔다. 바람이 불 때마다 신의 체취가 코끝으로 날아왔다. 규원은 기분 좋은 미소를 지으며 눈을 감았다.

자전거가 서서히 멈췄다. 빨간 다리 도서관 밑이었다. '데려다 주려면 버스 정류장까지 데려다 줄 것이지!' 규원은 아쉬운 마음으로 눈을 뜨고 자전거에서 내렸다.

"고마워."

"60킬로쯤 나가냐?"

"뭐?"

"되게 무겁네."

"뭐 저런….."

신은 픽 하고 바람 빠지는 소리를 내며 웃더니 자전거에 올라탔다. 자전거는 왔던 길을 되짚어 무용과 건물 쪽으로 사라졌다.

한참 동안 신의 자전거가 사라진 곳을 바라보던 규원은 무거운 한숨을 뱉어냈다. 아까까지만 해도 부정맥 환자처럼 두근대던 가슴이 저려오기 시작했다. 아무래도 신이 보고 싶다던 사람이 정윤수 교수님 같았다.

윤수가 스튜디오에서 나와 주차장 쪽으로 향하려 할 때 누군가 그녀를 불렀다. 돌아보니 석현이 그녀를 바라보고 있었다. 윤수는 석현을 스쳐 지나 낮은 언덕 너머의 어두운 건물을 응시했다. 석현이 또 어떤 상처를 주려고 찾아온 것인지, 두려웠다.

석현이 가까이 다가왔다.

"지난번엔 말이 심했다."

지난번이라면 규원을 질투하냐고 물었던 때를 말하는 것이 분명했다. 윤수는 허공을 쳐다보며 차갑게 말했다.

"그러게. 그런 말까지 들을 줄은 몰랐어."

"혹시, 오늘 약속 있어? 괜찮으면 내가 한 잔…."

"미안, 선약 있어."

사실이었다. 태준이 레스토랑에서 그녀를 기다리고 있을 터였다. 벌써 며칠 전부터 그녀의 생일 저녁은 꼭 자기와 보내자고 했었다. 부담스러웠지만 거절할 이유가 생각나지 않아서 그러자고 했었다. 오늘이 바로 그녀의 생일이었다.

"그래. 그렇겠지. 그냥 한번 물어봤다. 가라."

그렇게 쿨한 척 말하고 돌아섰으나, 석현은 왠지 마음이 저려왔다. 자존심도 상했다. 윤수에게 술 한잔하자고 말하기까지 몇 날 며칠을 고심했던 것이다. 어차피 매일 볼 사람인데 껄끄러운 감정을 털어버리고 싶기도 했고, 6년여 동안 묵혀왔던 그녀를 향한 미운 마음이 혹시 미련은 아닐까 확인하고 싶기도 했다.

윤수가 돌아선 석현을 불러 세웠다.

"김석현."

석현이 돌아보았다.

"와인, 사 놓은 게 있어. 괜찮으면…."

윤수의 말이 떨어지기 무섭게 석현이 냉큼 잡아채며 답했다.

"어! 괜찮아."

윤수는 하마터면 피식 웃음이 터질 뻔했다. 그런 석현이 새삼 귀엽게 느껴졌다.

"그래, 그럼 이따 집으로 와."

"응. 한 시간 후에 집으로 갈게."

석현이 금세 얼굴색을 바꿔 환하게 웃었다. 예전에도 그랬다. 석현은 언제나 자신의 감정에 솔직한 사람이었다. 윤수는 자신을 바라보며 환하게 웃는 석현을 말없이 쳐다보았다. 그 환한 미소를 어떻게 받아들여야 할지 알 수 없었다.

윤수는 석현의 차가 출발하는 것을 보고 자신의 차에 올라탔다. 긴장했던 모양인지 자동차 키를 돌리는 손이 살짝 떨려왔다. 윤수는 차를 출발시키기 전에 태준에게 전화를 해줘야겠다는 생각을 했다. 그녀는 핸즈프리를 귀에 꽂고 태준에게 전화를 걸었다. 몇 번의 신호음 끝에 태준의 목소리가 들려왔다.

"선배, 나 오늘 약속 못 지키겠어."

"왜? 무슨 일 있어?"

"몸이 좀 안 좋아서."

"어디 안 좋은데? 약 사 갈까?"

윤수의 말이 거짓이란 걸 눈치 챘을 텐데도 태준은 끝까지 내색을 하지 않았다. 태준의 그런 태도가 윤수는 부담스럽고 솔직하지 못한 듯 느껴졌다. 차라리 거짓말 말라고 화를 내면 속이 편할 것 같았다.

"아니 괜찮아요. 미안해. 다음에 할게, 식사."

"그래. 할 수 없지. 괜찮으니까 신경 쓰지 마. 몸조리 잘하고."

태준은 끝까지 매너 있게 괜찮다고 했지만, 전혀 괜찮지 않다는 걸 윤수는 느끼고 있었다. 마음이 편치 않았다.

윤수의 차가 주차장을 막 빠져나가려 할 때 자전거 한 대가 자동차를 가로막고 섰다. 하마터면 충돌할 뻔했다. 급브레이크의 반작용으로 몸이 앞으로 쏠린 윤수는 간신히 핸들을 붙들고 바로 앉았다. 앞 유리창 너머로 신이 보였다. 윤수는 차에서 내려 신에게 다가갔다.

"뭐 하는 짓이니! 어디 안 다쳤어?"

신은 아무렇지 않은 듯 빙긋 웃으며 주머니에서 작은 꾸러미 하나를 꺼내 내밀었다.

"뭐야?"

"풀어보세요."

윤수는 반신반의하며 선물 꾸러미를 풀어보았다. 하트 펜던트가 달린 은색 목걸이가 가로등 불빛에 반짝거렸다.

"주세요. 해줄게요."

"됐어. 나중에 내가…."

신이 목걸이를 빼앗다시피 가져가더니 윤수에게 다가왔다. 신의 길고 가는 손가락이 윤수의 목덜미를 스치고 지나갔다. 신의 손이 가늘게 떨렸다. 윤수 역시 그 떨림을 느끼고 있었다. 어색하고 숨이 막혔지만 지금 밀쳐내면 신이 상처를 받을 것 같았다. 윤수는 어째야 좋을지 몰라 무방비 상태로 서 있었다. 목걸이를 뒤로 돌려 고리를 채운 신이 윤수의 귓가에 속삭였다.

"생일 축하해요."

"어, 그래. 고마…."

그 순간 신의 입술이 윤수의 입술에 가볍게 닿았다가 떨어졌다. 윤수는 너무 놀라 아무 말도 할 수가 없었다. 신은 싱긋 웃음을 보이고는 다시 자전거에 올라 쏜살같이 내달렸다.

윤수가 멍하니 손등으로 입술을 닦았다. 너무 순식간에 벌어진 일이라 무슨 일이 있었던 건지 제대로 파악도 되지 않았다. 애초에 신의 마음을 딱 잘라 거절하지 못한 자신이 한심하게 생각되었다. 그리고 이어, 신의 무례한 행동에 화가 나기 시작했다.

얼마가 지났을까, 석현과의 약속을 떠올린 윤수가 급히 차를 몰아 집 근처 마트로 향했다. 와인과 함께 먹을 샐러드 재료를 사기 위해서였다. 시간이 촉박했다. 윤수는 급히 카트를 끌며 양상추, 파프리카, 햄과 치즈를 담았다. 어쩐지 신랑의 저녁 준비를 하는 새색시가 된 기분이었다. 어쩌면 6년 전 그때, 그녀가 뉴욕으로 떠나지 않았다면 석현과 결혼했을지도 몰랐다. 그런 생각이 들자 문득 씁쓸해졌다.

차를 집 앞 주차장에 세우고 장 본 물건을 들고 내리는데 낯익은

차 한 대가 주차장으로 들어섰다. 태준이었다.

"선배…."

태준은 겸연쩍게 웃으며 들고 온 약봉지를 내밀었다.

"어디가 아픈지 몰라서 그냥 되는 대로 사 왔어."

윤수는 차마 약봉지를 받지 못하고 발끝만 내려다보았다.

"누가 오기로 했니?"

태준이 그녀의 손에 들린 장바구니를 보며 물었다.

"혹시… 석현이가 오기로 했어?"

윤수는 대답하지 못했다. 그녀의 침묵을 긍정으로 받아들인 태준이 헛헛하게 웃으며 말했다.

"그랬구나. 그래서 약속을 취소했구나."

태준은 애써 태연한 척 미소를 지으며 말을 이었다.

"아픈 건 아닌 거 같네. 다행이다."

"나 아냐, 선배."

"응?"

"나한테 잘해주지 마. 나 선배 아니야."

"무슨 소리야 갑자기? 내가 너한테 부담스럽게 했니? 아니면, 석현이가 돌아왔으니까?"

"석현 씨랑 상관없이 선배가 아니라고 말하는 거야."

"그 자식이 너한테 여전히 중요한 사람이야?"

"내가 상처 준 사람이야. 내 꿈 이루자고 비참하게 만들었어."

"6년 전 일이야! 남자 여자 별거야? 사귀다보면 그런 이유 아니어도 얼마든지 헤어지는데! 너 설마 아직도?!"

"아직도인지는 나도 잘 모르겠어. 하지만 만약 석현 씨한테 내가 아직도라면, 난 석현 씨 다시 만날 거야."

"왜 그러는 건데? 왜 과거에 얽매이는 건데?"

"과거에 얽매이는 게 아니야. 그리고….”

윤수는 말을 멈추고 태준을 바라보았다. 태준이 아픈 눈빛으로 그녀를 쳐다보고 있었다. 윤수가 마음을 다잡듯이 말을 이었다.

"미안하지만 선배, 선배한테 시시콜콜 설명하고 싶지 않아. 우리 일이야. 석현씨 와 나, 우리 둘만의 이야기야. 이제 그만 돌아가줘요. 나 먼저 들어갈게."

윤수는 차갑게 돌아서 집으로 들어갔다. 혼자 남겨진 태준은 손에 든 약봉지를 씁쓸한 표정으로 내려다보았다. 교통사고로 재즈발레단에서 퇴출되어 한국으로 돌아온 윤수를 일으켜준 건 태준 자신이었다. 그녀의 닫힌 마음이 열리기를 기다려온 것도, 그녀의 상처가 치유되기를 기다려온 것도 바로 자신이었다. 이제 거의 됐다고 생각했다. 석현이 다시 나타나기 전까진. 태준은 들고 있던 약봉지를 쓰레기통을 향해 거칠게 던져버리고 자신의 차로 돌아갔다.

조금 전까지 하늘을 날 듯하던 석현은 굳은 표정으로 자동차 앞 유리창만 노려보고 있었다. 우연히 보게 된 윤수와 신이의 모습 때문에 혼란스러웠다. 신이 윤수에게 입을 맞추던 모습. 어이가 없었다. 질투인지 분노인지 알 수 없는 감정이 솟구쳐 올랐다.

운전대 위에 올려져 있던 석현의 손이 부르르 떨렸다. 조수석 의자에 놓여 있는 보석상자가 눈에 들어왔다. 윤수의 생일 선물로 장만한 것이었다. 윤수는 집에서 그를 기다리고 있을 터였다. 석현은 잠시 망설였다. 이런 기분으로 윤수를 만나고 싶지는 않았다. 하지만 먼저 저녁을 먹자고 한 건 바로 그였다. 윤수는 선약까지 취소하고 그를 집으로 초대했다. 윤수나 석현이나 어렵게 만든 자리였다. '그래, 윤수를 직접 만나서 지금의 내 마음을 확인해보자.' 마침내 결심한 석현은 핸들을 틀어 윤수의 집 방향으로 차를 돌렸다.

윤수의 집 앞에 도착하자 감회가 새로웠다. 그녀의 집 앞 풍경은 예전과 달라진 게 없었다. 석현은 야릇한 감정을 느끼며 조수석에 놓인 보석함을 주머니에 넣고 차에서 내렸다.

짧은 경적이 울렸다. 뒤를 돌아보았다. 태준이 굳은 얼굴로 차에서 내려 석현에게 다가왔다. 석현은 의아한 눈빛으로 태준을 바라보았다.

"형."

태준이 비꼬듯이 말했다.

"바쁘구나. 애들 연습에 옛 애인 관리까지."

"형이야말로 여긴…."

"저녁 약속 있었어. 갑자기 몸이 안 좋다고 취소하자더라. 윤수, 아직 좋아하니?"

선약이 바로 태준이었다는 사실에 석현은 묘한 기분을 느꼈다.
"형이 상관할 일 아니잖아."
"확실히 해두지 않으면 내가 꼴사납게 둘 사이에 껴들 거 같아서…."
"무슨 소리예요?"
"네 태도를 확실히 하라고. 좋은 건지 싫은 건지. 그래야 윤수도 안 헷갈릴 테니까. 들어가봐. 기다린다."
태준은 제 할 말만 하고 찬바람을 일으키며 돌아서 떠나버렸다. 석현은 멍한 얼굴로 그 자리에 서서 윤수의 집을 올려다보았다. 입맛이 썼다.
'하, 정윤수 인기 폭발이네.'
석현은 착잡한 마음을 누르며 윤수에게 전화를 걸었다.
"여보세요."
윤수의 목소리는 의외로 차분했다.
"어, 미안하다. 갑자기 사정이 생겨서… 와인은 다음에 해야겠다."
윤수는 가벼운 한숨을 내쉬더니 알겠다며 전화를 끊었다. 석현은 한참 동안 휴대폰을 내려다보다 차를 돌려 집으로 돌아갔다.

아침 햇살이 규원의 방 안으로 깊게 비쳐 들었다. 하지만 규원은 일어날 수가 없었다. 전날 밤 학교 주차장에서 본 신과 윤수의 입맞춤이 자꾸만 눈앞에 어른거렸다. 숨을 쉴 수 없을 정도로 가슴이 답답했다. 아무래도 심장이 고장 난 것 같았다. 차라리 신을 쫓아가보지 않았다면 좋았을걸. 신의 자전거가 무용과 스튜디오 쪽으로 가든 말든 신경 쓰지 않고 집으로 왔으면 좋았을걸…. 자꾸 후회가 밀려왔다.

문 밖에서 할아버지의 기침 소리가 들려왔다. 규원은 아침밥 안 주냐는 할아버지의 성화에 못 이겨 힘겹게 몸을 일으켰다. 모든 근육이 조각조각 쪼개지고 뭉쳐지고 이리저리 찢어진 것 같았다. 안무 연습을 너무 심하게 해서 그런 건지, 마음이 아파서 그런 건지 알 수 없었다.

침대에서 내려온 규원은 다리 근육을 풀어주기 위해 윤수에게 배운 스트레칭을 해보았다. 신기하게도 어제까지 죽어라 안 벌어지던 다리가 쫙 벌어졌다. 아픈 부위를 움직일수록 고통이 덜해지는 것 같기도 했다.

'몸이 좀 유연해진 건가? 마음도 몸처럼 고통을 견디면 좀 유연해지려나….'

할아버지 방에 아침상을 들여놓고 대문을 나섰다. 우중충한 마음과 달리 날씨는 맑고 쾌청했다. 골목길을 걸어나와 버스 정류장에 이른 규원이 휴대폰을 꺼냈다. 신이에게서 문자가 와 있었다. 〈카푸치노 한잔, 도서관 테라스로〉 규원은 액정 화면이 스스로 꺼질 때까지 신이의 메시지를 읽고 또 읽었다. 별것도 아닌 내용에 괜한 슬픔이 몰려왔다.

규원이 학교 앞 테이크아웃 커피 전문점으로 들어갔다. 점원에게 카푸치노 한 잔을 주문하고 디스플레이 된 조각케이크를 구경하고 있는데, 윤수가 들어왔다. 전에는 반가웠는데, 오늘은 윤수가 전혀 반갑지 않았다.

"아, 안녕하세요."

"그래. 규원이구나. 다리는 괜찮니?"

"네…."

윤수는 규원을 향해 웃어 보이더니 점원에게 커피를 주문했다.

"여기 카푸치노 한 잔 주세요."

'둘 다 카푸치노를 좋아하는구나.'

규원은 저도 모르게 입술을 삐죽거리며 윤수의 옆얼굴을 쳐다보았다. 윤수가 힐끔 그녀를 돌아보자, 규원은 표정을 풀고 어색하게 웃었다.

"규원이 아직 계산 안 했지? 여기 같이 계산…."

"아니요, 제 건 제가 할게요."

규원의 반응에 윤수가 의아하다는 듯 고개를 갸웃거렸다. 커피를 받아 든 규원은 윤수를 향해 고개를 살짝 숙여 인사한 후, 가게를 나왔다. 왠지 윤수가 미웠다.

신에게는 모든 게 눈부시게 아름다운 아침이었다. 가만히 있어도 자꾸만 웃음이 새어 나왔다. 집에서 나오기 전 콧노래를 부르며 면도를 하고 세수를 했다. 깨끗한 걸레로 운동화에 묻은 먼지를 닦아내고, 새 셔츠를 꺼내 입었다. 그 모든 일들이 하나같이 새롭게 느껴졌다. 자신의 키가 한 뼘쯤은 더 자란 것 같다는 착각이 들었다. '목걸이는 하고 왔을까. 만나면 무슨 말을 해야 할까.' 윤수를 만날 생각으로 가슴이 벅차올랐고, 알 수 없는 성취감에 마음이 뻐근해졌다.

신은 헤드셋을 끼고 신나게 자전거 페달을 밟았다. 커피를 들고 언덕길을 올라가는 규원의 뒷모습이 보였다. '귀여운 녀석, 커피 심부름 좀 시켰다고 또 입이 백 미터는 튀어나왔네!' 신은 규원을 보며 휘릭- 휘파람을 불었다. 하지만 규원은 듣지 못했는지 뒤도 안 돌아보고 도서관 쪽으로 올라갔다.

신은 도서관 뒤 자전거 주차대에 자전거를 세워놓고 도서관 건물 쪽으로 걸음을 옮겼다. 띠링, 하며 휴대폰 문자 알림 소리가 들려왔다. 연구실로 와달라는 윤수의 문자메시지였다. 신은 도서관 건물 위를 살짝 올려다보았다. 규원이 커피를 들고 난간에 기대어 서 있었다.

'기다리다가 안 오면 알아서 가겠지.'

신은 잠시 망설이다가 윤수의 연구실로 달려갔다.

윤수는 신의 기대와 달리 차가운 표정이었다. 그 얼음장 같은 얼굴을 마주 보자 들떴던 마음이 순식간에 가라앉았다. 윤수가 평소와 달리 딱딱한 말투로 신이의 이름을 불렀다.

"이신."

"네."

신이 침을 꼴깍 삼키고 다음 말을 기다렸다. 윤수가 책상 서랍에서 목걸이를 꺼내 책상 위에 올려놓았다. 어젯밤 신이 선물한 그 목걸이였다.

"앞으로 이런 주제넘은 짓 안 했으면 좋겠다. 어린애 장난에 놀아나줄 만큼 한가하지 않아."

윤수의 말이 신의 가슴을 후벼팠다.

"장난 아니라면요?"

"나한텐 장난이야. 말했지? 기다리고 쫓아오고 그러는 거 거추장스럽다고. 나한테 필요한 사람은 꿈만 먹고 사는 어린애가 아니라, 어른 남자야."

신이 상처 받은 얼굴로 물었다.

"정말 어린애 장난이라고 생각해요?"

윤수는 아무런 대답도 하지 않고 고개를 돌려버렸다. 신이 입술을 뒤틀며 허탈한 웃음을 흘렸다.

"그랬다면 지금처럼 정색할 이유 없는 거 아닌가? 진심으로, 나한테 손톱만큼도 흔들리지 않았다고 말할 수 있어요?"

잠시 침묵이 흘렀다. 윤수는 허공을 응시했다.

"손톱만큼도 흔들린 적 없어, 진심으로."

신은 심장이 바닥으로 쿵, 떨어지는 느낌을 받았다.

"알아들었으면 가봐."

"교수님이 어떻게 생각하든 이건 내 마음이에요. 내가 원하는 대로 할 거예요."

"이신!!"

"한 가지 더! 나 어린애 아니에요."

문을 힘차게 닫고 나오며 신은 가슴을 움켜쥐었다. 심장이 쩍쩍 갈라지는 것 같았다.

신은 목걸이를 주먹에 꼭 쥔 채 휘청거리며 밴드 연습실로 갔다. 준희와 명관이 공연 연습 때 쓸 악기를 챙기고 있었다. 그제야 신은 자신도 공연 연습에 참여해야 한다는 사실을 깨달았다. 윤수 때문에, 그녀를 지켜주기 위해 한다고 했던 공연이다. 하지만 이제 그 이유가 사라져버렸다. 신은 힘없이 소파에 주저앉았다.

악기를 모두 챙긴 준희가 창백한 신의 얼굴을 바라보며 걱정스레 물었다.

"형아, 무슨 일 있어? 어디 아퍼?"

신은 귀찮다는 듯 고개만 저을 뿐 입을 열지 않았다. 준희가 다가와 신의 이마에 손을 올렸다.

"응? 열은 없는데? 완전 차가워! 형아, 연습 가자."

눈치 없는 준희가 신의 팔을 잡아당겼다. 신이 거칠지 않게 준희의 손을 뿌리치고, 빨리 나가라는 손짓을 보냈다. 준희와 명관은 우물쭈물하다가 먼저 가 있겠다고 말한 후 밴드 연습실을 나갔다.

혼자 남은 신은 소파에 몸을 깊숙이 묻고 눈을 감았다. "나한테 필요한 사람은 꿈만 먹고 사는 어린애가 아니라, 어른 남자야." 윤수의 말이 가시가 되어 그의 심장을 콕콕 찔렀다. '그래, 보여주자. 내가 어린애가 아니라는 걸 그녀에게 보여주자.'

신은 자리에서 벌떡 일어나 기타를 들고 밖으로 나갔다.

공연 연습을 위해 강당에 모인 학생들은 저마다 쉬쉬하며 석현과 홍 교수의 눈치만 살폈다. 리드 기타인 신이 나타나지 않자 연습실 분위기가 험악해진 까닭이었다. 이때, 강당 문이 열리고 신이 들어섰다.

"죄송합니다. 늦었습니다."

미안한 기색이라고는 찾아볼 수 없이 형식적인 말투로 사과하는 신이 못마땅한 석현이 버럭 화를 냈다.

"죄송한 놈이 어슬렁어슬렁 걸어 들어오냐?"

신은 석현의 훈계에도 아랑곳하지 않고 연주팀 자리로 천천히 걸어갔다. '건방진 자식!' 석현은 치밀어 오르는 부아를 꾹 참으며 신을 노려보았다. 전날 밤 주차장 어귀에서 본 신과 윤수의 입맞춤 장면이 떠오르자, 들고 있던 대본으로 신의 머리를 한 대 쳐주고 싶었다. 홍 교수가 분위기를 바꿔보려고 박수를 치며 말했다.

"자, 연습하자! 자기 파트 확인했지?"

고집스럽게 입을 꾹 다물고 있던 신이 기타를 어깨에 멨다. 이

모습을 지켜보던 여학생들이 자기들끼리 속닥거렸다.
"진짜 예술은 예술이다."
"만화책에서 막 걸어 나온 것 같지 않아?"
"그러니까 말이야. 신이 같은 애가 연예인 되면 죽일 텐데!"
 여학생들 가운데 끼어 있던 규원은 아무 말도 하지 않고 신을 걱정스레 쳐다보았다.
 '커피는 마셨을까. 왜 표정이 저렇게 어두울까.'
 미란의 신호에 따라 연주팀이 인트로 곡을 연주하기 시작했다. 드럼과 베이스, 일렉트릭 기타의 합주로 시작해서 신의 솔로 기타 연주로 마무리가 되었다. 여학생들이 탄성을 질렀다.
 연주가 끝나자 홍 교수가 석현에게 물었다.
"어떠세요?"
"생각보다 괜찮네요."
 석현이 시큰둥하게 답했다.
"아직 제대로 된 소린 안 나오지만 연습하면 그럴싸할 거예요."
"그러게요. 아직 제대로 된 소리가 안 나오네요. 특히 기타가."
 고개를 숙이고 삐딱하게 서 있던 신이 고개를 번쩍 들고 석현을 노려보며 따지듯 물었다.
"어디가 어떻게 안 좋은데요?"
 석현이 빈정거리듯 대답했다.
"딱히 어디라기보다 전반적으로 그렇네."
 석현의 말에 기분이 상한 신이 갑자기 기타 줄을 퉁기기 시작했다. 방금 전과는 차원이 다른 연주법이었다. 강렬한 사운드에 기타 줄의 떨림이 심장을 왕왕 울렸다. 여학생들이 함성을 질렀다.

연주를 마친 신이 고개를 들고 석현에게 물었다.

"이번에도 안 좋았습니까?"

석현은 대본을 들여다보며 건성건성 대답했다.

"뭐, 차차 나아지겠지. 오늘은 여기서 끝내자. 누가 늦게 오는 바람에 연습을 제대로 못 했으니까 다들 집에서 곡 연습해 오고. 수고들 했어."

신이 고개를 젖히며 어이없다는 듯 한숨을 푹 쉬었다. 석현은 대본을 둘둘 말아 손에 들고 자신의 허벅지를 내려치며 밖으로 나갔다. 그 뒤로 아이들이 하나 둘 강당을 빠져나갔다. 규원은 빨리 나가자는 보운을 먼저 보내고, 쭈뼛쭈뼛 신의 주위를 맴돌았다.

"저, 저기…."

석현의 괜한 시비에 화가 나 있던 신은 규원의 말을 듣지 못했다. 규원이 한 걸음 더 앞으로 다가갔다.

"저기, 이신!"

하지만 신은 신경질적으로 기타를 챙겨 들더니 규원의 어깨를 툭 치며 지나가버렸다.

신은 강당을 나오자마자 석현의 연구실 쪽으로 걸어갔다. 마침 화장실에서 손을 씻고 나오던 석현과 마주쳤다. 석현이 곱지 않은 눈빛으로 신을 쳐다보았다.

"감독님. 다음부턴 어디가 어떻게 안 좋은지 꼭 집어 말씀해주세요. 아까처럼 말씀하시면 못 알아듣습니다."

"지각이나 하지 마. 건방 떨지 말고."

석현이 신을 강하게 노려보았다. 신도 지지 않고 석현을 쏘아보았다. 둘 사이에 팽팽한 긴장감이 흘렀다. 아무도 말하지 않았지만 그들은 서로를 죽일 듯 노려보는 이유를 알고 있었다. 이때, 석현의 휴대폰이 울렸다.

"여보세요. 어, 윤수야."

신의 눈빛이 흔들렸다. 석현은 승자의 미소를 지어 보이며, 신을 쓱 쳐다본 후 등을 돌렸다.

"석현 씨, 안무를 좀 고쳐봤어. 와서 볼래? 아니면 내가…."

"어, 내가 그리로 갈게."

"그래. 그럼 이따 봐."

석현은 전화를 끊고 무용과 스튜디오로 발길을 돌렸다. 그러다 걸음을 멈추고 고개를 돌려 뒤를 돌아보았다. 어깨를 축 늘어뜨리고 가는 신의 뒷모습이 보였다.

무용 스튜디오에 불이 환하게 켜져 있었다. 윤수는 음악을 틀어놓고 안무를 짜고 있었다. 석현은 구석진 자리에 있는 의자에 가서 조용히 앉아 윤수가 춤추는 모습을 바라보았다.

10년 전, 그녀를 처음 본 순간이 떠올랐다. 윤수는 무용과뿐만 아니라 학교 내에서 일명 퀸카로 통하는 여학생이었다. 그 인기가 스타급 연예인 못지않았다. 아름다운 꽃에는 가시가 있다고 했던가. 윤수는 자신을 따르는 남학생들에게 시선 한 번 주지 않을 정도로 도도했다. 석현은 그런 그녀를 처음 본 순간 반해버렸다. 아니, 홀려버렸다.

인기에 비해 그녀는 외로워 보였다. 늘 혼자였다. 어느 봄날 오후, 석현은 학교 식당에서 혼자 밥을 먹고 있는 윤수에게 다가갔다.

"친구 없어요? 늘 혼자 밥 먹더라. 독종이니 악바리니 하더니 소문만은 아니었나봐."

윤수가 숟가락을 소리 나게 내려놓으며 석현을 노려보았다. 석현은 어깨를 으쓱해 보이며 너스레를 떨었다.

"괜찮아요. 내가 한 박애주의 해서 웬만한 결점은 다 받아들일 수 있어요."

윤수가 어이없다는 말투로 물었다.

"뭐 하는 거예요, 지금?"

석현이 환하게 웃으며 대답했다.

"추파 던지고 있잖아요."

석현의 한마디에 얼음공주 윤수가 웃음을 터뜨렸다. 그리고 그날 이후 둘은 소문난 캠퍼스 커플이 되었다. 어느 곳에 가든 함께 다녔다. 윤수가 늦은 시간 학교에 남아 연습할 때면, 석현도 늦게까지 연출 공부를 했다.

꽃도 사랑도 시들면 추한 거라고 했던가. 하지만 10년이 지난 지금도 윤수는 여전히 아름다웠다. 그렇다면 사랑은 어떤가…

음악이 멈췄다. 윤수는 음악을 다시 틀기 위해 오디오 쪽으로 다가갔다. 그러다 석현이 앉아 있는 것을 보고 멈칫했다. 석현이 한 손을 반쯤 들어 보이며 어색하게 웃었다.

"늦게까지 연습이네?"

"왔으면 기척을 하지."

"지난번엔 약속 못 지켜서 미안했다."

"지난 일이야. 그보다…."

윤수가 들고 있던 안무 콘티를 내밀며 말을 이었다.

"임팩트가 부족하고 산만하다고 한 거, 손을 좀 봤어. 내일 연습 때 보고 그래도 아니면 말해. 다시 고칠게."

석현은 콘티를 건성으로 훑어보았다. 혀끝에서 맴도는 말이 있었지만 차마 꺼낼 수가 없었다. 이를 눈치 챈 윤수가 먼저 입을 열었다.

"뭐 하고 싶은 말 있어?"

"아니. 참, 실음과에 이신이라고 있지? 걔가 너 좋아한다드라."

"뭐?"

느닷없는 석현의 말이 윤수에겐 엉뚱하게만 들렸다.

"벌써 한 방 먹었어. 너한테 함부로 하지 말라고."

윤수가 담담한 어조로 말했다.

"걔는 날 동정해. 그걸 사랑이라고 착각하는 거야. 아직 어린애라 사랑과 연민을 구분 못 하는 것뿐이야."

석현이 콘티를 만지작거리며 떠보듯 물었다.

"너는 어떤데? 너는 그 애에 대한 감정 착각 안 해?"
"무슨 소리야?"
"말 그대로야. 이신의 일방적인 짝사랑이냐고."
윤수가 불쾌하다는 듯 말했다.
"김석현 씨, 지금 신이 질투해?"
"어. 질투해."
윤수의 심장이 두근거리기 시작했다. 얼결에 자신의 속내를 털어놓고 만 석현은 복잡한 마음으로 윤수를 바라보았다.

석현과 보이지 않은 전쟁을 치르고 난 신은 빨간 다리 도서관 위로 올라갔다. 저만치 붉게 물든 해가 너울거리고 있었다. 석현이 전화를 받으며 "어, 윤수야."라고 자연스럽게 말하던 것이 떠오르자, 심장에 총알이 박힌 것처럼 욱신거렸다.
'당신의 이름을 마음껏 부를 수 있으려면, 난 얼마나 더 자라야 하는 건가요. 정윤수 교수님.'
신은 머리카락을 헝클어뜨리며 발코니 난간에 몸을 기댔다. 난간 한쪽에 커피 컵이 놓여 있었다. 컵에는 〈뭐냐? 똥개 훈련시키냐?〉라고 적힌 포스트잇이 붙어 있었다. 오전에 규원이 들고 있던 그 커피가 분명했다. 피식, 웃음이 터져 나왔다.
신은 뚜껑을 열고 캐러멜 색 커피를 내려다보았다. 문득 커피를 가져다놓았을 규원의 모습이 떠올랐다. 뭐지? 그 아이에게 위로를 받고 있는 건가?

신은 이미 식어버린 커피를 꿀꺽꿀꺽 마셨다. 달달했다. 단 것을 먹어서 그런지, 가슴속에서 활활 타오르던 슬픔과 분노가 조금쯤은 가라앉는 것 같았다.

잊으라는 그 말

다음 날 아침, 규원은 버릇처럼 도서관 발코니를 올려다보았다. 신은 보이지 않았다. 규원은 혹시나 하는 마음에 도서관으로 올라갔다. 어제 놓아둔 커피가 그 자리 그대로 놓여 있었다.

'뭐야. 이신, 여기 와보지도 않았어?'

규원은 실망스런 기분으로 컵을 집어 들었다.

"어? 따뜻하네?"

컵에는 〈국악과 이규원 거. 침 왕창 뱉어놨음. 카악~ 퉤!〉라고 적힌 포스트잇이 붙어 있었다. 신이 사놓고 간 게 틀림없었다. 규원은 재빨리 주변을 돌아보았다. 도서관 발코니 아래로 신이 스투피드 멤버들과 함께 언덕길을 내려가고 있었다.

"치…. 이신, 맘에 드는 짓 할 때두 있네!"

커피는 따뜻하고 달콤했다. 그러다 문득 신이 윤수에게 입 맞추던 장면이 떠올랐다. 그러자 이내 커피의 뒷맛이 씁쓸하게 느껴졌다.

강당에선 연주팀의 연습이 한창이었다. 규원은 신의 모습을 찾았다. 신은 신명나게 기타 줄을 튕기고 있었다. 그야말로 주인공 같은 포스였다. 뒤에 서서 반주만 넣기에는 아까운 인물이었다.
 연주팀의 연습이 끝나자, 석현이 박수를 치며 연기팀에게 모이라는 신호를 보냈다. 아이들이 하나 둘 석현 앞으로 모여들었다. 석현이 목청을 돋우며 말했다.
 "자, 오늘은 주인공들 합창 부분을 해보자. 일단 희주하고 규원이가 여자 파트 맡고, 남자는…."
 석현이 남자 역으로 누구를 지명할까 잠시 망설이자 홍미란 교수가 끼어들었다.
 "남자는… 신이가 해볼래?"
 기타를 챙기던 신이 고개를 들었다. 홍 교수가 신을 보며 싱긋 웃었다.
 "이 노래 알지?"
 신은 별수 없다는 듯이 걸어 나왔다. 석현이 헛기침을 하며 말했다.

"사랑도 꿈도 모두 잃고 방황하면서 부르는 노래야. 다시 일어나고 싶다는 마음을 최대한 살려서 부르도록 해. 먼저 희주부터. 그리고 신이, 규원이 순이다. 알았지?"
홍 교수가 피아노 앞에 가서 앉았다. 반주가 시작되었다. 희주가 악보를 들고 입을 열었다.

두려워 길을 잃었었지. 앞이 보이지 않았지,
다가올 내일을 몰라.

신이 노래할 차례였다. 신은 스투피드의 보컬답게 여자 키의 고음을 그대로 유지하면서 그만의 매력적인 목소리를 뿜어냈다.

겁이 나 숨고만 싶었어. 날 감추고 싶었어.
하지만 오늘은 달라.

희주와 신의 노래를 듣던 규원은 주눅이 들었다. 그녀는 기어 들어가는 목소리로 노래했다.

이제는 일어나 다시 노래할 거야.
어제는 잊고서 내일을 위해 노래할 거야….

석현이 손을 저으며 노래를 중단시켰다.

"잠깐! 이규원, 그냥 노래를 하려고 하지 말고 대사를 전달한다는 생각으로 불러. 무대 저 앞까지 충분히 전달되도록!"
"네!"

같은 노래를 수십 번 반복해 부른 뒤에야 연습이 끝났다. 규원은 두 팔을 높이 올려 한껏 기지개를 켰다. 그때 등 뒤에서 신의 목소리가 들렸다.
"그렇게 해서 입이 찢어지겠냐?"
놀란 규원이 허겁지겁 팔을 내리고 배꼽 위로 올라간 티셔츠를 밑으로 잡아당겼다. 신이 기타 케이스를 어깨에 메며 툭 던지듯 말했다.
"커피, 잘 마셨어."
규원이 삐져 나오려는 웃음을 꾹 참으며 대답했다.
"응, 나도. 커피 잘 마셨어."
"침 뱉은 거야."
신이다운, 무뚝뚝한 농담에 규원이 픕— 하고 웃음을 뱉었다. 신도 따라서 피식거렸다. 두 사람은 어깨를 나란히 하고 강당을 걸어 나왔다. 규원이 신의 눈치를 살피며 조심스럽게 입을 열었다. 확인하고 싶은 게 있었다.
"나, 뭐 하나 물어봐도 돼?"
"싫어. 물어보지 마."
"혹시… 정윤수 교수님 좋아해?"

신이 걸음을 멈췄다. 규원은 그 뒷모습에서 막 열리려던 신의 마음이 쾅 닫히는 소리를 들은 것 같았다.

"미안… 내가 말도 안 되는 애길…."

신이 싸늘하게 되물었다.

"뭐가 말이 안 되는데?"

"어?"

"뭐가 말이 안 되냐구."

"그야… 교수님은 교수님이고, 또 열 살도 넘게 차이가 나구…."

신이 싸늘한 표정 가득 비웃음을 담아 규원을 바라보았다.

"나는 네가 누굴 좋아하든 말든 전혀 관심 없어. 그러니까 너도 내 일에 신경 꺼."

신이 차갑게 돌아섰다. 덩그러니 혼자 남은 규원은 고개를 툭 떨어뜨렸다. 괜히 눈물이 날 것 같았다.

석현은 연습을 마친 아이들이 모두 빠져나간 강당에서 콘티를 들여다보고 있었다. 수명이 다가와 석현의 어깨를 툭툭 건드렸다.

"왜 그렇게 넋을 놓고 계세요? 병원 가자고 아침 댓바람부터 전화하셔놓곤. 저 지금 두 시간 째 기다리고 있었어요."

석현이 제 이마를 툭 쳤다.

"아! 맞다. 맞다. 가자!"

며칠 전 잠적해버린 기영을 수소문하던 중, 기영이 암벽을 타다 다리를 다쳐 병원에 입원했다는 소식을 들었다. 다행히 큰 부상은 아닌 것 같았다. 안된 말이지만 차라리 잘됐다 싶었다. 적어도 병원에서 치료 받는 동안엔 어디 도망갈 생각은 못할 테니까 말이다.

석현은 아무리 생각해도 기영을 포기할 수가 없었다. 녀석과 함께라면 더 멋진 무대를 만들 수 있을 것 같았다. 그것은 석현이 브로드웨이를 떠나기 전부터 꿈꿔오던 것이었다. 병원에 있는 동안 설득해봐야겠다는 생각이 들었다. 아니, 깨닫게 해주고 싶었다. 자신이 있어야 할 자리가 어디인지. 잃어버린 꿈이 얼마나 크고 값진 것인지. 그것을 다시 찾게 해주고 싶었다.

석현은 병원에 도착하자마자 기영의 부모님을 만나 설득했다.

"기영이는 누구보다 제가 잘 압니다. 걔는 타고난 배우예요. 기영이가 무대 위에서 얼마나 빛이 나는지, 꼭 보여드릴게요. 저를 믿고 맡겨주십시오."

석현의 자신감 넘치는 한마디 한마디에 기영의 부모님이 고개를 끄덕였다.

석현은 바로 퇴원 수속을 했다. 그리고 반항하는 기영을 억지로 휠체어에 태워 대학로에 있는 극단으로 데리고 갔다. 기영이 휠체어에 앉아 버둥거리며 소리쳤다.

"도대체 왜 이러세요? 나 좀 내버려두세요!!"

석현은 수명과 함께 휠체어를 무대 바로 아래까지 옮겨놓았다.

그곳에는 이미 매트리스가 깔려 있었다.

"나도 몰라. 이렇게라도 해서 네가 무대에 오르길 바랄 뿐이야. 당분간 여기서 지내도록 해. 무대에서 밥 먹고 잠자고."

무대 위에서 연기 연습을 하고 있던 단원들이 얼빠진 얼굴로 석현과 기영을 쳐다보았다. 기영이 히스테릭하게 소리쳤다.

"이런다고 뭐가 달라져요?"

"달라지게 할 거야. 무슨 일이 있어도 너 이 공연 해야 돼. 내가 꼭 그렇게 만들 거야. 너 다시 서게 만들 거라고!"

"누굴 위해서 그래야 하는데요? 감독님 제발 신경 끄시라구요!"

기영의 절규에도 석현은 아무 말 하지 않았다. 그리고 수명과 단원들을 향해 고개를 돌렸다.

"좀 지켜봐줘. 무슨 일 생기면 바로 연락하고."

수명이 눈을 끔벅이며 물었다.

"가시게요?"

"어. 학교에 들를 일이 있어서."

"네. 들어가세요."

석현은 기영의 어깨를 가볍게 툭 치고는 극단을 나갔다. 기영은 괴로운 듯 눈을 감아버렸다.

기영이 석현의 극단에 있다는 소식을 들은 태준은 더 이상 제멋대로인 석현을 두고 볼 수만은 없다고 생각했다. 석현에게 불만이 있는 건 태준만이 아니었다. 100주년 공연 관계자 대부분이 석현의 강압적인 태도를 못마땅하게 생각하고 있었다. 점심시간에 교직원 식당에서 만난 조명감독은 밥알을 튀겨가며 석현의 욕을 해댔다.

"콘셉트 잡아 가면 이거 언제 어느 공연에서 했던 거다, 너무 화려하다, 너무 평범하다 싸그리 퇴짜 놓고. 정말 짜증 나 죽겠어요. 기껏 학생 티 좀 벗은 주제에…. 잘난 건 알겠는데 너무 교수 대접을 안 해주니까 부아도 치밀어 오르고. 임 교수 후배라면서요? 길 좀 잘 들이지 그랬어요!"

태준은 내심 통쾌했지만 오히려 겸손하게 웃으며 "죄송합니다. 너무 대단한 후배를 둬서."라고 말할 뿐이었다. 조명감독이 미역국을 소리 나게 마시고는 방금 생각났다는 듯이 말했다.

"그보다 기영인가 하는 그 친구 무대공포증이잖아요. 왜 작년 임 교수 공연도 망치고. 도대체 어쩔 생각이래요? 뭐, 연습에도 안 나오는 거 보면 그만둘 생각이래요? 여적 주인공들을 정하지 않는 이유도 모르겠고."

"글쎄요, 뭐 저도 계획이 있겠죠."

태준은 난감한 척 웃으며 자리를 떴다.

'그래, 관계자들의 불만이 하늘을 찌를 때까지 기다릴 필요는 없어. 어떻게 해서든 석현을 학교에서 퇴출시켜야 해.'

태준은 사무실 문을 열고 밖으로 나갔다. 기영을 만나러 석현의 극단으로 갈 생각이었다.

극장 안은 생각보다 넓고 쾌적했다. 석현의 극단이 언제부터 이렇게 번듯해진 거지? 태준은 자신도 모르게 속이 부글부글 끓었다. 질투와 시기심이었다.

기영은 무대 앞 매트리스에 누워 잠들어 있었다. 태준이 다가가 헛기침을 하자 기영이 부스스 눈을 뜨고 두리번거렸다. 그러다 태준을 보고는 화들짝 놀라 자리에서 벌떡 일어나려 했다. 하지만 깁스한 다리 때문에 몸을 제대로 가누지 못하고 다시 쓰러졌다. 이렇게 몸도 못 가누는 애를 컴컴한 극단에서 자게 하다니, 도대체 석현이 무슨 생각을 하고 있는 건지 알 수가 없었다.

"밥은 잘 먹고?"

"네."

기영이 고개를 푹 수그리고 주눅 든 목소리로 대답했다. 태준은 그런 기영을 물끄러미 바라보았다. 몇 년 전만 해도 쓸 만하다고 생각했던 아이다. 무대공포증만 아니라면 정말이지 한번 제대로 키워보고 싶은 배우 감이었다.

태준은 쓴 입맛을 다시며 매트리스를 내려다보았다.

"석현이가 황당한 놈인 줄은 알았지만…."

"죄송합니다."

"포기해라."

태준의 단호한 목소리에 기영이 그렁그렁한 눈을 들어 태준을 바라보았다.

"석현이는 시간을 좀더 달라는데, 우리한텐 널 기다릴 시간이 없어. 서운하게 듣지 마. 석현이한테 널 추천한 게 나야. 지난 몇 년간 지켜봐오고 기다린 것도 석현이가 아닌 나고. 넌 분명 좋은 재료를 가지고 있어. 하지만 무대에서 보여줄 수 있어야 진짜 재능이 되는 거야. 그런 의미에서, 넌 재능이 없어. 이렇게까지 무리할 필요가 뭐 있어? 다른 인생을 살면 돼."

기영은 대꾸할 말이 없었다. 모든 게 자신이 자초한 일이었다.

"네…."

기영이 기어 들어가는 목소리로 대답했다. 태준은 기영의 어깨를 몇 번 두드려주고는 극단을 나왔다. 등 뒤로 기영의 깊은 한숨 소리가 들려왔다.

〈저 그만 포기하세요. 집으로 돌아가겠습니다.〉

석현은 기영의 문자를 받자마자 통화 키를 눌렀다. 기영은 전화를 받지 않았다. 무슨 일이 생긴 걸까? 분명히 극단 단원들의 말에 의하면 기영이 처음보다 무대 위에서의 생활을 즐기는 듯 보인다고 했었다. 석현 역시 그렇게 느끼고 있었다. 그래서 조금만 기다리면 기영이 예전의 모습으로 돌아와줄 거라 생각했었다. 석현이 굳은 얼굴로 휴대폰만 내려다보고 있자, 옆에서 눈치를 살피던 수명이 물었다.

"기영이에요? 전화 안 받아요?"

"너 뭐 들은 거 없어? 기영이한테?"

"없는데, 왜요? 뭐라고 해요?"

"집에 가겠대."

"네?"

수명이 화들짝 놀랐다. 뭔가 아는 눈치였다.

"너 뭐 아는 거 있지? 뭐야?"

"아, 임 교수님이 극장에 가셨다고…."

"태준이 형이?"

"네. 극단에 있는 원준이 형이랑 통화했는데… 그랬다고…."

석현이 자리에서 벌떡 일어났다.

"너 가서 기영이 좀 붙잡아놔! 꼼짝 말고 있으라 그래!"

석현은 곧장 태준의 사무실로 달려갔다. 대학로에서 이제 막 돌아온 태준은 외투를 벗어 옷걸이에 걸고 있었다. 석현은 문을 쾅 소리가 나도록 세게 닫고 소파에 앉았다.

"기영이한테 무슨 소리 했어요?"

태준이 눈살을 찌푸리며 책상 앞 의자에 앉았다.

"포기하라고 했다. 너한테만 맡겼다가는 공연이 끝나도록 해결이 안 날 거 같아서."

석현이 언성을 높였다.

"내가 해결한댔잖아요!"

"네 해결책이 고작 다리 부러진 앨 극장에 감금해놓는 거야?"

"형!"

"그게 진짜 기영일 위한 일이냐? 네 능력 과시하려고 기영일 이

용하는 건 아니고?"

"무슨 얘길 하고 싶은 거예요?"

"너 때문에 기영이가 얼마나 힘들어하는지 모르겠어?! 네 욕심 채우자고 순진한 애들 갖고 놀지 마! 넌 공연 끝나고 떠나면 그만이지만 남아서 수습하는 건 나야. 내 학생들이라구! 함부로 나대지 마!!"

태준의 이런 모습은 처음이었다. 석현은 한동안 말을 잇지 못하고 가만히 있었다. 정말 내가 잘못하고 있는 건가. 잘한다고 한 일이 오히려 기영이에게 상처를 주고 만 것일까. 어쩐지 자신감이 사라지는 것 같았다.

기영의 소식은 순식간에 연극과 학생들 사이에 퍼졌다. 학생들은 모이기만 하면 주워들은 소문을 공유하기 바빴다.

"어떡하든 무대에 올려보려고 감독이 완전 돌았대. 임 교수님은 펄쩍 뛰고 말이야."

수업이 끝나 강의실 문을 열고 밖으로 걸어 나오던 희주는 이러쿵저러쿵 쑥덕거리고 있는 학생들을 힐끔 쳐다보며 걸음을 옮겼다.

"나도 그 얘기 들었어. 병원에서 납치해 극장에 감금해놨다며?"

희주는 궁금증을 이기지 못하고 그들에게 다가갔다.

"그게 무슨 얘기예요? 누굴 감금해요?"

사랑이 아니꼽다는 투로 말했다.

"관심 있어? 너 기영 오빠 싫어하잖아. 공연 망친 웬수라고!"

"기영 오빠요? 말해봐요."

"기영 오빤 못 하겠다고 버티는 모양인데, 감독님은 죽어도 무대에 서게 하겠다고 극장에 가둬놨다더라."

희주는 아랫입술을 깨물며 생각에 잠겼다. 아무래도 김석현 감독은 기영을 남자 주인공으로 세울 생각인 모양이었다. 그녀 생각에도 기영만 한 배우는 없었다. 오디션에 통과한 연습생들 중 그녀를 상대할 만한 남자애들을 찾아볼 수 없었다. 물론 이신이 있었지만, 신은 연주팀이었다. 하지만 기영이 저번 무대처럼 게거품을 물고 쓰러져버린다면 그녀에게도 타격이 클 것이다.

연습 때까지는 아직 시간이 남아 있었다. 희주는 성큼성큼 건물 현관으로 걸음을 옮겼다. 기영을 만나러 갈 생각이었다.

기영은 고개를 푹 수그린 채 어두운 객석에 앉아 있었다. 의자 옆에는 목발이 놓여 있었다. 희주는 조용히 객석으로 내려가 기영의 어깨를 손으로 툭툭 건드렸다. 기영이 놀란 눈으로 희주를 바라보았다. 그러더니 손으로 자신의 머리를 흐트러뜨렸다. 만사가 귀찮은 모양이었다.

"걸을 순 있어요?"

"신경 쓰지 마."

희주는 기영에게서 눈을 돌려 어두컴컴한 무대를 바라보았다.

"저 위에 한번 서보고 싶어지지 않아요? 감독님 말론 나 같은 건 아직 한참 멀었대요."

기영이 무슨 소리냐는 듯 멍한 눈길로 희주를 바라보았다. 그녀는 내친김에 할 말 다 하자는 심산으로 말을 이었다.

"운도 지지리도 없게 아직까진 오빠만큼 잘하는 애들이 없네요."

"뭐?"

기영이 무슨 뜻이냐는 듯 희주의 얼굴을 빤히 쳐다보았다. '뭐야. 이렇게까지 얘기를 했으면 알아들어야지.' 희주는 자신이 괜한 오지랖을 떨고 있는 건 아닌가 하는 생각이 들었다. 그녀는 짐짓 어색함을 감추기 위해 퉁명스럽게 톡 쏘았다.

"계속 그렇게 궁상이나 떨고 있던가요."

등 뒤로 극장 문이 열리고 희미한 빛이 새어 들어왔다. 수명이 들어왔다. 수명은 희주를 보며 놀란 말투로 "여긴 웬일이야?" 하고 물었다. 희주는 볼일 끝났다는 듯 두 손을 탁탁 털어내며 자리에서 일어났다.

"그러게요. 미쳤나봐요."

희주는 수명을 지나쳐 극장 문을 열고 나갔다. 의아한 눈빛으로 희주의 뒷모습을 지켜보던 수명은 고개를 돌려 기영을 쳐다보았다. 기영이 복잡한 얼굴로 무대 위를 바라보고 있었다. 표정만으로는 기영이 무슨 생각을 하는지 알 수 없었다. 수명은 기영에게 가까이 다가갔다.

"희주가 뭐라고 하고 갔어?"

기영이 허탈하게 웃으며 말했다.

"나만큼 잘하는 애가 없대."

"기집애, 오랜만에 맞는 말 하고 갔네."

"임 교수님은 나한테 재능이 없다고 했어. 과연 누구 말이 맞을까? 누구 말을 믿어야 할까?"

기영이 괴로운 듯 두 손으로 머리를 감쌌다. 수명이 기영의 어깨에 손을 얹었다.

"나는 김석현 감독님을 믿는다. 괜히 '브로드웨이'겠냐? 그리고 모르겠으면 확인해보면 되지 않겠어? 누구 말이 맞는지 말야."

"수명아, 나… 해볼까? 다시 저 위로 올라가볼까? 저 위에서 확인해볼까?"

기영이 고개를 들고 무대를 올려다보았다.

석현은 무거운 얼굴로 총장실을 나왔다. 태준의 입김이 총장에게까지 미칠 줄은 꿈에도 몰랐다. 아니, 태준의 뒤를 봐주고 있는 이사장의 입김이라고 하는 게 더 정확한 표현일 터였다. 총장은 석현에게 태준의 비위를 좀 맞춰주라고 했다. 그렇지 않으면 자신이 난처해진다는 것이었다. 구체적으로 말하자면 기영을 팀에서 완전히 제외시키고, 여주인공을 이사장의 딸인 희주로 정하라는 것이었다.

세상 어디를 가나 세 부류의 인간은 꼭 있었다. 첫째는 뭐든 돈으로 휘두르려는 이사장 같은 인간이다. 둘째는 이사장 같은 인간에게 살랑살랑 꼬리를 치며 제 몫을 챙기려는 태준과 같은 인간이다. 마지막으로 힘없이 이리저리 휘둘리는 총장 같은 인간이다. 그렇다면 과연 자신은 어느 부류에 속하는 인간형일까. 석현은 쓴웃음을 웃으며 주차장으로 걸어 내려갔다.

어디선가 노랫소리가 들려왔다. 그는 노랫소리를 따라 걸음을 옮겼다. 강당이었다. 강당 구석에서 규원이 헤드폰을 끼고 노래 연습을 하고 있었다.

겁이 나 숨고만 싶었어. 날 감추고 싶었어.
하지만 오늘은 달라.

규원은 노래를 하다 마음에 안 들면 저 혼자 고개를 갸웃거리다가 "아악!" 하며 발성을 내질렀다. 혼자 보기 아까울 정도로 재미있는 광경이었다.

'자식, 혼자서도 열심히 하는구나. 역시 내가 사람을 잘못 본 게 아니었어.'

석현은 총장실에서 받은 스트레스가 어느 정도 날아가는 듯한 기분이었다. 규원이 바닥에 털썩 주저앉았다. 지친 모양이었다.

"소리만 질러댄다고 목이 트이냐?"

"감독님!"

"이신하고 노래하니까 신났냐? 시키지도 않은 연습을 다 하고."
규원이 발끈했다.
"그런 거 아니에요! 이신하곤 상관없어요."
"그럼, 재밌어?"
규원이 잠시 뜸을 들이더니, 배시시 웃으며 대답했다.
"네. 재밌어요. 혼자 부르는 것보단 여럿이 부르는 게 더 재밌고, 합창할 때가 제일 재밌어요."
"묻어갈 수 있으니까?"
"네. 하하. 근데 감독님 저한테 실망하셨죠?"
규원이 〈슈렉〉의 고양이 흉내를 내며 석현을 쳐다보았다.
"어! 자꾸 보면 좀 스타성이 생길까 했는데, 그럴 조짐이 안 보여. 망했다."
석현의 대답에 규원이 크게 실망한 듯, 한숨을 푹 내쉬었다. 감정 표현이 정말로 솔직한 녀석이었다.
"죄송합니다. 평범해서."
"부족한 건 괜찮아. 그건 내가 잘하게 만들 거니까. 대신 난 노력하지 않는 놈들이 싫어. 특히 재주도 없으면서 노력하지도 않는 놈. 그런 면에서 한희주는 기본이 된 놈이야."
"네…."
"기죽을 필요 없어. 네가 재능은 좀 부족하지만 대신 유능한 감독을 만났잖아. 횡재한 거지."
규원이 어이없다는 듯 석현을 바라보았다.

"어련하시겠어요."

규원의 반응이 만족스러운지 석현이 호탕하게 웃었다.

"저 근데… 뭐 하나 물어봐도 돼요?"

"오~ 질문하는 자세, 좋아. 뭔데?"

"정윤수 교수님하고 어떤 사이세요?"

석현의 표정이 순식간에 굳었다. 규원이 겁먹은 눈으로 석현을 쳐다보았다. 한동안 아무 말 없이 허공만 바라보던 석현이 입을 열었다.

"궁금하냐?"

"네."

석현이 나직한 목소리로 윤수와의 일을 이야기하기 시작했다. 규원의 눈동자가 재미난 옛날이야기를 듣는 아이처럼 초롱초롱 빛났다. 누군가에게 윤수와의 일을 이야기하는 것은 처음이었다. 이상한 일이었다. 아픈 상처인 줄만 알았는데, 말을 하다보니 아무 일도 아닌 것처럼 느껴졌다. 풀리지 않는 문제인 줄만 알았는데, 이미 스스로가 답을 갖고 있다는 사실을 깨달았다.

석현은 강당을 나오자마자 윤수의 스튜디오로 갔다. 윤수는 음악을 확인해가며 안무를 짜고 있었다. 석현이 들어서자, 윤수가 이마에 맺힌 땀을 닦으며 돌아보았다.

"웬일이야? 이 시간에?"

"너 보려고."

정말 이상한 일이었다. 어제도 보고 오늘 오전 연습 시간에도 보았는데, 석현은 마치 6년 만에 처음으로 윤수를 보는 기분이었다.
"많이 생각해봤는데, 내가 아직 너 많이 좋아하는 거 같다."
윤수의 눈빛이 살짝 흔들렸다.
"찌질하게 다른 놈들 질투하는 거 이제 그만 하고 싶어."
"무슨 소리 하는 거야. 늦었어. 아저씨가 문 닫으러 올 거야."
석현이 돌아서려는 윤수의 손목을 붙잡았다.
"다시 시작하자, 우리."
윤수는 석현의 진심을 헤아리듯 그의 눈동자를 똑바로 쳐다보았다. 그리고 이내 조용히 고개를 끄덕이며 수줍게 웃었다.
"아, 다행이다. 떨려 죽는 줄 알았네. 아휴~."
윤수가 석현을 향해 활짝 웃어 보였다.
이제 막 시작한 연인들처럼, 석현과 윤수는 떨리는 마음으로 서로를 마주 보았다.

신은 절망감에 사로잡힌 채 무용과 건물을 빠져나왔다. 언제나처럼 자신을 이곳으로 이끈 습관과 그리움이 원망스러웠다. 스튜디오 창으로 그가 오늘 본 것은 홀로 춤을 추던 고독한 윤수가 아니라 석현의 품에 안겨 있는 윤수였다.
신은 넋이 나간 얼굴로 건물을 빠져나왔지만 어디로 가야 할지 알 수 없었다. 그저 휘청거리며 계단을 내려설 뿐이었다. 그때, 다정히 손을 잡고 나오는 석현과 윤수의 모습이 보였다. 신은 재빨리 건물 뒤로 몸을 숨겼다. 좌절감에 몸이 떨려왔다. 주차장 쪽으로 걸어가는 석현과 윤수의 뒷모습이 눈에 들어왔다. 행복해 보였다.

신은 모퉁이에 기대어 섰다. 눈앞에 높이 솟은 시계 조형물이 보였다. "나한테 필요한 사람은 꿈만 먹고 사는 어린애가 아니라 어른 남자야."라던 윤수의 말이 떠올랐다. '그래서 결국 어린애가 아닌 어른 남자를 찾은 거예요? 그 어른 남자가 겨우 김석현 감독인 거구요? 도대체 저 시곗바늘이 몇 바퀴를 돌아야 나를 남자로 봐줄 건가요….'

시곗바늘이 일렁일렁 흔들리더니 눈물 한 방울이 되어 후드득 떨어졌다. 신은 그렁그렁한 눈으로 모퉁이를 돌아 걷기 시작했다.

"이신!"

누군가 그의 이름을 불렀다. 규원이었다. 규원은 늦도록 노래 연습을 하다 나오는 길에 우연히 신을 보았고, 무심코 여기까지 쫓아왔던 것이다. 그리고 규원 역시 석현과 윤수의 모습을 보았다. 그 장면에 규원도 놀란 게 사실이었지만, 규원의 눈엔 하얗게 질린 신의 얼굴이 더 깊게 들어왔다.

규원이 걱정스런 눈빛으로 신을 바라보았다. 신은 굳은 표정으로 돌아섰다. 규원이 쫓아왔다.

"이신! 잠깐 기다려!"

규원이 그의 앞을 막아섰다. 신이 낮은 목소리를 토해냈다. 규원에겐 그것이 상처 입은 짐승의 으르렁거림으로 들렸다.

"비켜!"

규원은 신을 위해 뭐라도 해주고 싶었다.

"나랑 밥… 먹을까?"

신이 버럭 소리를 질렀다.

"비키라고 했다!"

신은 규원에게 제 상처를 내보일 생각이 없었다. 규원이 답답하다는 듯 한숨을 뱉으며 소리쳤다.

"이렇게 될 줄 몰랐어? 계속 짝사랑하다보면 언젠가 교수님이 널 돌아봐줄 거라 기대했어?"

보이고 싶지 않은 상처를 봐버린 것도 모자라, 규원은 건드리지 말아야 할 것을 건드리고 말았다. 신의 마음속 지뢰를 밟아버린 것이다. 그러자 오히려 신은 무섭도록 침착하게 가라앉았다.

"너, 나 좋아하냐?"

"어?"

이건 규원이 생각지 못한 공격이었다. 가슴이 철렁 내려앉고 심장이 쿵쾅거렸다. 하지만 신은 규원의 대답에는 관심이 없었다.

"네가 이런다고 내가 교수님 대신 널 좋아할 거 같아?"

"이신…."

"내가 뭘 하든 누굴 좋아하든 상관 말랬잖아!"

규원의 눈가에 눈물이 고였지만 신에겐 아무것도 보이지 않았다. 그저 제 가슴이 터질 듯 아프다는 것밖에는 생각할 수가 없었다. 신은 규원의 어깨를 밀치고 그대로 내달렸다. 이미 수없이 찢어지고 갈라진 심장이 또 도려내듯 아파왔다. 자전거도 주인의 마음처럼 제멋대로 휘청거렸다. 그리고 결국은 내리막길에서 신과 자전거는 중심을 잃고 잔디밭으로 곤두박질쳤다.

신이 흙먼지를 뒤집어쓴 채 거실로 들어서자 TV를 보고 있던 엄마와 정현이 놀란 눈으로 그를 쳐다보았다. 신은 대충 얼버무리듯 인사만 하고 제 방으로 들어갔다. 엄마가 걱정스레 쫓아왔다.
"무슨 일 있는 거야?"
"아무 일도 없어요."
신은 옷도 벗지 않고 침대에 털썩 쓰러져 눈을 감아버렸다.
"누구랑 싸운 거야?"
"아니야. 나 좀 피곤해. 나가줘."
하지만 엄마는 나가지 않고 책상 앞에 있던 의자를 침대 옆으로 끌어와 앉았다.
"음… 신아, 엄마가 잠깐 할 말이 있는데…."
신은 대답 대신 한쪽 팔을 들어 눈을 가렸다. 붉게 부어오른 눈을 엄마에게 보이고 싶지 않았다.
"신아, 우리 이사 갈 거야. 한옥집이야. 엄마 아는 사람이 급하게 이민 가는 바람에 살던 집을 내놨는데, 우리가 들어가 살면 어떨까 싶어서. 안 그래도 너 기타 연주 때문에 단독주택이면 좋겠다고 했잖아. 어때?"

"어. 상관없어."

"근데 왜 얼굴이 부었어?"

신은 엄마의 말에 이렇다 할 대꾸도 없이 돌아누웠다. 엄마는 섭섭한 듯 나직하게 한숨을 뱉고는 자리에서 일어났다. 불이 꺼지고 조용히 문이 닫혔다.

그제야 신이 눈을 뜨고 어둠을 응시했다. 어두운 벽에 그림자가 어른거렸다. 윤수의 얼굴 같기도 하고 규원의 얼굴 같기도 했다. 그러다 문득 건물 모퉁이에서 자신을 바라보던 규원의 아픈 눈길이 떠올랐다. 내가 그 아이한테 상처를 준 건가? 하지만 곧 모든 게 귀찮아졌다. 그 아이의 상처까지 신경 쓸 여력이 없었다.

신은 애써 기억을 지우려는 듯 눈을 꼭 감아버렸다. 그러자 석현을 바라보며 환하게 웃던 윤수의 얼굴이 아프게 떠올랐다. 눈물 한 줄기가 볼을 타고 흘러내렸다. 슬픔이 그의 의식을 잠식하고, 고통이 그를 집어삼켰다.

신은 아침 일찍 학교로 달려갔다. 윤수를 만나야 했다. 그녀를 만나면 어젯밤 자신이 본 것은 그저 오해였다는 걸 알게 될지도 몰랐다. 아니, 그러길 바라는 마음으로 신은 윤수를 찾아다녔다.

주차장에는 윤수의 차가 없었다. 아직 출근 전인 듯했다. 여덟 시 반, 신은 기다렸다. 아홉 시, 그녀를 만나 해야 할 말들을 떠올렸다. 아홉 시 반, 기다림이 그를 피곤하게 만들었다. 열 시, 윤수의 차가 주차장으로 들어섰다. 혼자가 아니었다. 신은 나무 뒤로 몸을 숨겼다. 먼저 내린 석현이 윤수를 위해 차 문을 열어주었다. 윤수가 환하게 웃으며 석현을 바라보다 입을 맞추고 손을 흔들어주었다. 어제의 일은 오해가 아니었다. 너무도 환해서 아픈, 현실이었다.

석현이 먼저 강당 쪽으로 걸어갔다. 윤수가 그런 석현의 뒷모습을 오래 바라보며 행복한 미소를 지었다. 신에게는 한 번도 보여준 적이 없는 미소였다. 신은 무너져내리는 마음을 겨우 추스르며 윤수에게 다가갔다.

"소원대로 어른 남자를 찾았네요."

윤수가 화들짝 놀라 뒤를 돌아보았다. 그리고 이내 평정을 찾으며 차갑게 말했다.

"돌아가. 내가 말했지? 어린애 장난에 놀아나줄 만큼 한가하지 않다고. 귀엽게 봐줄 수 있을 때 그만 해."

"얼마나 더 나이 먹으면 어린애가 아닌데요? 스물다섯? 서른?"

"이신!"

"제발… 저 좀 보세요. 날 좀 보라구요!!"

"너야말로 그만둬, 제발!! 너 이러는 거 지긋지긋해. 못 알아듣겠니? 이렇게 정색하고 화를 내야 알아듣겠어?"

신이 냉랭한 어조로 물었다.

"저 사람, 어디가 좋아요? 능력? 외모?"

"너는 내가 어디가 좋으니?"

"다! 전부!"

"나도 그래. 나도 저 사람 다, 전부 좋아."

신은 더 이상 아무 말도 할 수가 없었다.

윤수가 나직한 숨을 뱉어내며 안타깝다는 듯 말했다.

"이렇게 확인해서 마음이 편하니?"

윤수는 돌아섰다. 신이 아파할 거라는 건 알았지만, 그녀로서도 어쩔 수 없었다. 차라리 이럴 때 더 강하고 야멸차게 돌아서야 신이 덜 아파할 터였다. 그녀는 다시는 뒤돌아보지 않을 것처럼 차갑고 냉정한 모습으로 걸어갔다.

신은 주먹을 꼭 쥐었다. 손바닥이 아파왔다. 손을 펴자, 목걸이가 손바닥 깊숙이 자국을 남겼다. 목걸이 위로 눈물 한 방울이 뚝 떨어졌다.

'이제 그만 하자. 여기까지다.'

신은 쥐고 있던 목걸이를 던져버렸다. 목걸이는 주차장 너머에 있는 드넓은 잔디밭으로 떨어졌다. 그 위로 여름 아침의 맑은 햇빛이 쏟아졌다. 갑자기 그가 보고 싶어졌다. 기타로 신의 마음을 위로해주던 305호실의 남자. 그라면 자신의 아픔을 이해해줄 것 같았다. 신은 그대로 자전거를 타고 학교를 벗어나 요양원으로 달려갔다.

처음 신을 데리고 요양원에 다녀온 이후, 엄마는 305호 남자에 대해 아무런 말도 하지 않았다. 신 역시 엄마에게 아무것도 물어보지 않았다. 아니, 물어볼 수 없었다. 하지만 신은 알았다. 305호 남자가 자신의 아빠라는 사실을. 처음 보는 순간부터, 아니 그와 함께 기타를 연주하며 마음을 주고받은 그 순간부터 가슴 밑바닥을 울리며 올라오는 뜨거운 감정을 느꼈던 것이다.

하지만 그 뒤 신은 요양원을 다시 찾아가지 못하고 있었다. 다시 한 번 함께 기타를 연주하고 싶었지만 발길이 떨어지지 않았었다. 그런데 어젯밤 꿈에 희미한 웃음을 머금고 아빠가 찾아왔던 것이다.

305호실 문 앞에는 '면회사절'이라는 팻말이 걸려 있었다. 하늘이 무너지는 것 같았다. 신은 부랴부랴 간호사를 찾았다. 담당 간호사는 방금 전에 호흡곤란이 와서 면회가 안 된다는 말을 전했다. 상태가 호전되어야 만날 수 있을 텐데 당장은 어려울 것 같다는 말도 덧붙였다.

신은 허탈한 마음으로 요양원을 나왔다. 밖은 눈부실 정도로 밝았지만 신에게는 별 하나 없는 어둠처럼 느껴졌다. 아빠에 대한 걱정과 윤수를 잃은 슬픔이 한데 엉켜 신의 마음을 어지럽혔다. 신은 요양원 정원의 벤치에 머리를 기대고 앉았다. 위로가 필요했다. 아무라도 와서 괜찮다고, 별일 아니라고, 다 지나갈 거라고 말해줬으면 좋겠다는 생각이 들었다.

그때 전화벨이 울렸다. 신은 발신자도 확인하지 않고 응답 키를 눌렀다.

"형, 뭐 해? 어디야? 연습 안 가?"

준희의 쾌활한 목소리가 들려왔다. 혹시 윤수의 전화일지도 모른다고 기대했던 건가? 신은 자조하며 대답했다.

"음…. 연습, 가야겠지."

신의 쓸쓸한 마음을 헤아리지 못한 준희는 그 특유의 명랑함으로 수다를 떨었다.

"형, 공연 재밌지? 만날 우리끼리만 하다가 사람들 많이 만나니까 신나. 그치?"

"준희야."

"어?"

"시 하나 읊어봐."

"시?"

"응…. 시."

"뭐? 뭐가 좋아?"

"아무거나. 이별에 관한 거…."

"음…. 이별하는 거? 아…. 뭐 하지?"

준희가 잠시 고민에 빠져 있는 사이 신은 말없이 하늘을 올려다보았다. 윤수가 보고 싶었다. 그런데 그녀의 얼굴이 떠오르지 않았다. 언제라도 눈앞에 선명하게 그려낼 수 있던 윤수의 얼굴이 점점 흐릿해졌다.

잠시 후, 준희가 목을 가다듬더니 나직나직하게 시를 읊조리기 시작했다.

먼 훗날 당신이 찾으시면 그때에 내 말이 잊었노라.
당신이 속으로 나무라면 무척 그리다가 잊었노라.
그래도 당신이 나무라면 믿기지 않아서 잊었노라.
오늘도 어제도 아니 잊고, 먼 후일 그때에 잊었노라.

신은 눈을 감았다. 감은 두 눈에서 눈물이 흘렀다.

울어도 괜찮아

태준은 날마다 석현 쪽으로 긴 안테나를 세우고 신경을 모았다. 그래서 평소보다 더 많은 에너지를 소비하고 있었다. 강의하랴, 석현이 신경 쓰랴, 이사장 비위 맞추랴 하루 24시간이 모자랄 판이었다. 그러나 그 무엇 하나 성에 차지 않았다.

노크 소리가 들렸다. 기영이 꾸벅 인사를 하며 연구실로 들어섰다. 태준은 마땅찮다는 눈빛으로 기영을 바라보았다. 그만 포기하고 다른 인생 살라는 충고를 무시하고 기어이 학교로 돌아온 기영이 못마땅했다. 결국 모든 일이 석현의 뜻대로 되어간다는 게 못 견디게 짜증스러웠다.

"오늘부터 연습 합류하기로 했습니다."

기영이 고개를 주억거렸다. 태준은 기영의 다리를 힐끔 쳐다보며 언짢은 투로 물었다.

"다리는, 괜찮은 거야?"

"네. 죄송합니다."

"난 너 믿지 않아. 석현이는 어떨지 몰라도."

"네…."

"어쨌건 다시 시작하기로 했으니 열심히 해. 믿어주는 사람 배신하지 말고."

"네."

기영이 다시 인사를 하고 문 밖으로 사라지자, 태준은 불편한 심기를 드러내며 손바닥으로 책상을 내리쳤다. 상황이 변하고 있었다. 태준을 중심으로 움직였던 학생들이 이제 모두 석현의 손아귀에 들어가 있었다. 윤수도 마찬가지였다. 그녀의 생일 이후 서먹해진 관계를 풀고 싶어 계속 연락을 해봤지만 윤수는 번번이 태준과의 만남을 거절했다. 학교에서 마주쳐도 의례적인 인사 외에는 사적인 말 한마디 건네지 못하게 했다. 그러다 며칠 전, 태준은 윤수와 석현이 다시 사귀기로 했다는 걸 알게 되었다.

이런저런 생각이 보태지자 태준의 마음은 점점 불쾌해졌다. 태준은 전화로 석현을 불렀다. 몇 분쯤 뜸을 들이다 연구실로 들어온 석현이 못마땅한 얼굴로 말했다.

"연습 있어 금방 가봐야 돼요."

"기영이 다녀갔다. 사람 꼬시는 재능만큼은 인정해야겠어. 몇 년을 공들여도 안 되더니."

"할 얘기 뭐예요?"

"기영이, 난 여전히 반대다. 그래도 모른 척할 거야. 네가 그렇게 원하니 넘어가줄게. 대신, 이규원은 양보해라."

석현의 얼굴이 뻣뻣해졌다. 태준이 거만한 어투로 말을 이었다.

"희주, 알다시피 이사장 외동딸이야. 이사장 체면도 있으니 같잖은 솔로 경쟁은 그만둬. 어디서 들도보도못한 애하고 주인공 자리 갖고 경쟁? 그만 여주인공 자리 줘."

태준의 노골적인 제안에 석현은 할 말을 잃었다.

"착각할까봐 얘기하는데, 학교도 돈이 필요하다. 네 이름 팔면 기업 스폰이 잘 들어오니까 아직까진 널 그대로 두는 거야. 네 이용 가치는 거기까지야. 골치 아프게 굴지 말고 시키는 대로 해."

"형, 아직도 나한테 열등감 갖고 있어요?"

"뭐?"

태준의 얼굴이 벌게졌다. 석현은 자리에서 벌떡 일어나 태준을 내려다보며 비웃음 섞인 말투를 날렸다.

"형이 학과장이든 뭐든 공연 책임은 감독인 나한테 있어요. 형이 말하는 그 책임이라는 게 서류에 도장이나 찍는 일이라면 몰라도. 다들 기다려서 이만 가볼게요."

석현은 그대로 연구실을 나와 거칠게 문을 닫았다. 태준의 얼굴이 있는 대로 일그러졌다.

강당으로 향하던 석현이 강당 입구에 서 있는 기영을 발견했다.

표정이 샐쭉했다. 태준에게 한 소리 들은 게 분명했다. 석현은 착잡한 마음을 털어내며 기영에게 다가가 어깨에 손을 얹고 말했다.

"잘 왔다. 네가 있어야 할 자리는 바로 여기야. 다른 사람 말은 신경 쓰지 마. 내가 널 믿는 만큼, 너도 네 자신을 믿으면 돼. 그리고 나를 믿고 따라와."

기영이 기운을 차리듯 활짝 웃으며 대답했다.

"네. 전 감독님만 믿겠습니다."

"자식…."

석현은 기영이의 머리칼을 쓱쓱 쓸어주고는 함께 강당으로 들어갔다. 곧이어 아이들도 하나 둘씩 모이기 시작했다. 여학생들이 기영을 보며 호들갑스럽게 아는 척을 했다. 기영이 쑥쓰러워하며 얼굴을 붉히자, 그 모습이 귀엽다며 또 자지러졌다. 희주는 도도한 표정으로 기영을 힐끔 보더니 관심 없는 척 발성 연습을 시작했다. 규원은 오디션 때 잠깐 보고 처음인 기영이 낯설어서 어색하게 고개만 숙여 인사했다.

연습이 시작되었다. 연주팀과 연기팀이 함께 하는 시간이었다. 규원은 신에게 신경 쓰지 않으려고 애쓰며 고집스럽게 악보만 바라보았다. 그래도 어쩔 수 없이 자꾸만 신이 쪽으로 시선이 갔다. 신의 얼굴은 며칠 앓은 사람처럼 파리해 보였다. 홍미란 교수가 박수를 치며 말했다.

"오늘은 여주인공의 솔로 파트를 들어갈 거야. 한희주, 앞으로."

"네!"

희주가 새침한 얼굴로 걸어 나갔다. 그때 한쪽 구석에 앉아 있던 석현이 자리에서 일어났다.

"아뇨. 이규원부터 가보죠."

새파랗게 질린 얼굴로 희주가 우뚝 멈춰 섰다. 모든 아이들의 시선이 한순간에 석현에게 쏠렸다. 홍 교수가 영문을 모르겠다는 눈빛으로 석현을 바라보았다. 석현은 대수롭지 않다는 듯 말했다.

"이규원 보이스에 더 어울릴 것 같은데요."

홍 교수가 내키지 않은 표정으로 대답했다.

"그러죠 뭐. 이규원!"

규원은 희주의 눈치를 살짝 보며 앞으로 나갔다. 홍 교수가 악보를 쳐다보며 설명했다.

"사랑에 빠진 여자의 감정을 잘 살려서 부르는 거야."

규원이 알아들었다는 듯 고개를 끄덕였다. 신이 기타 연주를 시작하자, 규원은 악보를 보며 그 선율에 맞춰 노래를 불렀다. 규원의 맑은 음색이 기타 반주에 섞여 강당 안을 가득 울렸다.

그대를 만나고 사랑을 하고
그런 사랑에 아파만 하고

노래를 부르던 규원의 눈가에 눈물이 맺혔다. 노래 가사가 모두 자신의 이야기 같았다. 신을 향한 자신의 마음 같았다.

사랑한다고 말해도 못 듣나봐.
사랑이라고 말해도 모르나봐.

규원의 노래를 듣던 아이들이 모두 놀란 얼굴로 규원을 바라보았다. 기타를 치던 신 역시 규원의 노래에 매료되어 그녀를 힐끔힐끔 쳐다보았다. 노래 부르는 규원의 얼굴엔 사랑에 빠진 소녀의 슬픈 미소가 어려 있었다.

맑은 하늘에서 갑자기 후드득 빗방울이 떨어지기 시작했다. 갑작스런 소나기에 학생들이 이리저리 뛰기 시작했다. 수업을 마치고 집으로 가려던 규원도 아이들을 따라 무작정 달렸다. 하지만 긴 가야금이 자꾸 종아리며 허벅지에 걸려 제대로 달릴 수가 없었다. 바로 그때 누군가 가야금을 빼앗아 들었다. 신이었다.
"이신…."
수업시간에 못 봤는데, 나중에 수업 들어왔던 건가?
"뭐 해? 뛰어."
"어?"
신은 한 손에 가야금을 들고, 다른 손으로 규원의 손을 붙잡고 뛰기 시작했다. 규원도 얼떨떨한 채 빗속을 달렸다. 빗줄기가 점점 거세졌다. 신은 도저히 안 되겠다 싶었는지 강당 입구로 뛰어

들었다.

잠깐 사이에 머리며 옷이 다 젖어버린 규원과 신이 나란히 서서 쏟아지는 빗줄기를 바라보았다. 왠지 어색한 공기가 피어올랐다. 규원이 조심스럽게 입을 열었다.

"다 젖었네…. 고마워."

"달리기 되게 못하네."

"칫, 못해서 미안하다."

신이 들고 있던 가야금을 규원에게 내밀었다. 규원이 어색하게 웃으며 가야금을 얼른 받아 들었다.

"고마워."

신이 어색한 표정으로 젖은 옷을 털며 등을 돌렸다. 규원이 그의 옷깃을 잡아당겼다. 신이 돌아보자 규원이 망설이다가 물었다.

"괜찮… 아?"

신은 자신을 걱정스럽게 바라보는 규원을 가만히 쳐다보았다.

"원래 손이 그렇게 차가워?"

"어?"

신은 딱히 대답을 원한 게 아니었는지 내리는 비를 쳐다보며 인상을 찌푸렸다. 규원은 멍한 얼굴로 자신의 손을 내려다보았다. 아직 신이의 온기가 남아 있는 듯했다. 규원의 얼굴이 붉게 달아올랐다. 온기가 날아갈세라 손바닥을 오므려 주먹을 꼭 쥐고 자신의 볼에 가져다 댔다. 차르륵, 차르륵, 내리는 빗소리가 퍽 낭만적으로 느껴졌다. 이대로 시간이 멈춰버렸으면 좋겠다는 생각이 들었다.

신이 분위기를 깨며 말했다.

"야, 넌 여기서 기다렸다가 비 그치면 가라."

신은 빗속으로 몸을 던져 달려 나가려 했다. 규원이 급하게 신을 불렀다.

"이신!"

신이 비를 맞으며 고개를 돌렸다.

"오늘, 마지막이야."

신이 무슨 말이냐는 듯 규원을 쳐다보았다. 규원이 망설이다가 손끝을 깨물며 대답했다.

"노예 계약. 혹시 까먹고 내일 뭐 시킬까봐. 오늘까지라고."

벌써 한 달이 지났나. 신은 무심한 눈길로 규원을 바라보다가 별로 기대하지 않는 표정으로 물었다.

"목걸이, 하나 찾을 수 있겠어?"

"무슨 목걸이?"

"학교 주차장 뒤 동산에서 잃어버렸는데…."

"텔레토비 동산 말하는 거야? 중요한 거야?"

왜 목걸이를 찾아달라는 말이 나왔을까. 신은 잠시 생각하다 고개를 저었다.

"아니야, 됐어. 잃어버려도 상관없는 거니까."

그렇게 돌아서려는데 규원이 소리쳤다.

"아냐! 찾을게! 꼭 찾아줄게. 걱정 마!"

규원은 한 손을 들어 파이팅 포즈까지 취하며 결의를 다지듯 말했다. 신은 픽, 하고 바람 빠지는 소리를 내며 웃고는 그대로 뛰어 갔다.

화창한 토요일 아침, 규원은 빨래 바구니를 들고 마당으로 나왔다. 밤새 내린 비 때문인지 나무도 지붕도 마당도, 세상이 온통 깨끗해진 것 같았다.

규원이 두 팔을 쭉 올려 늘어지게 기지개를 켰다. 늦잠도 못 자고 아침부터 청소며 빨래를 하느라 몸은 피곤했지만, 바구니 안에 담긴 깨끗한 옷들을 보니 마음은 상쾌했다. 어제 신이와 함께 손을 잡고 달리던 기분이 아직 남아 있어서 그런 건가? 규원은 빨래를 탈탈 털어 건조대에 널면서도 괜히 자꾸 웃음이 났다.

"뭐가 이렇게 시끄러? 낮잠 좀 자려는데."

할아버지가 방문을 벌컥 열며 밖으로 나왔다. 엥? 빨래 너는 소리가요? 라고 말하려던 규원이 할아버지의 시선을 따라 고개를 돌렸다. 그제야 골목에서 우당탕거리는 소리며 사람들 두런거리는 소리가 귀에 들렸다.

"옆집에 이사 오나봐요."

"이사? 오랜만에 떡 좀 먹어보겠구나."

"에이, 요즘 떡 돌리는 집이 어딨어요. 인사도 안 하구 지내는데."

"버르장머리들이 없어서 그렇지! 가서 어떤 싹수들이 들어오나 얼굴 좀 보고 와."

"봤는데 떡 안 주게 생겼으면요?"

"도루 짐 싸서 가라 그래야지! 이 동네로 들어왔으면 먼저 어른한테 인사할 줄 알아야지. 가서 봐봐."

"네!"

규원이 빨래를 내려놓고 혀를 날름 내밀며 대문을 열고 밖으로 나갔다. 이삿짐을 가득 실은 차가 골목에 서 있었고, 소매를 걷어 붙인 장정 몇몇이 이삿짐을 나르고 있었다. 주인은 아직 안 왔나? 규원은 호기심 어린 눈으로 주변을 두리번거렸다. 그때 승용차 한 대가 골목으로 들어섰다.

"앗!"

규원은 제 눈을 의심하며 손으로 눈두덩을 비볐다. 차에서 내린 사람은 틀림없는 신이었다.

'어떻게 된 거야? 왜 이신이 여기 있는 거야?'

규원은 너무 놀라 쪼르르 집으로 달려가서는 대문을 쾅 닫아걸고 방으로 들어가버렸다.

'설마 옆집에 이사 온 사람이 이신이야? 미쳤어. 말두 안 돼!!'

마당에서 할아버지의 언짢은 목소리가 들려왔다.

"뭐야? 귀신 봤어? 빨리 못 나와!!"

"아니에요!! 잠깐만요, 할아버지!"

규원은 재빨리 거울 앞으로 가서 옷차림을 확인했다. 후줄근한 추리닝 차림에 아무렇게나 묶은 머리, 영락없는 하녀 꼴이었다. 규원은 재빨리 입고 있던 옷을 벗어던지고 옷장에서 원피스를 꺼내 몸에 대보았다.

'그래, 이게 낫겠어!'

옷을 갈아입고 머리를 손질했다. 이제 하녀 티를 좀 벗었나? 거울을 들여다보았다. 한결 나아 보였다.

마당으로 나와 빨래를 다시 집어 드는데, 평상에 앉아 냉수를 마시던 할아버지가 푸, 하고 물을 뿜으며 규원을 쳐다보았다.

"왜요?"

"갑자기 옷은 왜 갈아입고 그래? 그런다고 호박이 수박 돼?"

규원이 발끈했다.

"또 호박! 빨래 널다 다 젖어서 그래요! 그리고 할아버지는 손녀딸한테 호박 같다 그럼 기분 좋으세요? 그 호박이 누구 자식인데!"

"내 자식은 이뻤어!"

"제가 그 자식의 자식이라니까요!"

그때 대문 두드리는 소리가 들렸다. 규원의 심장이 두근거리기 시작했다. 규원이 심호흡을 하고 대문을 열었다. 예상대로 신이 서 있었다.

"저… 망치 좀… "

하던 신이 놀란 눈으로 규원을 바라보았다. 아직 사태 파악이 덜 된 신이 규원을 멀뚱멀뚱 쳐다만 보고 있자, 규원이 머쓱하게 웃으며 말했다.

"옆집으로 이사 온 거야?"

"어? 어. 너 여기 살아?"

"응. 아, 망치 달랬지?"

규원은 허둥지둥 집 안으로 뛰어 들어갔다. 평상에 앉아 지켜보던 할아버지가 대문을 향해 쓴소리를 했다.

"아니, 이사를 왔으면 어른한테 먼저 인사를 하는 게 도리지. 어느 집 자식이 이리 버르장머리가 없어?"

그제야 할아버지를 본 신이 허리를 숙여 인사했다.

"안녕하세요. 옆집으로 이사 온 이신이라고 합니다."

"어, 그래. 썩 고얀 놈은 아닌가보네. 근데 우리 규원이하고 아는 사이여?"

"네… 그게."

공구상자에서 망치를 찾아 마당으로 나오던 규원이 신 대신 할아버지에게 대답했다.

"학교 친구예요, 할아버지."

할아버지가 눈을 치켜뜨고 신을 위아래로 훑어보았다.

"그래? 그러니까 네가 저 놈 때문에 줄을 긋고 온겨?"

"할아버지!!"

규원이 팩 소리를 지르자, 할아버지가 찔끔하며 뒤로 물러났다. 그 모습에 신이 빙긋이 웃으며 규원을 바라보았다. 규원은 망치를 신에게 건네주며 더듬거렸다.

"마, 망치 여기. 쓰고 갖다 줘."

"그래. 고맙다. 안녕히 계세요, 할아버지".

규원의 집에서 나온 신은 골목을 휘 둘러보았다. 기분이 얼떨떨했다. 집 안도 마찬가지였지만 골목이 퍽 낯설게 느껴졌다. 엄마에게 한옥이라는 말은 들었지만 이렇게나 고풍스러운 가옥일 줄은 몰랐다. TV나 사진집에서 보던 풍경을 일상적으로 접한다는 게 신기하고 어색했다. 더군다나 학교에서만 부딪히던 규원이 이웃에 있다는 것도 왠지 쑥스럽게 느껴졌다.

신은 망치를 들고 집으로 들어갔다. 엄마와 정현이 짐정리를 하고 있었다.

"엄마, 여기 망치."

"응, 신아. 액자 걸게 벽에 못 좀 박아줄래?"

엄마는 가족사진 액자를 들어 보였다. 신과 정현, 엄마가 다정한 포즈로 찍은 사진이었다. 신은 문득, 엄마 옆에 아빠가 있었으면 좋았겠다는 생각을 하며 못질을 했다.

그때, 엄마의 휴대폰이 울렸다. 엄마는 액자를 내려놓고 전화를 받으러 갔다.

"네, 네? 뭐라구요? 네… 거기가…. 네, 알겠습니다."

통화하는 엄마의 목소리가 점점 흐릿해지는 것 같았다. 이상한 예감이 신을 사로잡았다. 통화를 마친 엄마가 물기 어린 눈으로 신을 바라보았다. 요양원의 남자, 아빠가 돌아가셨다고 했다.

하늘도 슬퍼하는 걸까. 아빠의 죽음을 위로하는 걸까. 엄마와 함께 장례식장에 다녀오는 길, 내내 비가 내렸다. 엄마는 장례식장에서부터 아무 말도 하지 않고 운전대만 잡고 있었다. 신 역시 슬픈 표정으로 스산한 창밖 풍경을 바라보고 있었다. 그의 품에는 아빠의 손때가 묻은 낡은 기타와 악보집이 안겨 있었다. 아빠가 신에게 남긴 유품이었다.

신은 볼을 타고 흘러내리는 눈물을 닦으며 창밖으로 시선을 돌렸다. 아빠가 누구인지 알지 못하던 시절에도, 신은 자신이 아빠를 닮아 기타를 좋아하고 음악에 재능이 있는 걸 거라고 생각했다. 305호 병실에서 아빠와 마주 앉아 기타를 연주하던 그 순간, 자신의 생각이 맞았다는 것을 확인할 수 있었다. 그리고 지금, 자신이 아빠를 꼭 빼닮았으나, 가족에게 상처를 남기고 홀로 외롭게 죽음을 맞이한 아빠와는 다른 삶을 살 거라는 아픈 다짐을 했다.

"묻고 싶은 거 있으면 물어봐. 뭐든 대답해줄게."

신은 말없이 엄마의 옆얼굴에 시선을 비끄러맸다. 엄마는 참 고운 분이었다. 낡은 사진첩에서 본 엄마와 아빠의 젊은 시절, 한때나마 애틋했을 그들의 사랑이야기, 그리고 헤어질 수밖에 없었던 아픈 이야기, 아빠에 대해 내내 침묵해야 했던 엄마의 가슴속 이야기…. 물어보고 싶은 말도 하고 싶은 말도 많았다. 하지만 신은 아무 말도 할 수가 없었다. 그의 침묵을 헤아리듯, 엄마가 떨리는 음성으로 물었다.

"실망했니? 근사한 사람이 아니라서?"

"아니."

"신아…."

"그냥… 뭐가 궁금한지 아직 모르겠어. 궁금해지면 얘기할게."

눈물이 날 것 같았다. 신은 애써 눈물을 삼키며 조수석 의자에 머리를 기대고 눈을 감았다.

아빠를 떠나보낸 지 일주일이 지났다. 그동안 신은 침대에 누워 천장만 뚫어지게 쳐다보았을 뿐 학교에도, 카타르시스에도 나가지 않았다. 엄마 역시 며칠째 방 안에서 나올 생각을 않고, 학교에 간 정현이도 아직 돌아오지 않아 집 안은 조용했다.

신이 침대에서 몸을 일으켜 불 꺼진 거실로 나갔다. 엄마 방문 틈 사이로 희미한 빛이 새어 나왔다. 신은 엄마의 방문을 조심스레 열어보았다. 엄마는 장롱 깊숙한 곳에 숨겨뒀던 낡은 사진첩을 꺼내 보고 있었다. 신은 잠시 심호흡을 한 뒤 가볍게 노크를 했다. 엄마는 보고 있던 사진첩을 내려놓고 애써 태연한 척 웃어 보였다.

"어, 그래. 왜? 배고파?"

"아니, 나 잠깐 나갔다 온다고."

"다 늦게 어디?"

"아르바이트. 오늘은 가봐야 할 것 같아서."

"그래. 다녀와. 자전거 조심하고."

"네. 다녀올게요."

신은 아빠가 남긴 악보 책을 들고 밖으로 나갔다.

규원은 집으로 가는 버스 안에서 생각에 빠져 있었다. 벌써 일주일째 공연 연습은 물론 전공 수업에도 나오지 않는 신이 궁금하고 걱정스러웠다. 신의 집 앞을 기웃거려보기도 했지만 인기척을 느낄 수 없었다.

규원은 손에 쥐고 있던 신의 목걸이를 내려다보았다. 사흘 동안 땡볕에서 갖은 고생을 하며 겨우 찾은 목걸이였다. 목걸이의 원래 주인이 누구인지 알기에 씁쓸한 슬픔까지 느껴야 했다. 어느 순간엔 신경질이 나서 찾는 걸 포기하고 싶기도 했다. 그렇게 어렵게 찾은 목걸이건만, 신은 연락도 없이 모습을 감추었다.

'이신, 도대체 어디에 있는 거야.'

규원은 목걸이를 쥔 손에 꽉 힘을 주었다. 그때 보운에게서 전화가 왔다.

"규원아, 어디야?"

"버스. 왜?"

"특종이야, 특종! 신이가 카타르시스에 떴대."

"뭐? 신이가?"

"어. 준희가 전화해서 알려줬어. 그동안 어디 갔었냐고 준희가 물어봤는데, 아빠가 돌아가셨다 그러더래. 너무 슬프지, 규원아."

규원은 너무 놀라 아무 말도 할 수 없었다.

"규원아! 이규원, 듣고 있어?"

규원은 침을 꿀꺽 삼키고 입을 열었다.
"어. 그래. 보운아, 신이 카타르시스에 있는 거 확실해?"
"응. 우리도 지금 신이 보러 카타르시스에 가는 중이야. 너도 빨리 와."
"어. 알았어. 보운아 고마워."
규원은 전화를 끊자마자 허겁지겁 버스에서 내렸다. 길을 건너 학교 쪽으로 가는 버스로 갈아타야 했다. 횡단보도 앞에 선 규원이 초조한 마음에 발을 동동 굴렸다. 이상하다. 왜 이렇게 마음이 불안하지. 규원은 목걸이를 쥔 손으로 가슴을 쿵쿵 두드렸다. 왠지 신을 만나지 못할 것 같은 불길한 예감이 들었다.
드디어 파란 불. 황급히 횡단보도를 건너 버스 정류장으로 달리던 규원이 멈칫했다. 아빠를 잃고 깊은 슬픔에 빠져 있는 신을 만나 어떻게 위로해줘야 할지 고민이 되었다. 괜찮냐고, 괜찮을 거라고 말해줘야겠지? 그런 말이 위로가 될까? 그보다는 아무 말 하지 말고 그냥 옆에 있어주는 게 낫지 않을까.
이런저런 생각에 골몰해 있는 사이 버스가 도착했다. 규원은 서둘러 버스에 올라탔지만 퇴근 시간이라 차가 많이 막혔다. 버스는 조금 가다가 멈추고, 또 조금 가다가 멈추고를 반복했다. 규원이 휴대폰으로 시간을 확인했다. 규원의 가슴이 꽉 막힌 도로만큼이나 답답하게 죄어왔다. 답답한 채로 있으니 차라리 뛰어가는 게 나을 것 같았다.
규원은 버스에서 내려 달리기 시작했다. 숨이 차오르고 발바닥이 뜨거워지도록 달리고 또 달렸다. 누구보다 먼저 신을 위로해주고 싶었다. 제발, 그곳에 있기를, 내가 갈 때까지 제발 그곳에 있어주기를.

마침내 카타르시스에 도착한 규원은 이마에 흐르는 땀을 닦으며 가게 안으로 들어갔다. 스투피드 밴드가 공연하고 있어야 할 무대는 텅 비어 있었다. 다리에 힘이 풀리고 왈칵 눈물이 쏟아질 것 같았다. 규원은 쓰러지지 않기 위해 의자 등받이를 잡았다. 그때 화장실에 다녀오던 보운이 규원에게 달려왔다.

"규원아, 왜 이렇게 늦었어. 오늘 신이 노래 얼마나 슬펐는지 몰라. 신이 아빠가 쓴 곡이라는데, 정말 울 뻔했다니까."

규원이야말로 울고 싶은 심정이었다.

"신이는?"

"신이 벌써 공연 끝나고 갔지. 근데 너 몰골이 왜 이래?"

보운은 땀에 흠뻑 젖은 규원을 걱정스레 바라보았다. 규원은 보운의 말에 이렇다 저렇다 대답해줄 기운도 여력도 없었다.

"신이 나간 지 얼마나 됐어?"

"얼마 안 됐어. 지금 나가면 만날 수 있을걸?"

규원은 다시 크게 심호흡을 했다.

"보운아, 낼 학교에서 봐. 나 먼저 갈게."

카타르시스에서 나온 규원은 거리 한복판에 황망히 서서 주변을 두리번거렸다. 부슬부슬 비가 내리기 시작하는데 어디에도 신은 보이지 않았다. 잠시 고민하던 규원이 집으로 가는 길을 따라 달렸다. 신의 자전거가 그 방향으로 향했기를 간절히 바라면서.

오늘 신은 아빠를 보내는 심정으로, 아빠가 쓴 노래를 불렀다. 저 속에서 치밀어 오르는 슬픔을 꾹 눌러 참으며 노래했다. 305호 병실에서 기타 연주에 화음을 넣어주던 아빠만을 생각했다. 노래가 끝나자 객석에서는 훌쩍이는 소리와 함께 환호가 터져 나왔다. 하지만 신은 노래하기 전보다 더 큰 슬픔과 상실감이 몰려오는 걸 느꼈다. 그래서 박수 소리가 잦아들기도 전에 카타르시스를 뛰쳐 나왔다.

아무도 만나고 싶지 않았다. 아무에게도 이 눈물을 보이고 싶지 않았다. 마침 비가 내리고 있었지만 신은 자전거에 올라 무작정 달렸다. 그리움이 풍선처럼 부풀어 올랐다. 차라리 뻥 터져버렸으면 좋겠다고, 슬픔도 그리움도 한꺼번에 터져버렸으면 좋겠다고 생각하며 페달을 세게 밟는데, 어디선가 귀에 익숙한 노래가 들려왔다. 아빠의 노래였다. 엄마가 갖고 있던 낡은 음반에 있던 아빠의 노래.

신이 자전거를 멈췄다. 집으로 가는 길에 있는 작은 레코드 가게였다. 신은 그 자리에서 움직일 줄을 몰랐다. 비 내리는 밤, 레코드 가게에서 흘러나오는 아빠의 노래는 더욱 구슬프고 아름다웠다. 신은 그대로 레코드 가게 앞에 주저앉아버렸다.

"신아…."

누군가 그의 이름을 불렀다. 윤수였다.

그날 낮, 윤수는 석현과 카타르시스에서 커피를 마시다가 구 마담에게 신의 소식을 들었다. 자신이 준 상처만으로도 아직은 힘들 텐데, 아빠까지 잃다니…. 윤수는 신이 얼마나 힘들까 싶어 마음이 무거웠다. 그런데 집으로 돌아가는 길에 레코드 가게 앞에서 비를 맞으며 앉아 있는 신을 본 것이다. 그냥 지나칠 수가 없었다. 윤수는 우산을 챙겨 들고 신에게 다가갔다. 하지만 막상 신을 보자 어떻게 위로해야 할지 알 수 없었다.

"신아…."

신이 물기 어린 눈으로 윤수를 바라보았다. 그리고 넋이 나간 사람처럼 낮은 목소리를 토해냈다. 오래 참았던 말들이 터져 나오는 듯했다.

"별거 아닐 줄 알았는데… 그냥, 여태 모르고 살았으니까… 없는 사람이었으니까 다시 없어졌다고 달라질 것도 없는데…."

신의 눈에서 눈물이 후드득 떨어졌다. 신은 윤수의 걱정스런 눈길을 피해 고개를 돌렸다. 윤수가 신의 손을 잡았다.

"괜찮아. 울어도 괜찮아… 신아."

'괜찮아, 울어도 괜찮아.' 그렇게도 듣고 싶던 말, 그렇게도 필요했던 말. 그 말을 듣자 애써 삼키려 했던 눈물이 왈칵 쏟아지고 말았다. 가슴속에서 부풀어 오르던 슬픔이 한꺼번에 터졌다. 신은 그렇게 윤수의 품에 안겨 참고 참았던 울음을 토해내기 시작했다.

규원은 비에 흠뻑 젖은 채 터덜터덜 집으로 돌아왔다. 대문 앞에 도착해서야 제 몰골이 엉망이라는 걸 깨달은 규원은 인기척을 내지 않으려 조심하며 방으로 들어갔다. 할아버지가 보면 걱정하실 게 분명했다.

방으로 들어와 마른수건으로 젖은 머리와 옷을 닦는데 할아버지가 문을 벌컥 열고 들어와 언짢은 기색으로 목소리를 높였다.

"비 오는데 오밤중에 어딜 쏘다니다 와?"

규원은 대답할 기운조차 없었지만 괜찮은 척 웃으며 말했다.

"죄송해요. 일이 좀 있어서."

동진은 손녀딸의 초췌한 몰골을 위아래로 훑어보더니 걱정스레 물었다.

"어디 아파?"

"아뇨, 괜찮아요."

"여름감기 무섭다. 혹시 모르니까 이불 단단히 덮고 자. 감기 들어 고생하지 말고."

"네, 할아버지. 주무세요."

규원이 씩씩하게 대답했다. 하지만 홀딱 젖은 몰골, 붉게 충혈된 눈가, 핏기 하나 없이 창백한 얼굴이 영 마음에 걸린 동진은 나가려다가 불쑥 돌아보며 마지막으로 쐐기를 박듯 물었다.

"진짜 괜찮아?"

"그럼요, 할아버지. 저 씩씩해요. 걱정 말고 들어가 주무세요."

동진이 나가자 규원은 침대에 털썩 주저앉았다. 가슴은 먹먹하고 마음은 허전해서 누군가 손으로 툭 건드리기만 해도 눈물이 왈칵 쏟아질 것 같았다.

카타르시스에서 나와 비를 맞으며 달리던 규원이 신을 발견한 곳은 작은 레코드 가게 앞이었다. 하지만 신이 옆엔 다른 사람이 있었다. 윤수. 신은 윤수의 품에 안겨 울고 있었다. 가슴이 찢어지는 것 같았다.

규원은 그 순간 분명한 한 가지를 깨달았다. 자신이 왜 그토록 열심히 신의 목걸이를 찾았는지, 윤수에게 상처 받은 신을 왜 그렇게 걱정했던 것인지, 왜 이 비를 맞고 심장이 터질 듯 달려와 신을 찾으려 했던 것인지를.

'내가 아니고 왜 그 사람이니. 왜 내가 아닌 다른 사람의 품에서 울고 있는 거니. 이제야 알겠는데, 이제야 내 마음을 확실히 알겠는데. 너의 어깨를 안아주고 싶은 사람이 나였다는걸. 너의 슬픔이 나를 아프게 한다는걸…. 누구보다 너의 눈물을 닦아주고 싶다는 걸, 신아.'

자신도 모르게 울음을 터져 나왔다. 비는 점점 거칠게 쏟아졌고, 우산을 쓴 행인들이 잰걸음으로 서둘러 오가고 있었지만 규원은 그 자리에서 움직일 수가 없었다. 그때 우산을 쓰고 뛰어오던 남자가 규원의 어깨를 툭 치고 달려갔다. 무방비 상태로 서 있던 규원이 힘없이 바닥에 쓰러졌다. 일어나보니 손바닥이 길에 쓸려 빨갛게 생채기가 나 있었다. 하지만 하나도 아프지 않았다. 손바닥에 난 생채기보다 마음에 난 상처가 더 아팠다.
'바보…. 누가 위로 따위 해준대? 이신, 이 바보야.'
규원은 주머니에서 목걸이를 꺼내 보았다. 문득 윤수를 생각하는 신의 마음도 지금의 자신처럼 아팠을지도 모른다는 생각이 들었다. 거절당하는 고통, 외사랑의 슬픔을 뼈아프게 겪었을 신을 생각하니 가슴이 무너지는 것 같았다.

세상의 얼룩을 다 지우고야 말겠다는 듯, 비는 그칠 줄 모르고 내렸다. 빗방울들이 차창에 얼굴을 부딪치며 산산이 부서지고 있었다. 말없이 운전을 하던 윤수가 창밖으로 시선을 던지고 있는 신에게 물었다.
"이제 좀 괜찮아?"
"네…. 고맙습니다."
사실이었다. 가슴속 울분을 한바탕 토해내고 나서인지 마음이 한결 가벼워진 것 같았다. 윤수가 담담하게 말했다.
"다행이다."
신이 고개를 돌려 윤수를 멀거니 바라보았다.
"하고 싶은 말… 있니?"
"5년만 일찍 태어났어도 교수님 포기 안 했을 거예요."

윤수가 싱긋 웃으며 입을 열었다.

"이젠 포기하기로 한 거야?"

"적어도 교수님을 행복하게 해줄 사람이 내가 아니란 건 알았어요. 분하지만…."

"고마워. 분할 만큼 좋아해줘서."

윤수가 환하게 웃으며 말했다. 우울하고 슬픔이 깃든 미소가 아니었다. 신은 윤수를 물끄러미 바라보며 생각했다.

'정윤수 교수님, 당신을 그렇게 웃게 하는 사람이 내가 아니라 김석현 감독이라는 걸 알았습니다. 나는 당신을 사랑하기에, 아빠를 떠나보냈듯이 마음으로 당신을 떠나보내겠습니다. 행복하십시오.'

윤수의 차가 신의 동네에 이르렀다. 신은 골목 어귀에서 내리겠다고 했다.

"데려다 주셔서 감사합니다."

"그래. 비 맞지 말고 우산 가져가. 내일은 학교에 나오고."

"네."

신은 윤수에게 인사를 하고 집이 있는 골목으로 들어갔다. 윤수는 빗속으로 사라지는 신의 뒷모습을 안쓰럽게 바라보다 차에 올라탔다.

신은 젖은 옷을 갈아입지도 않고 침대에 털썩 주저앉았다. 엄마가 수건을 들고 방으로 따라 들어왔다.

"옷 갈아입지. 감기 걸리겠다."

"어."

"밥은?"

"먹었어."

"그래… 먹었으면 됐다. 씻고 일찍 자."

그렇게 말하고 돌아서는 엄마를 신이 붙잡았다.

"엄마…."

"응?"

"궁금한 거… 물어봐도 돼?"

"그래, 뭐든."

"어디가 그렇게 좋았어?"

엄마는 잠시 생각에 잠기더니 담담한 목소리로 말했다.

"그 사람은 기타만 잡으면 투명인간이 됐어. 옷도, 머리도, 신발도, 아무것도 보이지 않고 그냥 음악 그 자체가 되는 거야. 지금 신이 너처럼."

"후회… 안 해? 좋아했던 거?"

엄마가 고개를 저었다.

"네가 남았잖아…."

그렇게 말하는 엄마의 목소리가 촉촉이 젖어 있었다.

"고마워… 만나게 해줘서."

엄마에게 그 말을 꼭 해주고 싶었다. 그렇게 엄마를 위로하고 싶었다. 엄마는 붉어진 눈가에 애써 태연한 웃음을 지으며 말했다.

"감기 걸리겠다. 얼른 씻고 자."

신은 측은한 눈길로 엄마의 뒷모습을 바라보다 침대에 누워 눈을 감았다. 문득 다행이라는 생각이 들었다. 평생을 모르고 산 아빠를 만날 수 있었던 것도, 그를 잃기 전에 소중한 추억을 쌓을 수 있었던 것도 모두 감사한 마음이 들었다. 슬픔이 고였다 빠져나간 자리에 따뜻한 온기가 도는 듯했다.

두 번째 오디션

다음 날 아침, 하늘은 맑게 개어 있었다. 언제 그렇게 큰 비가 내렸던가 싶었다.

신은 윤수가 빌려준 우산을 들고 학교로 갔다. 윤수의 연구실 앞까지 갔지만 왠지 문을 두드릴 수가 없었다. 신은 잠시 망설이다 우산을 문 옆에 세워놓고 그냥 돌아섰다. 그때 윤수의 연구실 쪽으로 걸어오던 석현과 마주쳤다. 석현이 안쓰러운 얼굴로 신을 바라보며 말했다.

"오랜만이네. 아버지 얘기 들었어. 힘들었겠다."

신은 담담한 어조로 대답했다.

"괜찮습니다."

"정 교수 만나러 온 거야?"

"아뇨…."

신은 문 옆에 세워뒀던 우산을 집어 석현에게 건넸다.

"이거 정 교수님께 좀 전해주세요."

"왜, 직접 주지."

신은 고개를 저으며 우산을 석현의 손에 쥐어주었다.

"정 교수님 잘 부탁드립니다."

석현은 뒤돌아서 걸어가는 신의 모습을 한참 바라보다 윤수의 연구실로 들어갔다. 마침 커피를 내리던 윤수가 잔을 들어 보이며 커피 마시겠냐고 물었다. 석현은 우산을 한쪽에 세워두고 소파에 앉으며 고개를 끄덕였다.

"응, 부탁해. 신이가 이거… 우산 전해달라고 하던데?"

윤수가 커피를 가져와 석현 앞에 내려놓았다.

"아버지 때문에 힘들었나봐. 어젯밤 비 맞으면서 울고 있더라고."

석현은 커피잔을 들어 향을 맡으며 밉지 않은 투로 말했다.

"자식, 어른인 척하더니 아직 어린애구만."

윤수가 피식 웃으며 농을 걸었다.

"석현 씨는 뭐 학교 다닐 때 안 그랬는 줄 알아?"

"왜 이래? 내가 얼마나 조숙했는데!"

"맞지. 그때두 얼굴은 조숙했지."

"무슨 소리야! 정신은 조숙하지만 얼굴은 또 동안이잖아. 미국에선 스무 살이냐는 얘기도 들어봤어."

"아이구~ 그러셨어요?"
"진짜라니까."
석현의 너스레에 윤수가 소리 내어 웃었다.
"알았어, 알았어. 석현 씨 아직도 20대 같아. 됐어?"
"응. 됐어. 하하하."
석현이 웃으며 윤수의 허리를 감싸 안았다. 석현과 윤수의 행복한 웃음 소리가 연구실 밖 복도까지 울려 퍼졌다.

신이 오랜만에 강당을 찾았다. 단체 연습 시간이 아니어도 공연팀이면 누구나 와서 개인 연습을 할 수 있었다.
강당에는 연기팀 여학생 몇몇만이 모여 수다를 떨고 있었다. 연주팀은 아무도 없었다. 신은 며칠 동안 잡지 못했던 기타를 들고 줄을 튕겨보았다. 음이 조금씩 어긋나 있었다. 튜닝이나 해놓고 가야겠다 싶어 자리를 잡고 앉자, 저만치서 연기팀 여학생들의 수다 소리가 들려왔다.
"야! 오늘 힘녀는 왜 안 보이냐? 또 그만뒀냐?"
아무래도 규원을 빗대어 하는 소리 같았다.
"아파서 수업도 못 나왔대."
"그래? 어디가 아픈데?"
"감기 몸살이라던가?"

"코끼리처럼 튼튼하게 생긴 주제에 아프기도 하는구나."

신은 여학생들의 수다를 뒤로하고 강당을 나왔다. 아파서 앓아누웠다는 규원의 소식에 마음 쓰였다. 이때 맞은편에서 친구들과 얘기 중이던 보운이 신을 보고 쪼르르 달려왔다.

"이신, 어제 규원이 만났어?"

"이규원? 못 봤는데."

"이상하다. 어제 카타르시스에서 너 만나러 뒤쫓아 나갔는데."

"그래?"

신은 시큰둥하게 대답하며 등을 돌렸다. 보운이 고개를 갸웃거리며 친구와 속닥거렸다.

"규원이 어제 신이 만나러 가다 비 맞았나봐. 비 맞아서 감기 걸렸다 그랬거든."

"그래? 못 만나고 혼자 헤맸나?"

"그랬나보다. 근데 규원이 목걸이는 찾았으려나?"

"글쎄… 어제도 늦게까지 텔레토비 동산에 있던데, 찾았을지도 모르지."

신은 목걸이 얘기에 걸음을 멈췄다. 며칠 전 규원에게 목걸이를 찾아달라고 했던 일이 떠올랐다.

'바보같이, 그걸 정말 찾으려고 했던 거야? 찾다가 없으면 말지….'

아프다는 말에 이어 목걸이 얘기까지 듣자 신의 마음이 더욱 무거워졌다.

신은 도서관 쪽으로 걸음을 옮겼다. 도서관 발코니에 이르자 카푸치노를 들고 자신을 기다리던 규원의 모습이 떠올랐다. 안부 전화나 해줄까 싶어 휴대폰을 꺼냈다. 하지만 망설여졌다. 뜬금없이 전화해서 괜찮냐고 물어보는 것도 어색하게 느껴졌다. 마침 휴대폰이 울렸다. 홍미란 교수였다.

"네, 교수님."

"응. 신이니? 할 얘기 있으니까, 지금 연구실로 좀 올래?"

"네."

신은 도서관 건물을 나와 홍 교수의 연구실로 갔다. 홍 교수는 책상 앞에 앉아 음악을 듣고 있었다.

"안녕하세요."

"어, 그래. 어서 와."

홍 교수는 신이 맞은편 의자에 앉자 듣고 있던 음악을 껐다. 그리고 책상 위에 놓여 있던 CD를 오디오에 집어넣고 재생 버튼을 눌렀다. 피아노 반주곡이 흘러나왔다. 기교가 섞이지 않은 담백한 음악이었다. 신은 박자에 맞춰 고개를 끄덕이며 음악을 들었다. 좋았다.

"어때?"

홍 교수가 그런 신을 보며 의견을 물었다.

"멜로디가 좋은데요? 무슨 곡이에요?"

"이번 100주년 공연 엔딩 곡으로 쓸 건데 국악을 접목해보면 어떨까 싶어서."

"색다르고 재밌겠는데요. 편곡은 교수님이 하세요?"

홍 교수가 빙긋 웃으며 되물었다.

"내가 왜 널 불렀겠니?"

"제가요?"

"응. 스투피드 음악 편곡한 경험도 있고, 앞으로 유학 생각도 있다며. 포트폴리오에도 도움이 될 거야."

"다른 것도 아니고 100주년 공연 엔딩 곡인데…. 거기다 국악 쪽은 전혀 몰라요."

"그건 국악과 교수님께서 도와주신다고 했어. 왜 자신 없어?"

신은 잠깐 생각에 잠겼다. 사실 무언가 집중할 것이 있으면 좋겠다고 생각하던 참이었다. 게다가 홍 교수 말대로 100주년 공연에서 편곡을 맡는다는 건 분명 좋은 경력이 되기도 할 터였다.

신은 홍 교수를 바라보며 결연하게 말했다.

"한번 해보겠습니다."

"좋았어! 그래야 이신이지!"

홍 교수는 미리 챙겨둔 서류 봉투에 CD와 악보를 넣어 신에게 건네며 말을 이었다.

"여기 CD랑 악보 있어. 잘 부탁한다."

신은 미소로 인사를 대신하고 연구실을 나왔다. 잘된 일이었다. 편곡 작업에 정신을 쏟다보면 흩어졌던 마음을 추스르는 데도 도움이 될 것 같았다.

신은 집에 오자마자 홍 교수가 준 CD를 오디오에 넣었다. 은은한 피아노 선율이 방 안 가득 퍼졌다. 신은 편안한 자세로 누워 눈을 감았다. 본격적인 편곡 작업에 앞서 시뮬레이션을 해보기 위해서였다. 신은 마음으로 음악에 옷을 입혔다. 기타의 옷을 입히고, 드럼의 옷을 입히고, 베이스의 옷을 입혔다. 그렇게 한 가지씩 악기를 입힐수록 음악이 풍성해지는 것 같았다.

이제 국악을 얹어야 했다. 신은 박자를 세어가며 멜로디 위에 국악을 접목시켜보려 애썼다. 하지만 잘 되지 않았다. 기억을 더듬어 규원의 가야금 연주를 떠올려보려 했다. 그러나 도무지 음률이 기억나지 않았다.

'이럴 줄 알았으면 연주를 좀더 집중해서 들을걸!'

신은 자리에서 일어나 창가로 다가섰다. 달빛이 은은하게 마당을 비추고 있었다. 저만치 담 너머로 규원의 집이 보였다. 규원이 어젯밤 자기를 만나러 나갔다가 비를 맞았다는 보운의 말이 떠올랐다. 늦도록 목걸이를 찾고 있었다는 말도 떠올랐다.

'목걸이? 목걸이를 주려고 나를 쫓아왔다가 감기에 걸린 건가? 설마….'

신은 그럴 리가 없다고 생각하며 다시 침대에 누웠다.

다음 날 아침, 100주년 공연 관계자들이 태준의 연구실로 모여

들었다. 태준의 연락을 받은 사람들로 석현과 윤수, 홍 교수는 빠져 있었다.

태준이 캔 음료를 하나 집더니 거침없이 뚜껑을 땄다. 조명감독을 비롯한 관계자들이 태준의 눈치를 살피기 시작했다. 후루룩 소리를 내며 음료수를 마시던 태준이 빈 깡통을 탁자 위에 거칠게 내려놓았다.

"전화로 간단히 말씀드린 것처럼 공연팀을 새로 꾸리면 어떨까 합니다. 말하자면 팀 두 개가 준빌 하는 거죠. 본 공연 한 달 전에 이사장님과 총장님께서 무대에 올릴 팀을 정하시는 겁니다. 아무래도 100주년 기념 공연이니 좀 까다롭게 가도 괜찮지 않을까 싶은데요."

조명감독이 접시에 놓인 과자를 집어 들며 조심스럽게 입을 열었다.

"그렇다면 우리가 김석현 팀에서 빠져야 한다는 건가요?"

"강요하는 건 아닙니다. 원하시는 분만 그렇게 하시면 되죠. 이사장님께서는 슬쩍 의견을 물었는데 팀이 꾸려지면 생각해보겠다고 하십니다."

음향감독이 태준의 비위를 맞추기 위해 배시시 웃으며 말했다.

"그럼 뭐 가야죠, 임 교수 팀으로."

조명감독이 기회를 놓칠세라 끼어들었다.

"기획은 어떻게 하시게?"

태준이 강박적으로 볼펜을 똑딱거리며 대답했다.

"지난번 기획에 쇼적인 측면을 좀더 보강하면 어떨까 하는데요."
"나쁘지 않네. 그럼 우린 어떻게, 언제 빠지면 돼요?"
"아직 확정된 게 아니니까 일단 기존에 하시던 일 하시고, 이쪽 일은 또 이쪽 일대로 준빌 해주셔야겠습니다. 수고스러우시겠지만."
"애들이 문젠데요? 쓸 만한 애들은 다 김석현 팀에 있잖아요."
"우린 한희주만 잡으면 됩니다. 다른 애들은 들러리죠."
"뭐, 한희주 팀이 되겠네. 안 그래도 이사장님 땜에 엄청 신경 쓰였는데."
"근데… 한희주가 따라올까요?"
"그럴 겁니다. 제가 잘 얘기하겠습니다."

모두들 태준의 말에 동조하는 분위기였다. 태준은 만족스런 미소를 지으며 볼펜을 내려놓았다. 조명감독을 비롯한 스태프들이 태준에게 굽실거리듯 인사하며 연구실을 나갔다.

태준은 지금부터 시작이라고 생각했다. 더 이상 석현에게 내줄 자리는 없었다. 석현에게 빼앗긴 자리를 되찾을 수 없다면, 우회해서 뒤통수를 치는 수밖에 없었다.

태준은 한 손을 주머니에 넣고 야릇한 미소를 지으며 총장실로 갔다. 태준의 말을 들은 총장이 화를 내며 소리쳤다.

"팀을 따로 만들어?"
"이사장님껜 이미 말씀드렸습니다."

"야, 임태준!"

"100주년 기념 공연입니다. 좀 무리해도 괜찮잖아요?"

"석현이가 아무리 싫어도 꼴이 이게 뭐야? 두 패로 갈려서! 밖에서들 뭐라 그러겠어? 당장 교수들이며 애들은 뭐라 그러고!"

'끝까지 석현이만 싸고돈다 이거지. 빌어먹을 영감탱이!'

태준은 마음속으로 이를 갈았다. 학생들과 외부 사람들이 존경하는 인사만 아니라면 이사장에게 말해 당장에라도 총장의 모가지를 날려버리고 싶었다. 하지만 아직은 그럴 수 없었다.

"석현이가 싫어서가 아닙니다. 학굘 위해섭니다. 100주년 공연을 우습게 아는 놈한테 순순히 맡길 수가 없어요!"

"뭐가 맘에 안 드는데? 말해. 내가 그 자식 다릴 부러뜨려서라도 말 듣게 할 테니까."

"그렇게 해서 들을 놈이었으면 여기까지 안 왔습니다. 단 한 번도 양보란 걸 모르는 놈이에요. 그리고 총장님은 제가 아무리 얘기해봐야 예나 지금이나 석현이 편이시고요."

총장이 안타깝다는 듯이 소파 손잡이를 내리치며 태준을 불렀다.

"태준아!"

"이사장님 허락이 떨어지는 대로 다시 보고드리겠습니다."

태준은 섭섭한 감정을 숨기지 않고 자리에서 벌떡 일어났다. 총장이 깊은 한숨을 내쉬었다.

'계속해서 석현이만 싸고돌다가는 앞으로 한숨 쉴 일투성일 거외다!'

태준은 마음속으로 쓴소리를 내뱉으며 인사도 없이 총장실을 나왔다.

오후에 강당 회의실에서 100주년 공연 콘셉트 회의가 열렸다. 느지막이 도착한 태준은 회의용 탁자 가장자리에 가서 앉았다. 오전에 그의 연구실에서 만났던 스태프들이 태준에게 비굴한 눈빛을 보내왔다. 그중 한 명인 조명감독이 석현에게 질문을 던졌다.

"참, 여자 주인공은 결정됐습니까?"

말이 떨어지기 무섭게 석현이 기다렸다는 듯 페이퍼를 한 장씩 돌렸다. 페이퍼에는 여주인공 선발 오디션이라는 문구가 적혀 있었다. 태준은 눈살을 찌푸리며 페이퍼를 내려다보았다. 석현의 설명이 이어졌다.

"안 그래도 말씀드리려고 했는데 사흘 후에 여주인공 오디션을 볼 겁니다."

음향감독이 뜨악한 얼굴로 되물었다.

"오디션이라니요?"

"일단 그동안 테스트한 걸로 봐선 한희주하고 이규원이 유력합니다. 오디션은 아마 이 두 사람이 보게 될 겁니다. 심사는 저와 여기 계신 교수님들이 다 함께 하는 걸로 했으면 합니다. 그래야 누가 되든 납득하실 테니까요."

태준이 페이퍼를 탁자 위로 던지듯 내려놓으며 석현을 쏘아보았다.

"너야말로 결정에 따를 거냐?"

"안 그럴 이유가 없어요."

조명감독이 태준과 석현의 눈치를 번갈아 살피며 끼어들었다.

"그럼, 그렇게 하시죠. 감독이 도움을 청하는데."

태준은 포기했다는 듯 물었다.

"몇 시에 가면 될까?"

"다섯 십니다. 그럼 사흘 뒤 오디션장에서 뵙는 걸로 하죠!"

석현은 자리에서 일어나 인사를 한 후 회의실을 빠져나갔다. 곧이어 홍 교수와 윤수가 자리를 떴다. 이제 남은 사람은 태준의 연구실에서 함께 회의했던 무리들뿐이었다. 조명감독이 바깥 눈치를 살피며 속삭였다.

"이렇게 되면 어떻게 되는 거지? 우리 손으로 한희주를 뽑고 또 팀을 따로 만드는 건가?"

음향감독이 골머리가 아프다는 듯 말했다.

"한희주를 떨어뜨려야 하는 거 아닌가? 그래야 분해서 우리 팀으로 올 텐데."

태준이 들고 있던 볼펜을 똑딱거리며 거만하게 입을 열었다.

"반대죠. 희주를 주인공 시켜주고 다시 우리 팀으로 데리고 나오면 석현이 팀은 오합지졸이 될 겁니다. 그러니까 오디션에서는 반드시 희주가 돼야 합니다."

"하~ 그게 그렇게 되는구먼."
"다른 분들께도 확실히 전하세요. 지금 실력으로도 물론 희주가 되겠지만 확실히 하는 게 좋을 겁니다."
"말해 뭐 해? 당연한 소리지."
"희주한텐 제가 얘기해두겠습니다."
태준은 그렇게 말하고 먼저 자리에서 일어섰다.

규원은 잠에서 깬 채로 침대에 멍하니 누워 있었다. 일어나야 하는데 몸이 말을 듣지 않았다.
"규원이 일어났냐?"
할아버지가 쟁반에 죽을 담아 들고 방으로 들어오며 물었다.
"일어났네. 몸은 어때? 열은 좀 내린 거야?"
규원은 몸을 반쯤 일으키고 손바닥으로 이마를 짚어보았다. 어제보다 많이 나아진 것 같았다.
"네. 괜찮은 거 같아요."
할아버지도 규원의 이마를 짚어보고는 안도의 한숨을 내쉬며 말했다.
"내렸구만. 그러게 내 감기 걸린다고 했어 안 했어? 네 놈 간병하다 할애비가 먼저 쓰러지겠다."
"죄송해요."

"열 내렸으면 일어나 학교 가야지."

"네. 일어나야죠."

규원은 침대에서 내려와 할아버지가 끓여준 죽을 먹었다. 입안이 꺼끌꺼끌해서 넘어가지 않았지만, 할아버지를 안심시키기 위해 억지로 한 술 두 술 떴다. 그 모습을 보던 할아버지가 혀를 끌끌 차며 말했다.

"진짜 괜찮은 거야? 하루 더 안 쉬어도 되겠어?"

"괜찮다니까요. 걱정 마세요."

규원은 어울리지 않게 울상을 짓고 있는 할아버지를 바라보며 싱긋 웃어 보였다.

죽 한 그릇을 비우자 어느 정도 기운이 나는 것 같았다. 규원은 간단하게 세수를 하고 거울 앞에 섰다. 이틀 사이에 얼굴이 해쓱해져 있었다. 선크림을 바르고 옷을 갈아입은 규원이 책상 위에 올려놓았던 신이의 목걸이를 집어 들었다.

'그래, 돌려주는 거다. 목걸이도, 이 마음도….'

규원은 마음속으로 결의를 다지며 목걸이를 주머니에 넣고 밖으로 나갔다. 마당으로 나오니 햇볕이 방실거리며 규원의 등을 떠미는 듯했다. 한바탕 앓고 나니 어쩐지 마음 한구석이 개운해진 기분이 들었다.

"할아버지, 다녀오겠습니다!"

규원은 힘차게 인사를 하고 골목으로 한 발을 내딛었다.

바로 그때 옆집 대문도 삐그덕 소리를 내며 열렸다. 신이 자전거를 끌고 골목으로 나왔다. 둘은 누가 먼저랄 것도 없이 서로를 바라보았다. 개운했던 규원의 마음에 먹구름이 드리워졌다.
'아직 극복된 건 아니구나!'
규원은 재빨리 고개를 돌려 골목길을 성큼성큼 내려갔다. 신의 자전거가 쌩하니 규원을 지나쳐 가버렸다. 무심한 녀석!

규원이 버스에서 내려 학교 언덕길을 올라가고 있는데, 보운이 헐레벌떡 달려와 덥석 껴안았다. 보운은 이틀이 아니라 2년 만에 만난 사이처럼 팔짝팔짝 뛰며 호들갑을 떨었다.
"깜짝 놀랬잖아. 네가 웬만해서 아픈 애야? 어제 공연팀에서두 난리였어. 사랑 언니두 코끼리같이 튼튼한 네가 아프다고…"
"그래… 내가 웬만해선 아픈 애가 아니지. 어찌나 튼튼하신지, 코끼리처럼!"
"근데 규원아, 나 신이한테 실망했어. 너 아프다고 말해도 아는 척두 안 하는 거 있지? 어디가 아프냐, 많이 아프냐 한마디도 안 물어봐."
규원의 마음에 잔뜩 몰려와 있던 먹구름이 주룩주룩 비를 내리기 시작했다. 규원은 애써 아무렇지 않은 척 말했다.
"걔가 왜 날 물어봐? 아무 사이도 아닌데…."
"그래두! 난 둘이 꽤 친해졌다고 생각했는데, 흥이야!"

마침 두 사람의 곁으로 신이의 자전거가 쌩하니 지나갔다. 화들짝 놀란 보운이 다시 언성을 높였다.

"저 봐. 네가 여기 있는데 인사도 없이 쌩하니 지나간다, 그치?"

"뭐, 그럴 수도 있지. 가자."

규원은 과장되게 입을 벌려 웃으며 부러 씩씩하게 한 발 한 발 내딛었다. 오늘따라 오르막길이 더 가파르게 느껴졌다.

보운의 말처럼 신이 규원을 보고도 못 본 척 지나친 것은 아니었다. 음악에 집중하느라 규원을 보지 못한 것뿐이었다. 신은 자전거를 주차대에 세워두고 학교 뒷동산으로 걸어갔다.

잔디밭 너머 운동장에서 웃통을 벗은 남학생들이 축구를 하고 있었다. 신은 잔디밭에 앉아 무심한 눈길로 공놀이하는 모습을 지켜보았다. 공이 학생들의 발에 차여 이리저리 굴러다녔다. 등 뒤로 인기척이 느껴졌다.

"역시 여기 있었네. 바빠?"

규원이 다가와 그의 곁에 앉았다. 어깨가 닿을락 말락 했다. 신은 어깨를 흠칫 떨며 비켜 앉아 규원의 옆얼굴을 힐끔 쳐다봤다.

규원은 며칠 못 본 사이에 어딘가 달라져 있었다. 화장을 한 것도 머리 모양이 달라진 것도 아닌데, 전보다 여성스러워진 느낌이었다.

달라진 건 그뿐만이 아니었다. 어쩐지 규원이 예전만큼 편하지가 않았다. 장난을 치고 골려주고 심부름을 시킬 수 있을 만큼 편한 애였는데, 지금은 그렇지가 않았다. 어깨가 닿는 것도, 잔디밭 위로 손가락이 닿는 것도, 시선을 처리하는 것도 불편하고 신경이 쓰였다. 신은 부러 퉁명스럽게 물었다.

"무슨 일이야?"

규원이 주머니에서 뭔가를 꺼내 그에게 내밀었다.

"찾았어, 목걸이."

신은 놀란 눈으로 목걸이를 내려다보았다. 그 순간 운동장 모퉁이에서 공이 날아왔다. 규원이 자리에서 벌떡 일어나 발로 힘껏 공을 찼다. 공놀이하던 남학생들이 고맙다며 손을 흔들었다. 누군가는 휘파람을 불며 환호하기도 했다. 그 모습에 기분이 상한 신은 목걸이를 주머니에 집어넣고 운동장 쪽을 뚫어지게 쳐다보았다. 김석현 감독과도 그렇고 공연 연습생들 사이에서도 그렇고, 규원은 은근히 남자들에게 인기가 많은 것 같았다. 근데 그게 왜 기분이 나쁘지?

규원은 운동장에 시선을 둔 채 무심한 어조로 입을 열었다.

"나, 네 말대로 하려구. 네가 앞으로 누굴 좋아하든, 그 때문에 아파하든 말든 상관하지 않으려구."

"뭐?"

규원이 시선을 돌려, 신을 똑바로 쳐다보며 또박또박 말했다.

"너, 안 좋아한다구, 이제."

제멋대로 뛰던 심장이 순간 감전된 듯 찌릿찌릿했다. 신은 아무 말도 하지 않고 규원을 바라보았다. 규원이 엉덩이를 털며 일어나 짐짓 밝게 웃어 보였다.

"목걸이, 주인 있는 거 같던데 돌려줘. 이걸로… 노예 관계는 깨끗하게 청산한 거다. 그럼…."

규원은 돌아서 성큼성큼 걸어갔다. 그러다 걸음을 멈추고 천천히 고개를 돌렸다.

"참, 아빠 일… 안됐어. 내가 말한다고 위로는 안 되겠지만. 갈게."

신은 저도 모르게 자리에서 벌떡 일어나 규원을 불렀다.

"이규원."

규원이 우뚝 걸음을 멈췄다. 이규원이라고, 신이 이름을 불렀다. '야!' '잠깐!' 이런 말이 아니라 이름을. 규원은 뒤돌아보지 않고 그저 멈춘 채로 기다렸다.

"고마워."

흔한 말, 짧은 한마디였지만 규원은 그것이 신의 진심이라는 걸 느낄 수 있었다. 규원이 싱긋 웃으며 고개를 돌렸다.

"너, 내 이름 부른 거 처음이다."

그런가? 신은 딱히 할 말이 떠오르지 않았다.

"… 갈게."

신은 멀어지는 규원의 뒷모습을 하염없이 바라보고 서 있었다. 마음이 저릿저릿한 게 기분이 이상했다. 뭔가 아주 소중한 것을 잃어버린 기분이 들었다.

도서관에서 자료를 빌려 나오던 석현은 울기 직전의 얼굴로 멍하니 걸어가고 있는 규원을 발견했다. 마침, 주인공 오디션에 대해서 규원에게 할 말이 있던 참이었다.

"이규원!"

규원이 걸음을 멈추고 고개를 돌렸다. 석현이 그녀를 향해 뚜벅뚜벅 걸어왔다.

"안녕하세요."

석현이 규원의 슬픈 눈을 빤히 쳐다보며 물었다.

"표정이 안 좋은데? 아직두 아퍼?"

"아뇨, 이제 괜찮아요."

"근데 정신을 어디다 팔고 다니는 거야. 지금 시간 괜찮아?"

규원은 고개를 끄덕였다.

"낼모레 여주인공 정하는 오디션이 있을 거야. 희주는 당연히 볼 거고, 너도 한번 볼래?"

규원이 눈을 동그랗게 뜨고 되물었다.

"제가요? 제가 어떻게 주인공을…. 에이, 전 안 돼요."

"왜 안 돼? 지난번에도 열심히 연습하니까 됐잖아."

"그땐…."

"부담 갖지 마. 어차피 떨어질 거니까."

"네? 어차피 떨어질 거면 뭐 하러 오디션을 봐요?"

"희주 혼자면 오디션이 안 되잖아."

"그럼 전 들러리예요?"

"들러리 싫으면 열심히 하면 돼. 해볼래?"

규원은 고민에 빠졌다. 가야금 연주가 듣고 싶다던 신이의 말 때문에, 장학금을 준다는 김석현 감독의 말 때문에, 특별한 추억 하나쯤 만들어보라는 아빠의 말 때문에 시작한 뮤지컬이었다. 의욕이 넘쳐서 시작한 것은 아니었지만, 노래를 부르고 춤을 추다보니 재미가 붙었고 의욕이 생겼다. 하지만 주인공이라니, 생각도 못 해본 일이었다.

규원이 석현에게 물었다.

"어쩌죠?"

"어쩔래?"

석현은 내심 규원이 오디션을 보겠다고 했으면 싶었다. 아니, 사실 규원을 주인공으로 만들고 싶었다. 태준을 향한 반항심이 아니었다. 처음 카타르시스에서 규원의 노래를 들었을 때부터 줄곧, 그는 규원을 무대에 올리고 싶었다.

태준 말대로 희주를 주인공 자리에 앉히면 일은 쉽고 편하게 진행될지도 모른다. 희주는 노력하는 아이였고, 노력하는 만큼 실력도 있었다. 하지만 뭔가가 부족했다. 공장에서 대량 생산된 된장과 시골에서 손수 만든 된장의 맛이 다르듯 희주와 규원은 달랐.

규원의 노래는 투박하지만 깊은 맛이 있었다. 듣는 이로 하여금 카타르시스를 느끼게 하는 매력이 있었다. 희주에겐 그것이 부족했다. 그렇다 하더라도 규원이 노력하지 않는다면 희주의 단련된 솜씨를 뛰어넘지 못할 터였다.

"감독님, 저 생각 좀 해보고 말씀드리면 안 될까요?"

"그래. 진지하게 생각해봐. 하지만 너무 길게는 하지 마. 오디션이 당장 내일모레니까. 애들한테는 내가 내일 얘기할 거다."

"네. 알겠습니다. 저 이제 수업에 들어가야 해요."

"아, 그래. 가봐."

국악과 수업을 마치고 나오는 길에 규원은 보운에게 오디션 얘기를 해주었다. 보운이 발을 콩콩 구르며 기뻐했다.

"주인공 오디션?"

"응, 어차피 떨어질 테지만 한번 해보라고 하셔서. 치, 격려를 해도 꼭 이상하게 하신다니까. 어떡하지?"

보운이 규원의 어깨를 툭툭 토닥이며 격려했다.

"재밌을 거 같은데 한번 해봐. 나두 능력만 되면 하고 싶다."

"재밌을 거 같긴 한데…."

규원의 말을 자르며 휴대폰이 울렸다. 연구실로 좀 와달라는 홍미란 교수의 전화였다. 옆에서 통화 내용을 듣고 있던 보운이 궁금하다는 듯 물었다.

"실음과 교수님이 왜 너를?"

"글쎄, 공연 일인가? 나도 잘 모르겠네. 암튼 나 교수님 뵙고 연습실로 갈 테니까, 너 먼저 가 있어."

"그래, 알았어."

홍 교수의 연구실로 들어서던 규원은 깜짝 놀라 뒤로 멈칫 물러섰다. 홍 교수 맞은편에 신이 앉아 있었던 것이다. 신 역시 난데없는 규원의 등장에 놀라 눈을 크게 떴다.
홍 교수가 규원에게 자리를 권하고는 무심히 말했다.
"서로 소개 안 해도 잘 알지? 국악과 박 교수님한테 좀 도와달라고 했더니, 바람꽃을 추천하시더라고. 이규원, 신이가 속성 국악 과외를 받아야 하는데 네가 도와줄 수 있지?"
규원은 마지못해 그러겠다고 답하긴 했지만, 마음이 편치 않았다. 왜 하필이면 지금 이런 제안을 받은 건지 원망스러웠다.
홍 교수 연구실에서 나온 규원과 신은 서로 멀찌감치 떨어져 어색하게 걸었다. 신은 말없이 앞서 걸어가는 규원의 등을 바라보며 몇 시간 전 뒷동산에서 나눈 대화를 생각했다. "너 안 좋아한다구, 이제."라고 했던 규원의 말이 뇌리에 남아 그의 마음을 콕콕 찔렀다. 차라리 좋아한다는 고백을 들었다면 이렇게 마음이 쓰이지는 않을 것 같았다. 혼자서 누군가를 짝사랑한다는 게 얼마나 쓸쓸하고 외로운 일인지 신은 잘 알고 있었다. 거기다 제대로 시작도 못 해보고 끝내버린 마음은 곱절로 아플 것이었다.
"이규원."
규원이 걸음을 멈추고 신을 돌아보았다. 신은 규원의 얼굴을 빤히 쳐다보며 말을 이었다.

"억지로 안 해도 돼. 내가 교수님한테 얘기할게."

규원은 신이 무슨 의도로 그런 말을 하는지 몰라 대답을 망설였다. 신이 답답하다는 듯 입을 열었다.

"억지로 하는 거면…."

"아니, 나 괜찮…."

"나랑 하는 거 안 불편해?"

"불편할 게 뭐 있어? 어차피 공연하면 계속 봐야 할 텐데. 그나저나 국악에 대해 아는 거 좀 있어?"

"별루…."

규원이 짐짓 밝은 척 웃으며 말했다.

"그럼 진짜 공부할 거 많을 거야. 각오해. 어떻게 봤는지 모르겠지만, 나 이쪽으론 호락호락한 사람 아냐! 우리 할아버지 말씀이 자고로 국악이란 한과 기가 서려 있어야 제맛이랬는데, 네가 그 깊은 뜻을 알려나 모르겠다."

신은 갑자기 수다스러워진 규원을 안쓰럽게 바라보았다. 규원은 신에게 마음을 들키지 않기 위해 연신 국악에 대한 설명을 늘어놓았다.

"내가 책 목록 적어줄 테니까 도서관에서 국악 관련 책 좀 빌려서 읽어봐. 아무리 속성이라곤 해도 기본을 알아야 곡을 쓸 테니까. 알았지?"

신은 대답 대신 고개를 끄덕였다. 규원이 좋은 생각이 났다는 듯 박수를 치며 말했다.

"아! 애들하고 같이 연주해보는 건 어떨까? 소리가 어떻게 다른지 들어보면 좋을 거 같은데. 맞다! 그게 좋겠다! 이신, 애들 데리고 이따가 강당으로 갈 테니까 먼저 가 있어."

규원은 제 말만 쏟아내고는 신의 대답도 듣지 않은 채 쏜살같이 뛰어갔다.

스투피드와 바람꽃 멤버들이 모두 강당에 모여 즉흥 연주를 시작했다. 준희가 드럼을 치면 보운의 해금이 즉흥으로 따라가고, 명관이 베이스를 치면 연수가 아쟁으로 따라가고, 신이 기타를 치면 규원이 가야금을 뜯었다.

새로운 소리에 다들 달뜨고 흥분했다. 신은 규원의 가야금 소리에 귀를 집중하며 기타를 튕겼다. 국악과 밴드의 음악이 과연 어울릴 수 있을까 하던 의심이 순식간에 사라졌다. 내심 신을 어떻게 도와줄 수 있을까 마음을 졸였던 규원 역시 즐거워하는 신의 모습에 뿌듯해졌다. 이런 식으로나마 신과 함께할 수 있어서 다행이라는 생각도 들었다.

규원과 신의 시선이 부딪쳤다. 드럼도, 베이스도, 해금도, 아쟁도 있었지만 신의 귓가에는 규원의 가야금 소리만 들려왔다. 규원 역시 신의 기타 소리에만 온 신경이 쏠렸다. 그들은 음악을 배경으로 오직 두 사람만이 존재하는 것처럼, 서로를 마주보며 소리를 만

들어냈다.

드디어 연주가 끝났다. 혼신을 다해 드럼을 두들기던 준희가 이마에 흐르는 땀을 닦으며 말했다.

"아~ 너무 열심히 연습했더니 배고프다. 우리 다같이 밥 먹으러 갈까?"

보운이 맞장구를 쳤다.

"그러자. 규원이도 아팠는데 맛있는 거 먹고 힘내게."

규원은 가야금을 케이스에 넣으며 고개를 저었다. 핑계가 필요했다. 계속해서 아무렇지 않은 얼굴로 신을 마주 볼 자신이 없었다.

"난 괜찮아. 할아버지 때문에 일찍 가봐야 해."

그때 신이 기타 가방을 챙겨 들고 자리에서 벌떡 일어났다.

"먹고 가라. 난 먼저 간다."

강당을 나가는 신의 뒷모습을 보며 준희가 투덜거렸다.

"형은 맨날 저래. 그냥 우리끼리 가자."

보운이 규원의 팔짱을 끼며 졸랐다.

"같이 가자, 규원아~."

규원은 신의 빈자리를 허탈하게 바라보며 고개를 끄덕였다.

"그래. 가자, 가. 먹고 죽은 귀신은 때깔도 좋다는데!"

강당에서 나온 신은 자전거 체인을 풀고 있었다. 그때, 저만치 규원과 친구들이 우르르 몰려 어딘가로 걸어가고 있었다. 아무래도 밥 먹으러 가는 것 같았다. 신은 친구들과 섞여 걸어가는 규원의 뒷모습을 얄밉게 바라보았다.

'뭐야, 할아버지 때문에 집에 간다는 거 아니었어?'

신은 괜히 규원이 자신을 피하는 것 같아 기분이 씁쓸해졌다. 신이 자전거를 그대로 두고 무리를 향해 뛰어갔다.

"그래서 뭐 먹을 건데?"

규원과 준희, 보운이 깜짝 놀라 뒤를 돌아보았다. 준희가 호들갑을 떨었다.

"와~ 형! 완전 스피드다. 같이 밥 먹으러 가게? 잘됐다!!"

아이들은 시끌벅적 수다를 떨며 학교 앞 삼겹살집으로 들어갔다. 식당 주인이 고기를 듬뿍 가져와 불판에 올려주었다. 고기가 치지직 소리를 내며 익어가는 사이, 준희가 잔을 들어 올렸다.

"자, 다들 잔 들고, 스투피드와 바람꽃을 위하여!"

보운이 추임새를 넣듯 소리쳤다.

"100주년 공연을 위하여!"

규원과 신, 다른 친구들이 모두 잔을 들어 "위하여!"를 외쳤다. 규원은 맞은편에 앉은 신을 의식하며 부러 열심히 웃고 떠들었다. 신은 그렇게 아무렇지 않은 척 씩씩하게 구는 규원이 더욱 신경 쓰였다. 신경 쓰이다 못해 못마땅할 지경이었다. 준희가 상추로 고기쌈을 해서 규원의 입에 넣어주며 헤헤 웃었다.

"규원 언니, 먹어."

명관이 신기하다는 듯 말했다.

"준희가 웬일이야? 먹는 걸 다 양보하고."

준희가 씩 웃었다. 해맑은 미소였다.

"아팠잖아. 내가 주는 선물이야. 아~."

규원은 속이 좋지 않았지만, 고마운 마음에 기분 좋게 고기쌈을 받아먹고 활짝 웃었다.

"고마워! 많이 먹구 힘낼게!!"

준희가 좋은 생각이 났다는 듯 엄지와 중지를 맞부딪혀 딱! 소리를 내며 말했다.

"우리 기분도 좋은데 노래방 갈까?"

"찬성!! 노래방 재밌겠다."

"나두, 나두!"

모두들 신이 나 있었지만 신은 여전히 시선을 규원에게 둔 채, 시큰둥한 얼굴로 젓가락을 내려놓았다.

돈을 추렴해 밥값을 계산한 아이들이 와자지껄 떠들며 노래방을 향했다. 규원은 친구들 사이에 섞이지 못하고 뒤처져 걸었다. 속이 좋지 않았다. 이틀 동안 거의 굶다시피 하다 갑자기 술과 고기를 먹어서 그런 것 같았다. 주먹으로 가슴을 탕탕 두드려봐도 효과가 없었다.

규원은 흥겨운 분위기를 깨고 싶지 않아 애써 태연한 척 웃으며 노래방 입구로 들어갔다. 노래방은 건물 지하에 있었다. 지하로 통하는 계단을 내려가려 하자 습한 공기가 위장을 자극했다. 규원은 손으로 입을 틀어막고 건물 1층에 있는 화장실로 뛰어 들어갔다.

뒤에서 떨떠름한 표정으로 어슬렁어슬렁 걸어오던 신은 화장실로 뛰어가는 규원을 보았다. 걱정스러웠다. 신은 노래방으로 들어가지 않고 화장실 근처에서 규원을 기다려보기로 했다.

얼마 후, 얼굴이 창백하게 질린 규원이 기운 없이 화장실에서 걸어 나왔다. 그러다 복도에 서 있는 신을 보고는 당황한 듯 몸을 움찔했다. 신이 퉁명스런 어조로 물었다.

"괜찮냐?"

"어. 괜찮아."

"그러게. 걸신들린 사람처럼 먹더라니."

"그래서 쌤통이냐?"

"일부러 그럴 필요 없어."

"뭐가?"

"내 앞에서 억지로 괜찮은 척할 필요 없다고."

괜히 쑥스러워진 규원이 손등으로 콧등을 쓱 문지르며 말했다.

"들켰네."

신이 그런 규원을 빤히 쳐다보더니 손을 내밀었다.

"줘, 가방. 애들한텐 내가 이따 전화하면 돼. 가자. 버스 정류장까지 데려다 줄게."

"어…. 그럴까? 고마워."

규원은 신에게 가방을 맡기고 조금은 어색한 기분으로 나란히 걸었다. 태연한 척 굴었던 마음을 들키고 나니 오히려 홀가분해진 것 같았다. 신이 무심한 듯한 어조로 물었다.

"속은 괜찮아?"

"어. 좀 걸으니까 좋아졌어. 고마워."

"나도 오늘 고마웠어. 연주도 재밌었고."

이런 말도 할 줄 아는 애였나? 규원은 새삼스럽게 신을 바라보았다.

"도움 됐다면 다행이구."

"연기팀 주인공 뽑는 오디션이 있다며? 너도 볼 거야?"

"음. 좀 긍정적으로 생각 중이야."

"열심히 해봐. 희주 만만치 않을 거야."

예전에는 신이 희주를 두둔하면 발끈했는데 오늘은 이상하게 아무렇지 않았다. 오히려 마음이 편안했다.

"상관없어. 꼭 주인공이 되고 싶은 건 아니니까."

"그럼 왜?"

규원이 버스 정류장 의자에 앉으며 골몰한 표정으로 답했다.

"나, 한글도 떼기 전에 가야금부터 잡았거든. 가야금 외엔 아무 것도 모르고 살았어. 솔직히 지쳤다고나 할까, 좀 그런 기분이었는데…. 아무튼 공연 시작한 뒤론 가야금도 더 재밌어지고 다 좋아. 또 지금 아니면 다시는 못 할 경험들이잖아. 밴드랑 연주해보는 것도 그렇고."

신이 피식 웃으며 동조했다.

"그러네."

"어, 버스 왔다. 넌 자전거 타고 갈 거지? 나 먼저 갈게. 오늘 고마웠어, 이신."

규원이 속사포처럼 제 할 말을 쏟아내고는 냉큼 버스로 뛰어올랐다. 규원은 창가 쪽 자리에 앉아 신이 서 있던 곳을 힐끔 쳐다보았다. 갔을 줄 알았는데, 신이 그 자리 그대로 서서 규원을 지켜보고 있었다. 그 모습에 규원의 심장이 새삼 떨려왔다.

다음 날 오후, 석현은 연기팀 학생 전원을 강당에 집합시켰다. 주인공 오디션 일정을 공지하기 위해서였다.
"그동안 다들 개인연습 많이 했지?"
석현의 말에 학생들이 "예에~." 하며 쑥스럽다는 듯 웃었다. 한쪽 구석에서 친구들과 수다를 떨던 사랑도 고개를 들고 석현을 바라보았다. 다리의 깁스를 푼 기영은 전보다 씩씩해진 모습으로 서 있었다. 희주는 늘 그렇듯이 당당하고도 자신감 넘치는 표정이었고, 규원은 생각 많은 얼굴로 석현을 주목했다.
석현이 목을 가다듬고 말을 이었다.
"그동안 주인공이 누굴까 궁금했을 텐데, 내일 여자 주인공 오디션을 볼 거다. 오디션에 참가하고 싶은 사람?"
희주가 당연하다는 듯 손을 반쯤 올리며 말했다.
"저요."
석현이 그럴 줄 알았다는 듯 고개를 끄덕였다.
"그래, 한희주. 또 다른 사람은?"

아무도 손을 들지 않았다. 잠시 정적이 흘렀다. 조금 더 망설이던 규원이 마침내 결심한 듯 손을 들었다.

"저두요."

"좋았어, 이규원. 더 없나?"

석현은 별 기대 없이 좌중을 두리번거렸다. 더 이상 하겠다고 나서는 사람이 없었다.

"좋아. 그럼 두 사람은 내일 5시까지 여기에 모인다. 지정곡은 없고 자기가 제일 자신 있는 곡으로 연습해 오는 거야. 주제는 사랑이다."

규원은 가방에서 수첩을 꺼내, 〈사랑〉이라는 단어를 적었다. 사랑에 관련된 노래? 막상 생각하려니 바로 떠오르는 노래가 없었다. 규원은 비장한 표정으로 사랑이라는 단어에 동그라미를 치고 수첩을 닫았다. 희주가 염탐하는 눈길로 규원을 힐끔 돌아보더니, '흥!' 소리를 내며 고개를 돌렸다.

석현의 해산 명령이 떨어지자 학생들은 우르르 강당 밖으로 몰려 나갔다. 규원도 학생들 사이에 섞여 강당 밖으로 걸어 나가고 있었다. 뒤에서 희주가 그녀를 불렀다.

"이규원!" 너 뭐 부를 거야?"

"뭐?"

"내일 오디션에서 뭐 부를 거냐구. 겹치면 좀 그렇잖아."

"글쎄… 아직 생각 안 해봤는데."

희주가 빈정거렸다.

"하긴 네가 아는 노래가 뭐 얼마나 되겠니? 겹치면 네 손핼 거 같아서 내가 좀 봐주려구 물어본 거야."

희주의 말에 살짝 기분이 상한 규원이 비꼬듯 말했다.

"네가 이렇게 마음 넓고 착한 친군지 몰랐다, 야."

"뭐?"

"너야말로 긴장 좀 해야 될 거야. 울 할아버지가 그러셨는데, 원래 무림에 숨어 있는 고수들이 무서운 법이래. 그럼 낼 보자!"

규원은 윗니가 다 보이도록 씨익 웃어 보이며 돌아섰다. 등 뒤에서 "뭐 저런 게 다 있어!!"라고 분해하는 희주의 목소리가 들려왔다. 규원은 두 주먹을 불끈 쥐며 지지 않겠다고 다짐했다.

하지만 고민이었다. 희주 앞에서는 의기양양하게 말했지만, 사실 무슨 노래를 해야 할지 알 수 없었다. 사랑이라는 흔한 단어가 생소하게 느껴졌다. 규원은 아빠에게 전화를 걸었다.

"우리 공주님이 이 시간에 무슨 일로? 학교야?"

"아니, 집에 가는 길. 버스 탔어."

"근데 목소리에 왜 이렇게 힘이 없어?"

"아빠, 나 주인공 오디션 보기로 했는데, 주제곡이 사랑이야."

"사랑? 어렵네."

"응. 생각나는 노래는 많은데 확 들어오는 게 없어. 사랑스런 느낌 나는 거 뭐 없을까?"

"사랑에 꼭 사랑스런 느낌만 있는 건가?"

"그럼?"

"슬픈 것도 사랑이고 미운 것도 사랑이고… 아픈 것도 사랑이고."

"뭐야 그게?"

"사랑하니까 슬프고, 사랑하니까 아프고도 밉고. 그런 거 아냐? 아무튼 파이팅! 아빠가 열렬히 응원하고 있다. 대신, 할아버지한텐 안 들키게 조심하구."

"응, 대본이랑 악보랑 절대 안 보이게 잘 숨겨놓고 있어."

규원은 아빠의 말을 되새기며 생각에 잠겼다. 슬픈 것도 사랑이고, 미운 것도 사랑이고, 아픈 것도 사랑이라는 아빠의 말을 생각할수록 신이의 얼굴이 아른거렸다.

'신이를 향한 내 마음이 사랑이었던 걸까….'

문득 가슴이 찡하게 울려왔다.

버스에서 내린 규원은 어둑한 골목길을 빠른 걸음으로 걸어 올라갔다. 그때, 까만 연기가 집 담벼락을 넘어오는 게 보였다. 규원은 허겁지겁 대문을 밀고 안으로 들어갔다. 할아버지가 뭔가를 태우고 있었다.

"할아버지, 뭐 하세요?"

규원은 고개를 갸우뚱하며 할아버지 곁으로 다가섰다. 할아버지는 규원을 본 척도 하지 않고 들고 있던 종이뭉치를 불길 속으로 던져버렸다. 불길에 타들어가는 종이를 보는 순간, 규원은 얼어붙고 말았다. 100주년 공연 악보와 대본이었다.

"하, 할아버지…."

할아버지가 냉랭한 목소리로 물었다.

"그동안 날 속이고 이까짓 걸 하러 밤늦게 돌아다닌 거냐?"

규원은 아무 말도 못 하고 침을 꼴깍 삼켰다. '어떻게 말씀드려야 하지? 이실직고해야 하나? 거짓말을 해야 하나?'

그때 할아버지의 입에서 번개가 내리쳤다.

"이규원!!"

"잘못했어요! 속이려던 게 아니라 어쩌다보니…."

"이규원 너마저, 너마저 어떻게…!!"

할아버지는 남은 종이를 마저 불길 속에 던져넣고는 방으로 들어가버렸다. 규원은 다급히 대야에 수돗물을 받아 불을 끄고는 허둥지둥 할아버지 방 앞으로 뛰어갔다.

"어딜 들어와?"

할아버지의 불호령에 움찔하던 규원이 문턱 앞에 무릎을 꿇고 앉았다.

"할아버지, 죄송해요. 말씀드리지 못한 건 제가 잘못했어요!"

"그래서?"

"그러니까… 잘못은 했는데요, 그게… 이대로 그만둘 수는 없어요. 저 이 공연 꼭 하고 싶어요. 할아버지가 화내시고 허락 안 해주셔도 꼭 할래요. 하고 싶어요, 할아버지!! 앞으로 다시는 안 그럴 거예요! 이번 한 번만 하게 해주세요, 네?!"

"안 돼! 너는, 이동진의 손녀 이규원이야. 나 이동진의 손녀 이규원이라구!!"

규원을 바라보는 할아버지의 눈동자가 부들부들 떨렸다. 눈가엔 물기가 번지는 듯싶기도 했다. 규원은 어쩔 줄을 몰라 고개만 주억거릴 뿐이었다. 할아버지를 실망시키고 싶진 않지만, 이대로 공연을 포기하고 싶지도 않았다.

강당 안은 묘한 열기로 후끈 달아올라 있었다. 연습생들은 희주와 규원 중 누가 여주인공이 될 것인지를 두고 내기를 하고 있었다. 희주 쪽에 돈을 건 학생들이 월등히 많았다.

석현은 그들의 하는 꼴을 보며 피식 웃고는 무대 중앙으로 나갔다. 뿔뿔이 흩어져 있던 학생들이 하나 둘 모여들었다. 석현은 아이들을 둘러보다 가만히 눈살을 찌푸렸다. 규원이 보이지 않았다.

"이규원 안 왔나?"

아이들도 주변을 둘러보기 시작했다. 홍 교수가 걱정스런 말투로 물었다.

"오늘 오디션 있는 건 알고 있지?"

규원의 단짝친구인 보운이 팔을 번쩍 올리며 대답했다.

"네! 어제 노래 선곡 땜에 걱정하던데…."

석현이 인상을 확 구기며 물었다.

"근데?"

보운이 기어 들어가는 목소리로 중얼거렸다.

"저도 몰라요. 전화도 안 되구…."

뭔가 이상했다. 혹시 또 감기몸살에 걸린 건가? 오다가 무슨 사고가 난 건가? 석현은 초조해지기 시작했다. 그는 홍 교수에게 아이들의 연습 지도를 맡기고 강당 밖으로 나왔다. 보운의 말대로 규원의 휴대폰은 꺼져 있는 상태였다.

석현은 직접 가볼 결심으로 차에 올라탄 뒤 규원의 집으로 전화를 걸어보았다. 몇 번의 신호음 끝에 연결이 되었다.

"이규원! 너 정신 안 차릴래?"

"이규원 정신 차렸수다. 이제 정신 차렸으니 뮤지칼인가 뭔가 안 나갈 테니 그리 아슈!"

할아버지는 밑도끝도없는 말을 하더니 전화를 툭 끊어버렸다. 석현은 어안이 벙벙했다. 이게 무슨 일인가 싶었다. 하지만 곧 정신을 차리고 급히 차를 출발시켰다.

규원의 집 앞에 도착한 석현은 있는 힘껏 대문을 두드렸다. 안에서는 아무런 기척이 없었다.

"어르신! 어르신!! 문 좀 열어주십시오, 어르신!!"

한참을 그렇게 두드린 뒤에야 대문은 삐거덕 소리를 내며 열렸다. 규원의 할아버지 동진이 싸늘한 얼굴로 나타났다.

"무슨 일이신가?"

"죄송합니다. 규원이하고 할 얘기가 있습니다."

"내 말 못 알아들었나? 전화로 분명히 얘기했을 텐데? 젊은 사람이 말귀가 어두운가보네. 우리 규원이는 뮤지컬인가 뭔가 안 한다고 했잖은가! 우리 규원이는 가야금 명창이 될 애야."

석현이 고개를 끄덕였다.

"압니다."

"알면 가보시게!"

동진이 뒤로 물러나 대문을 닫으려고 했다. 그 순간 석현이 팔로 대문을 막았다.

"규원이한테 직접 대답을 듣고 싶습니다."

동진이 서슬 퍼런 눈으로 석현을 노려보았다.

"뭬요?"

"어르신께서 염려하시는 걸 이해 못하는 건 아닙니다. 하지만 어르신께서 규원이 인생을 대신 살아주실 순 없습니다."

"대신 살 순 없어도 제 갈 길 가게 도와줄 순 있네."

"그 길이 옳다고 어떻게 확신하십니까?"

"내 아들이, 규원이 애비가 보여줬네."

"네?"

"긴소리하지 맙시다. 규원이는 더 이상 그쪽과 관계없는 아이란 것만 알아두시게!"

그 말을 남기고 대문은 다시 닫혔다. 시간은 벌써 오후 3시를 넘어가고 있었다. 두 시간 후면 오디션이 시작될 터였다. 석현은 참담한 기분으로 대문을 노려보았다. 그때, 뒤에서 인기척이 느껴졌다.

"오디션 몇 시예요?"

신이 땀을 뻘뻘 흘리며 자전거 위에 앉아 있었다. 학교에서 보운에게 이야기를 전해 듣고는 부랴부랴 자전거를 타고 달려온 것이다.

"넌 왜 연습 안 하고 왔어?"

"오디션 몇 시냐구요?"

"왜? 데려오게?"

신은 대답 없이 담 너머를 쳐다보았다. 석현은 하는 수 없다는 듯 자신의 차로 걸음을 옮기며 신에게 말했다.

"다섯 시야. 다섯 시까지 무슨 일이 있어도 꼭 데리고 와!"

석현이 차를 타고 떠나자 신은 돌멩이 하나를 주워 들었다. 딱히 뾰족한 수가 있는 건 아니었다. 그저 깨금발을 딛고 담장 안을 넘어다보았다. 마당엔 아무도 없었다. 할아버지는 방으로 들어간 것 같았다.

신은 잠시 망설이다 들고 있던 돌멩이를 마당으로 던졌다. 돌멩이는 아무런 소리도 내지 못하고 화단 위로 떨어졌다. 다시 돌멩이 몇 개를 주워 담 안으로 던졌다. 이번엔 제법 소리를 내며 떨어졌다.

그때 대문이 벌컥 열렸다. 신은 할아버지가 달려 나온 줄 알고 담 밑으로 얼른 몸을 숨겼다. 하지만 대문에서 뛰쳐나온 사람은 규원이었다. 운동화를 손에 들고 맨발로 나온 규원은 놀란 눈으로 신을 바라보았다.

"이놈! 너 거기 안 서?"

정신을 차릴 사이도 없이 동진의 고함소리가 뒤따라 나왔다.

"으악!"

규원이 신발도 신지 못하고 헐레벌떡 도망치려 하자 신이 재빨리 자전거에 올라타 그녀 앞으로 달려갔다.

"타! 빨리!!"

그제야 상황을 이해한 규원이 신의 옆구리를 붙잡고 자전거에 올라탔다. 할아버지의 고함소리가 더 가깝게 들려왔다.

"이규원!! 너 이놈!!"

규원이 뒤를 돌아보며 소리쳤다.

"갔다 와서 벌설게요!! 죄송해요, 할아버지!!"

신은 신나게 페달을 밟기 시작했다. 자전거에 가속도가 붙었다. 시원한 바람이 불어와 신과 규원의 머리칼을 넘겨주었다.

가까스로 학교에 도착한 신이 규원을 내려주며 "잘해!"라고 격려했다. 규원은 땀으로 범벅된 신의 얼굴을 미안한 눈길로 바라보다 마음속에 간직했던 말을 꺼냈다.

"한 번에 잊을 수 있을 거라곤 생각 안 해. 그래도 노력은 할 거야. 고마워."

규원은 미소를 지어 보이고 강당을 향해 힘차게 뛰어갔다.

오후 5시, 교수진들이 시계를 보며 투덜거리기 시작했다. 석현은 강당 입구만 뚫어져라 쳐다보았다. 역시 못 오는 건가. 석현이 허탈한 마음으로 한숨을 내쉬며 무대 위로 올라갔다.

"자, 오디션을 시작하겠습니다. 아시다시피 노래자랑이 아니니까, 표현력과 연기력을 중점적으로 봐주시기 바랍니다. 한희주, 준비됐지? 시작해."

석현이 무대에서 내려와 심사위원석에 앉자 희주가 목을 가다듬으며 무대로 올라갔다. 홍 교수의 피아노 반주에 맞춰 희주의 노래가 시작되었다. 기대에 부응할 만한, 뛰어난 가창력을 뽐낼 수 있는 곡이었다. 태준과 스태프 교수들은 흐뭇한 얼굴로 희주의 노래를 경청했다.

희주는 탁월한 고음 처리로 무리 없이 노래를 완성해 나갔다. 하지만 드라마가 없었다. 애절한 가사가 전달되지 않았고, 가수의 감정도 잘 와 닿지 않았다. 희주는 노래를 끝내고 만족스런 미소를 지으며 무대에서 내려왔.

석현은 초조한 마음으로 강당 입구를 바라보았다. 태준이 비열한 미소를 지으며 물었다.

"이규원은? 안 오는 건가?"

무대감독이 기다리기 지루하다는 듯 기지개를 켜며 말했다.

"오디션 볼 의향이 없나보죠. 자신이 없던가. 시간 다 됐는데 그만 일어서죠. 학교 공연 하나 하는 게 이렇게 어려워서야…."

이때, 강당 문이 열리고 규원이 헐레벌떡 뛰어 들어왔다. 석현은 반가운 마음에 자리에서 벌떡 일어났다.

"이규원 왔습니다."

규원이 무대 위로 뛰어 올라가 인사했다. 자리에서 몸을 일으키던 교수진들이 다들 떨떠름한 얼굴로 다시 앉았다.

"흠흠. 얼마나 대단한 실력인지 한번 들어나보죠."

석현은 안도의 한숨을 쉬며 자리에 앉았다. 규원은 심호흡을 한 차례 하고는 눈을 감고 씨엔블루의 노래를 부르기 시작했다.

그럴 겁니다. 잊을 겁니다.
오늘부터 난 그대란 사람 모르는 겁니다.
한 번도 본 적 없는 겁니다. 길을 걷다가도 스친 적 없는….
사랑이 다 그렇죠.
시간이 가면 희미해져 기억조차 할 수도 없겠죠.
사랑이 가면 또 다른 사랑이 다시 올 겁니다. 꼭 그럴 겁니다.
지금은 아파도 조금만 지나면 아물 겁니다.
그럴 겁니다. 잊을 겁니다.
나도 그럴 겁니다.

규원의 노래는 달랐다. 절정으로 치달을수록 듣는 이의 심장을 파고드는 뭔가가 있었다. 반신반의한 얼굴로 무대를 지켜보던 교수진들의 표정이 서서히 변해갔다. 희주의 표정 역시 점점 어두워져갔다.

석현은 만족스런 기분으로 규원을 바라보았다. 그런데 규원의 시선이 무대 앞이 아닌 다른 곳을 향하고 있었다. 석현은 규원의 시선을 따라 고개를 돌렸다. 강당 입구 쪽에 서 있는 신이 보였다.

규원은 신을 바라보며 마음으로 노래했다. '신아, 슬픈 것도 사랑이고, 미운 것도 사랑이고, 아픈 것도 사랑이래. 난 너로 인해 슬퍼도 봤고, 너를 미워도 해봤고, 너로 인해 아파도 봤어. 널 사랑했었나봐. 그리고 이제는 그 사랑을 지우려고 해….'

규원의 눈가에 맺혀 있던 눈물이 또르륵 떨어졌다.

투표는 무기명으로 진행됐다. 여덟 명의 교수진을 제외한 학생들은 모두 강당 밖 대기실로 이동했다. 규원은 손등으로 눈물을 쓱 닦고 머쓱하게 웃으며 무대에서 내려와 대기실로 갔다.

보운과 국악과 동기 몇 명이 다가와 등을 토닥여주었다.

"규원아, 짱이야. 완전 잘했어!!"

"야~ 왜 사람을 울리구 그래. 너무 감동적이잖아."

보운은 눈물을 닦는 시늉까지 하며 너스레를 떨었다. 괜히 쑥스러워진 규원은 뒷머리를 긁적이며 씩 웃었다. 그러다 귀에 이어폰을 끼고 벽에 기대어 있던 희주와 눈이 마주쳤다. 규원이 어디다 시선을 둬야 할지 갈팡질팡하자 희주 쪽에서 먼저 시선을 피해버렸다.

희주는 위기의식을 느끼고 있었다. 연기를 전공하는 것도 아닌, 갑자기 굴러 들어온 돌일 뿐이라고 생각했던 규원의 노래 실력이 예상 밖으로 뛰어났기 때문이다.

잠시 후 결과 발표를 한다는 석현의 말에 규원은 마른침을 꿀꺽 삼키고 강당 안으로 들어갔다. 옆에 서 있는 희주 역시 잔뜩 긴장한 모습이었다. 교수진들은 다들 죄를 지은 것마냥 고개를 푹 수그리고 있었다.

투표용지를 추스르고 있던 석현이 입을 열었다.

"오디션 참가자는 무대 위로 올라가도록."

희주와 규원이 나란히 무대 위에 올랐다. 석현이 투표용지 묶음을 손에 들고 말을 이었다.

"심사는 여기 계신 교수님들과 나까지 여덟 분이 무기명으로 했다. 결과는 6대 2로…."

규원은 침을 꼴깍 삼키고 석현의 다음 말을 기다렸다. 희주 역시 두 주먹을 꼭 쥐었다.

"한희주가 됐다."

석현의 말이 떨어지기 무섭게 태준이 자리에서 벌떡 일어나 박수를 쳤다.

"축하해, 한희주!"

"감사합니다."

희주는 승리감에 젖어 환하게 웃었다. 규원은 희주가 될 거라 예상했기 때문에 크게 실망하지는 않았다. 하지만 조금 섭섭하기는

했다. 그래도 희주에게 축하한다고 인사를 전했다.

희주는 어깨를 으쓱해 보이며 고개를 뻣뻣이 세웠다. 교수진들이 자리에서 일어나 희주에게는 축하를, 규원에게는 위로를 하며 밖으로 나갔다.

교수진들이 퇴장하자, 밖에 있던 아이들이 우르르 몰려와 규원을 둘러쌌다. 그 누구도 희주에게는 관심을 보이지 않았다. 덩그러니 혼자 선 희주는 규원에게 쏟아지는 칭찬을 들으며, 서서히 얼굴이 굳어갔다.

2권으로 이어집니다.

스페셜 포토북

STUPID

규원 ♥

그리워성 ♪